文豪野犬 7

STORM BRINGER

[日]朝雾卡夫卡 / 著
[日]春河35 / 绘
陈玮 / 译

SPM 南方传媒 | 花城出版社

中国·广州

图书在版编目（CIP）数据

文豪野犬.7, STORM BRINGER /（日）朝雾卡夫卡
著；（日）春河35绘；陈玮译.— 广州：花城出版社, 2022.12（2025.4重印）
ISBN 978-7-5360-9802-2

Ⅰ.①文… Ⅱ.①朝… ②春… ③陈… Ⅲ.①侦探小说—日本—现代 Ⅳ.①I313.45

中国版本图书馆CIP数据核字（2022）第198501号

合同版权登记号：图字 19-2022-154号
原书名：《文豪ストレイドッグス　STORM BRINGER》，作者：朝雾カフカ，绘者：春河35，设计：佐々木基
BUNGO STRAY DOGS STORM BRINGER
©Kafka Asagiri 2021 ©Sango Harukawa 2021
First published in Japan in 2021 by KADOKAWA CORPORATION, Tokyo.
Simplified Chinese translation rights arranged with KADOKAWA CORPORATION, Tokyo.
Translation copyright ©2022 by Guangzhou Tianwen Kadokawa Animation & Comics Co.,Ltd.
本书中文简体字翻译版由广州天闻角川动漫有限公司出品并由花城出版社出版。未经出版者预先书面许可，不得以任何方式复制或抄袭本书的任何部分。

本书为引进版图书，为最大限度保留原作特色、尊重原作者写作习惯，故本书酌情保留了部分外来词汇。特此说明。

出 版 人：张懿
责任编辑：欧阳佳子　刘玮婷
特约编辑：冯粤凌
责任校对：衣然
技术编辑：凌春梅　张新
装帧设计：袁国维

书　　名	文豪野犬7 STORM BRINGER
	WENHAO YEQUAN 7 STORM BRINGER
出版发行	花城出版社
	（广州市环市东路水荫路11号）
经　　销	全国新华书店
印　　刷	凸版艺彩（东莞）印刷有限公司
开　　本	890毫米×1240毫米　32开
印　　张	10.125　2插页
字　　数	270,000字
版　　次	2022年12月第1版　2025年4月第7次印刷
定　　价	42.00元

版权所有 侵权必究
本书如有印装质量问题，请与广州天闻角川动漫有限公司联系调换。
联系地址：中国广州市黄埔大道中309号 羊城创意产业园3-07C
电话：（020）38031253 传真：（020）38031252
官方网址：http://www.gztwkadokawa.com/
广州天闻角川动漫有限公司常年法律顾问：北京市盈科（广州）律师事务所

目 录

001 序 幕

004 [CODE;01]
研究者们心血来潮输入的仅 2383 行的字符串

068 [CODE;02]
死去的人们没有任何感情

127 [CODE;03]
我想看到中也以人类的身份痛苦的模样

202 [CODE;04]
汝，阴郁而污浊之宽容

289 尾 声

313 后 记

315 春河35《STORM BRINGER》
角色设定草图展示

On life's vast ocean diversely we sail,
reason the card, but Passion is the gale.

人生如瀚海行舟,
理性即罗盘,欲望即风暴。

——亚历山大·蒲柏《人论》

序幕

夜晚的森林暗藏邪恶。

无论在哪里，无论在哪个时代，夜晚的森林从来都是邪恶的。

区别只在于它以什么模样呈现在外人面前。有的森林会化为黑暗，将行人的脚步完全吞噬；有的森林会变成迷宫，让行人迷失回家的路；有的森林像一头饥肠辘辘的野兽，露出利牙，垂涎欲滴。

而在那个时候，那座森林的邪恶是"光"。

橙色的光。伴随着听不到的音乐扭腰舞动的不祥之光。

火。

那是在黑夜中挖出的空洞，没有生物不害怕它。

那是森林火灾——

燃烧的树木发出干燥的尖叫。火焰与人类不同，它们不会挑食，无论是什么东西，都可以毫无怨言地吞食入腹，而邪恶便在它们进食的过程中渐渐膨胀。

想必到了早上，森林就会变成一堆没有意义的黑炭。森林会以这样的方式死去，即便可以复苏，也要等到百年以后了。

给予森林致命一击的凶手，正躺在火灾的中心。

那是客机的残骸。

发动机旋翼还在转，证明飞机才刚坠落不久。机身从中间断成两截，机翼已经从机身上掉落，垂直插在地上，仿佛一座墓碑。

周围的村民渐渐聚集过来，意欲灭火救人。可是，他们的脸上很快流露出绝望的神色。在这种情况下，没有人认为失事客机中还会有幸存者。

断裂的金属机身在热能的作用下发出尖锐的鸣响，火焰似乎已经蔓延到了机内。如果现在在机内行走的话，大概鞋子都会被烤化，粘在地板上。

村民带着绝望的心情开始检查飞机残骸。

一名少年向残骸走去。

少年是从附近的村庄来的。他拿着一把伐木的斧头砍树，以防火焰蔓延。可是他的行为只是在模仿大人罢了，那小小的斧头看上去就连祖父的盆栽都砍不断。

即便如此，少年还是走向了残骸。说不定里面有幸存者，如果自己能把他们救出来，事后就可以获得大人们的称赞。少年想象自己成为年轻英雄的模样，心脏扑通扑通跳个不停。

然而他的野心将他送上了黄泉路。

只听到一扇勉强连在残骸上的铁门发出一声锐响，冲着少年落了下来。

周围的人根本来不及救援。

那是能够承受同温层气流的铁门，又厚重又结实。有人尖叫起来。

眼看铁门就要把少年的脑袋砸开花——

惨剧却没有发生。

一只手抓住了铁门。

那不是村民的手——那只手是从铁门内侧，从客机中伸出来的。

"总算到了啊。"

手的主人冷静地说。

从客机里走出来一个男人。他穿着蓝色的西装三件套，个子很高。是欧洲人，但具体年龄看不出来，大概二三十岁的样子。尽管四周是熊熊烈火，他的目光却十分冰冷。与四分五裂的客机截然不同，他全身上下没有一点伤。

"没想到客机着陆会晃得这么厉害。凡事都要经历一下啊。对了，你没事吧？"穿蓝西装的青年对铁门下的少年问道，"道谢就不必了，保护和拯救别人是我的使命。不过待在这种地方会受伤哟，而且看这扇门的设计，应该是打开后掉下来一次就再也无法恢复原状了。"

"哦……咦……"

少年吓得一句话都说不出来。

在他愣住的时候，穿蓝西装的青年跳到了地上，然后仔细环视四周。

"哎呀，我的外部记忆数据库里可没有这个啊。日本的机场居然长了这么多树吗？虽说国土面积有67%都是森林，自然资源丰富，但是在这种地方建机场，怎么说都不太合理吧？连路都没有的话，我就得徒步走到任务地点了。真是不明白人类的想法。"

青年一脸认真地歪着头。

"请……请问，你……"

少年战战兢兢地出声问道。

"你……那个，究竟是什么人啊？"

"啊，失礼了。在人类社会中，不做自我介绍是有失体统的行为，对吧？"青年说着，从胸前掏出一枚黑色徽章。

徽章中心有一行银色的字，但少年并不会念。

"本机是欧洲刑事警察机构（EUROPOLE）的刑警兼业务用品，型号为98F7819-5。本机由异能技师沃斯通克拉夫特博士制作，是世界警察机构中第一台人型自律高速计算机，名字（code name）叫作亚当，亚当·弗兰肯斯坦。很荣幸能够见到你。那么，本机还有任务需要完成，就先告辞了。"

青年行了一礼准备离去，却又想起什么似的转过身来。

"对了，你认识一位名叫中原中也的人吗？"

[CODE:01]
研究者们心血来潮输入的仅2383行的字符串

中原中也从不做梦。

"醒"于他而言，就仿佛是从泥淖之中浮起的气泡。

中也在自己的房间中醒过来。

房间看上去很乏味。只有墙壁、地板和天花板，还有上面覆盖着的暗沉沉的蓝。家具非常少。一张铺着床单的床，几个书架，一台半嵌入式小保险箱，还有几本随便摊开放在中央书桌上的，与宝石有关的书籍。这些便是全部。

薄膜般的朝阳从窗帘的间隙洒入室内，将这个乏味的房间平均切成了两个部分。

中也坐起身来，胸口微微冒着汗。刚才某种激情的余温在胸口打转，但他已经想不起来那是什么情感了。

最近几天总是这样。

他把这件事抛到脑后，下床淋浴。感受着从头顶倾泻而下的热水，中也想着自己的事。

中原中也，十六岁。

自从一年前加入港口Mafia后，他便以前所未有的速度屡立战功，得到了组织的认可，并获得了这个房间。

可不管是金钱还是地位，都无法让中也感到高兴。因为他缺少更为重要的东西。

他没有过去。

中也不知道自己是什么人。

他的记忆始于八年前，当时的他刚被人从军部研究设施绑架出来。

在那之前的人生对他来说是一片黑暗——比夜晚的黑暗更深、更暗，伸手不见五指。

他擦干身体去换衣服。伸手一推墙壁，墙面便静悄悄地打开，露出后面的衣柜来。里面挂的衣服都很高级，没有一丝褶皱。他从中随便拿出一件，穿上身。

中也戴好绿宝石袖扣，照了照镜子，然后轻轻咂了下舌，离开房间。

刚走出家门，接送车就像掐好时间一样出现在他的面前。

那辆黑色高级轿车的司机是一名戴墨镜穿黑衣的港口Mafia成员。他将车停在中也身旁，一言不发地打开后座车门。

"去平时那家店。"

中也只对司机说了一句话，然后就钻进车里闭上了眼睛。

高级黑色轿车平稳地开在市中心的干线公路上。

每一条道路、每一个路口都堵满了车，但中也坐的这辆车却畅通无阻地穿过一排排轿车，进入岔道，丝毫没有受到交通堵塞的影响。就好像使用了什么可以不受其他车辆干扰的魔法一样。

"昨天的交易记录呢？"

"在这里。"

司机将一份文件递给中也，中也看了一眼。那是一份用无法复制的特殊墨水印刷的文件，所有内容都是加密过的，即便被警方抓住也无法构成任何证据。

"哼，这周的交易也很顺利啊。"中也不当回事地说道，"真没劲。"

中也在港口Mafia里的工作是监视走私宝石的流通。

宝石——世界上单位重量价值最贵重的物质之一。

紫水晶、红宝石、翡翠……还有钻石，这些元素不过是在高压作用下形成，被人们发现，经过无数人的手之后，便变成了蕴含可怕魔力的魔石。

而将那些魔力凝聚到一起的，就是走私宝石。它们就像是由宝石那耀眼的光芒形成的影子。只要有宝石，就必定会有它们的影子——走私宝石。

世界上有无数地方会诞生等同于世界之影的走私宝石。

在宝石矿区，贫穷的矿工会将宝石吞入腹中偷走；在宝石店，强盗会用枪身砸碎展示柜将宝石抢走；在海上，海盗会将运输宝石的商船击沉；在路上，劫匪会喊着"举起手来"，然后从有钱人的脖子上抢走宝石；在反政府组织地盘上的矿区，宝石可以用来等价交换武器与毒品——

诸如此类产生的"暗"之宝石，是无法直接出现在光明世界中的。这种时候，就需要港口Mafia这样的非法组织来对其进行"加工"。

他们会让流入横滨港的暗色宝石得以见光。搬运工将宝石运入横滨租界，专门购买赃物的业者将其买下，重新切割成连经验丰富的加工店也查不出来源的模样。项链变成手链，手链变成耳环，耳环变成戒指……就这样，为宝石注入第二次生命。重获新生的宝石再由受Mafia庇护的鉴定师制作正式的鉴定证书，然后经批发商投入市场，摆放到一流宝石店中。

对Mafia来说，走私宝石的业务是非常重要的收入来源之一。

原因在于，走私的宝石可以跳过海关和流通管理企业在中间的利益剥削，往往能带来庞大的利润。

然而，像宝石这样蕴含魔力的物品必定会带来血腥与暴力。如果想控制住它们，稳定流通，就需要无论什么样的暴力事件都能一口咬碎的更加暴力的暴力。

现在的中也就将这个职责执行得很完美，甚至可以说，过于完美了。

很多Mafia的元老都觉得吃惊，因为他们做梦都没想过，一个仅仅十六岁的小子居然能把宝石的地下市场管理得这么完美。

但也有少数人——那些与中也曾经率领的组织"羊"交战过的人——并没有感到吃惊。这可是让Mafia吃了好一阵苦头的组织的王，不过是完美地管理一两个宝石市场罢了，没什么不可思议的。

不过，无论是吃惊、赞扬，还是嫉妒，对中也来说都无所谓。他想要的东西，他们肯定给不了。

中也像扔石子一样把那份文件随手丢到座椅上，然后轻声说了一句带刺的话："照这个情形，鬼知道要花多少年。"

司机装作什么都没有听到的样子。

中也乘坐的高级轿车按照一开始的计划前往宁静的住宅区。

四周静悄悄的，唯一能听到的声音是低空飞行的金翅雀的叫声。无论是电车的行驶声还是通勤的嘈杂声都传不到这里来。轿车安静地疾驰，最后停在一家店门前。

这是一家砖瓦砌成的老式台球吧，招牌上用褪色的苍白文字写着店名——"旧世界"（Old World）。现在还没到早上的开店时间，所以门口的霓虹灯没有点亮。

中也下车后，轿车便悄无声息地开走了，没有打破住宅区的宁静。

中也打开店门。

迎接他的，是五把枪。

"本店还没开门哦。"

男人举着手枪说。枪口顶住中也的脑袋。

"尸体倒是可以进。"

另一个男人说。手中的短管霰弹枪指着中也的胸口。

"连个保镖也不带，你也太不小心了吧，宝石王先生？"

又一个男人说。他的手枪瞄准中也的侧腹。

"就算是你,想在这个姿势下防住所有攻击也是不可能的……"

第四个男人说。他握在掌中的微型手枪抵在中也的脖颈上。

"好了,你要怎么办,无敌的重力操纵者?如果你现在马上哭着道歉的话,我们可以给你个痛快。"

最后的男人站在中也的正对面说道。枪管很长的手枪笔直地对准中也的眉心。

进退维谷。攻击其中一个人就会被其余的人射杀,后退就会被人从正面射杀,前进则会被人从后方射杀。

中也没有任何反应,连脸色都没变一下。

室内的空气仿佛僵化成了实体。所有人扣住扳机的手指一齐按下。

砰!一个在周边的马路上都能听到的声音清脆响起。

中也始终站在原地,一缕缕像血丝一样的东西从他的头上垂落——其实是五颜六色的彩带。

"中也!加入港口Mafia一周年快乐!"

男人们开心的声音传遍了整个店内。

中也一脸不耐烦地扫视了一圈。

"你们是不是傻啊……"

每一把枪的枪口都冒着白烟,中也的头上挂着好几条五彩缤纷的纸带,空中还悠悠地飘着雪花般的纸屑。

男人们笑嘻嘻地望着顶着彩带的中也。

聚在这里的人都是港口Mafia内部互助会的成员,但这不是一个普通的互助会,他们成绩优异,是组织内最成功的人,肩负着组织的未来。他们的地位都和中也相同,或高于他,并且他们都很年轻,全部不到二十五岁,就像是港口Mafia里年轻的狼群。组织中的人把他们这个小组称为"青年会"。

中也叹了一口气，没和任何人打招呼，一脸冷漠地向店内走去。

"怎么了，中也，不高兴吗？"高个子男人朝中也的后背说，"大家可是为了你才聚在这里的。"

"不要给我弄什么周年庆。"中也用排斥的语气说，"我没什么高不高兴的感觉。"

"别这么说嘛，你肯定也会喜欢的。"高个子男人追上中也，"一会儿还有赠送纪念品的环节呢，就像学生一样，多好玩啊。"

中也停住脚步回过头，瞪了对方一眼。

"这么说，罪魁祸首是你了，'钢琴家'（Piano man）。真是服了，你开玩笑的品位真烂。"

"那当然，我就是为了用这种烂笑话给大家添堵才活到现在的。"

对中也嫌弃的语气报以清爽笑容的男人穿着黑色外套与白色的宽松长裤，他在组织内的绰号是钢琴家——他的衣服往往只有黑白二色。男人个子很高，手指细长，脸上总是挂着愉快的微笑。他是这个青年会的创建者，担负着类似领导的职责，也是他邀请中也加入这个青年会的。

比起Mafia成员，他更像一个匠人。

在整个横滨，他是唯一一个可以制造出与真币精度相同的假钞——"完美假钞"的人。但他为人过于随心所欲，经常以"对假钞完成度不满意"为由爽约，超出约定期限好几个月才交货，就算是来自老大的命令也一样。

顺便一提，他这个钢琴家的绰号并不是来自他黑白两色的单调服装，而是因为他在杀敌时，会使用带碳钢钢琴线的电动螺旋机。一旦将这种钢琴线缠到对手脖子上，任对方有多大的力气都无法扯断，几秒钟之后就会人头落地，仅在肩膀之间留下一道完美的平面，随之而来的便是大量的鲜血与牺牲者发出的惨叫的余音。

这个男人的身上糅杂了任性、敏感与残酷，大家都说，他是港口Mafia的年轻一代中离干部之位最近的人。

中也向店内走去，又有另一个男人来跟他搭话。

"哈哈哈！中也的表情也太棒了吧！别的不说，至少我对这次的节目超级满意！年轻一代的明星兼前Mafia之敌'羊之王'中原中也！光是能看到你那不知所措的表情，我这个青年会就没白入！"

金发青年把霰弹枪转来转去，用响亮的声音笑道。

中也瞪了金发青年一眼。

"哼，随便你说什么，我要是一开始没发现这是你们搞的鬼把戏，你早就死了，'信天翁'（Albatross）。"

"哇。不好意思，我可没弱到会被你杀掉的地步。在你自豪的拳头打到我之前，我会用这把刀把你的拳头砍下来的。"

说着，一把宽刃的廓尔喀弯刀便无声无息地从他外套的内侧出现了。青年朝空气挥舞弯刀，动作迅猛，仿佛那把刀轻若无物，然后他松开手——

坠落的冲击力让弯刀刺入地板，伴随着一声沉重的闷响，地板出现了一片蛛网状的裂痕。

青年笑了。

这个看上去很快乐的爱笑青年绰号叫信天翁。他是个自来熟的人，和谁都聊得起来。就算是在子弹与血肉交织的战斗进展到最激烈的时候，他的手下都不会跟丢他。因为只要顺着说话声或是笑声去找，就一定能看到他。

据说，港口Mafia"所有比行走速度更快的东西"尽在信天翁的掌握之中。说白了，就是指交通工具。这是他的领域。运送交易货物的车辆、沿岸警卫队的雷达无法捕捉到的运输艇，全是由他准备的。有时候他还能伪造车牌，帮别人安排用来犯罪的车辆。

他原本是组织的"逃命专家"，只要是有方向盘的东西，他都能驾驶，而且可以比任何人更快、更准。甚至有传闻说，他曾经开着一艘破破烂烂的渔船甩掉了海岸警卫队的高机动战斗直升机，但组织内部没有一个人怀疑过这个传闻的真实性。

激怒他的人在组织里活不过三天。因为车辆，也就是货物与钱财的流通是他的势力范围。如果被他嫌恶，那这个人的所有经济活动都会停止，转眼身无分文。

"中也，我们来干杯吧，干杯！"

信天翁追着中也，递出盛着香槟的杯子。

可是中也只瞥了他一眼便没再理会他，继续向店内走去。

"哎呀哎呀，你今天怎么这么不高兴啊，中也？"信天翁为了不让香槟洒出去，用夸张的动作举着杯子说，"你好像每个月都有一天会像现在这样突然不高兴。是出什么事了吗？比如做了讨厌的梦什么的？"

讨厌的梦。

听到这个词，中也瞬间回头，露出了烈火燃烧般的表情。

"不是！"

怒吼声让店里的玻璃都震动起来。

"哇，好吓人……那是因为什么？"

中也犹豫了一下，移开视线。再开口的时候，他的语调比刚才低了一些："还不是因为你成天在我楼上通宵喝酒闹腾，信天翁。不管我说多少遍你都不记得，那我就再说一遍，你的地板是我的天花板。"

"你可真是的，我怎么会忘呢？我是故意那么做的呀，邻居。"信天翁带着没有恶意的表情笑道。

信天翁和中也住在同一栋高级住宅，就在他的楼上。中也认为，这个安排是港口Mafia犯过的最大的错误之一。信天翁有时候会心血来潮地钻进中也的房间，说着"帮我干活"，把中也拉到外面，然后坐进车里，或是船和直升机里，将他带到远得离谱的战区。

因为他，中也的游泳技术得到了极大提升，毕竟信天翁未必每次都会帮他安排回程的交通工具。

中也无视信天翁，走到店内。就在他想将外套挂在店里的衣架上时，一个拿着香槟酒杯的男人从他的身旁冒了出来。

"呵呵……一周年……快乐，中也。"男人剪得齐整的刘海后的阴沉视线投向中也，嗤笑道，"我真没想到你会留这么久……呵呵。"

这个男人异常地瘦。细瘦的手腕衬衫的袖口显得空荡荡的，而且他没拿香槟酒杯的那只手还握着挂了药液的点滴架，从点滴袋延伸出来的输液管消失在他的衣服中。

用一句话概括就是，这是个看上去极其不健康的男人。

"'外科医生'（Doctor），"中也接过了递来的香槟酒杯，看了看里面，"不会有毒吧。"

"没有，"被称为外科医生的男人露出阴沉的微笑，"我知道小小的毒是杀不掉你的。"

"你怎么知道？"

"经验。"他的目光中划过一道暗光，"因为我用毒杀过你很多次。"

外表看上去极其不健康的青年是Mafia的医疗统管者——外科医生。黑社会有许多没有资格证的非法医生，但他不一样，他是在北美拿过医学博士头衔的货真价实的医生。

密医是黑社会需求量极大的一个职业，当需要治疗某些伤——比如枪伤和拷打受的伤——的时候，如果去正规医院，很有可能会有人报警，这种时候就只能找密医。这一点，即使是港口Mafia也不例外。

但这里和别的地方也有所不同。在港口Mafia，医生比其他职业更受重用，待遇也特别好。因为港口Mafia的老大森鸥外，曾经也是一名密医。而在港口Mafia层层叠叠的庞大医疗阵容中，外科医生是地位最高的。

他虽然年轻，却已经拯救了将近八百条人命，同时也有意地剥夺了几乎同等数量的人命。

他的目的是向上帝靠近，座右铭是"每救一条命，就距离上帝更近一步"，目标是拯救两百万条人命，因为这个数字和上帝在圣经中所杀的人类数量相同。为此，他才加入了Mafia。

他一直在安静地等待会让人像蝼蚁一样死去的大规模斗争。

"受不了，你们聚得太齐了吧，没想到连外科医生都来了⋯⋯"中也说着，环视了店内一圈，"说起来，只是一周年，为什么要办这么夸张的聚会啊？"

"我来解释吧。"一名声音温柔的青年踩着慢悠悠的步伐走了出来，"因为我们刚加入的那一年，是Mafia最困难的时期。"

"什么？"

青年面带微笑。他的笑容甜美得甚至有几分蛊惑性，其容颜也美得异于常人，仿佛带有魔性。如果他穿男装，微笑起来就会让女性神魂颠倒，如果穿女装，就会让男性如痴如醉。

"对加入Mafia的人来说，第一年是最为艰难的死亡弯道（deadman's curve），这在一年内，大部分的人要么逃，要么死，要么因为出问题被组织消灭。所以，这次聚会等同'庆生'。"

"有意思，你是觉得我会惹出乱子被弄死吗，'发言人'（Lipmann）？"中也瞪着他问道。

"没有，我可没这么想过。"被称为发言人的青年只说了这么一句，然后露出妖艳的笑容。

发言人的工作在这些人里算是最特别的。

他是Mafia与光明世界的交涉窗口。

换言之，他的工作就是与人交际。

与幌子公司谈判，与政府官员面谈及交涉，有时还要应付媒体机构，这些都是由他来做的。如果要说谁能代表港口Mafia对外的形象，那就是他了。

想杀他是一件很难的事，从某种意义上而言，比杀首领还难。

要问为什么的话，那是因为他是活跃在荧幕上的电影演员，连在国外都有狂热粉丝的明星。

如果他遇害，或是失踪的话，想必全世界的媒体都会把这写成头条新闻加以报道。而事情发展到这种地步，必然会让全世界的注意力都放在凶手的身份——也就是搜寻犯罪嫌疑人这件事上。对黑社会组织来说，这是绝对要避免的局面。

除此之外，发言人本身也是强大的异能者，而且他的异能还是能对攻击者的杀意产生反应的反击型能力，想不留痕迹地悄悄将其抹杀是绝对不可能的。

一旦有人的名字被当成凶手报道出来，全世界的媒体都会疯狂地将凶手的身份、目的、主使人揭露得一干二净。这样一来，下令杀害他的组织相关者就会被扒得彻彻底底，而这个组织，也会走到尽头。

这枚在他死后才会启动的炸弹过于可怕，是任何人都不敢碰的致命剧毒。

并且，他拥有的武器不仅仅是名气。他是天生的演员，伴随演技而来的有不凡的口才与谈判能力，以及人称"面部曲线完美"的美貌。尤其是在与合法世界的交涉中，当他坐到谈判桌前的时候，问题就已经解决了。

"不过，就算你被组织赶出去了，我也完全不会在意的。"发言人露出如羽毛般温柔的微笑，"因为到那个时候，我会邀请你加入我这一行，和我一起当电影演员，称霸世界。"

"我拒绝。"中也的表情看上去像是喝了毒药，"再说一遍，我拒绝。"

"开一周年纪念派对这个主意我反对过。"

突然一个沉稳的声音在店内响起。

这声音并不是喊叫声，也没有任何威慑的语气，但所有人都静了下来，看向说话的人。

只见一名穿着朴素的男人站在那里。

"'冷血'（Ice Man），"中也用带着戒心的声音道，"也对，庆祝派对跟你这个人可是一点都不相配。"

那个男人没有任何感情，也没有任何表情。

他在华丽又热烈的青年会中显得格格不入。他没有丝毫霸气，也很难给人留下印象，反倒有一种能将周围的一切气息和声音都吸收的暗夜般的冷静。

冷血是仅次于钢琴家的元老，寡言少语，面无表情。他喜欢穿简单的服装，他的工作也同样非常简单，尤其是在Mafia里。

他是个杀手。

他在杀人时不会使用异能，甚至连枪都不用，虽然会随身携带匕首，但他也从来没在工作中使用过。他工作的工具，一定是现场的东西。钢笔、酒瓶、电灯的装饰绳……所有的东西到了他的手里，瞬间就会变成比子弹更危险的凶器。

所以他在任何地方都能杀人，不管是在沙漠还是宫殿，抑或是银行保险库。

除此之外，冷血还有一个特技。如果有人在他附近发动异能，他可以通过体感察觉到。这不是异能也不是技术，而是他的体质。因此他可以在刹那间分辨出适合杀人的时间与地点。

因此，比起那些一般的战斗系异能者，他的杀人成功率更高，他也更受组织的信任。由于没有异能，他也不会被异能特务科和军警的异能犯罪对策科盯上，所有人都对他没办法。可以说，他是个如假包换的影子。

组织里的人都说，最有可能杀掉中也的，就是冷血了。

"真没想到你会来参加给我开的庆祝派对，冷血。你不是讨厌我吗？"中也挑衅地一笑，"毕竟我在'羊'的时候，咱俩还交过一次手。当时你没能暗杀掉我，听说你的口碑跌了很多啊。"

"我的确反对过举办派对，但那不是因为我讨厌你，也不是因为我恨你，而是因为开派对这种行为，会让你更生气。"冷血的语气很平稳，甚至让人感受不到感情的波动，"在场的所有人都不觉得你撑不过一年。"

"什么？"

"因为大家以为你会发动叛乱。"冷血的声音尖锐得就像冰块被划开的声响，"大家觉得，你身为港口Mafia的敌对组织'羊'的头目，会背叛老大，干掉他，然后向Mafia发动战争。为了不让这种事发生，钢琴家才会邀请你加入这个青年会。"

中也瞥了钢琴家一眼，后者面无表情地看着他们，既没肯定，也没否定。但这种行为就已经意味着肯定了。

"哦……是吗？"中也盯着所有人，"也就是说，所有人都把我当成刚出生的小婴儿，温柔地关注着我喽。真让人感动。为了不让我生气，大家还给我准备了奶嘴和拨浪鼓当玩具。托你们的福，小中也迎来了出生之后的第一个周岁哟，这肯定需要办个盛大的活动嘛。"

说着，中也捏碎了手里的香槟酒杯，里面的液体飞溅出来。

即便看到这一幕，冷血的眉毛也没有动一下。

"我们有理由对你保持警惕。"冷血继续道，"六月十八日，下午三点十八分，激怒你的宝石批发商受了重伤，需要三个月才能痊愈。原因是他问了你'一个问题'，一个非常无聊的问题，可是听到这个问题的你却将他轰到了三楼建筑的屋顶上。"

"是吗？我都忘了。"中也的目光很锐利，与他的回答截然相反，"不如你试试现在再问我一遍那个问题。如果你有这个胆量的话。"

冷血沉默了。他面无表情，像是所有的感情全部消失了似的，五秒钟之后才开口道："'你是在哪里出生的？'"

中也瞬间便做出了反应。他一把揪住冷血的衣领，凶狠地将他扯到了自己面前。

后者的衬衫因这个动作被扯破了一块，发出刺耳的声音。

"你这是什么意思?"冷血俯视他揪住自己的那只手,冷冷地问道。

"要看你是什么意思。"中也没有放松力道。

信天翁不知所措的声音从一旁传来。"喂,喂,差不多行了。"他抓住中也的胳膊,"这种问题有什么可生气的啊,中也,一点也不像你。"

"像不像我不是你说了算的,小心我宰了你。"

中也迅速甩开抓着自己的那只手,被推开的信天翁跌跌撞撞地后退了几步。

中也正想继续往前走,却突然停住了脚步。

一根台球杆顶住了他的太阳穴,就像水平刺出的一把剑。

"喂……这根棍子是什么意思?"中也保持着静止的姿势面无表情地问。

"要看你是什么意思。"握着球杆的冷血答道。

中也上半身一退,头部远离球杆,然后狠狠地撞向球杆。

球杆顿时被撞飞出去。

无数碎木屑在房间飞舞,大部分都落到了拿着球杆的冷血身上。锋利的木片划破了他右边的太阳穴,血流到了眼角,可冷血却连眼睛都没眨一下。

"到此为止。"事情发展到现在,一个最为冷酷的声音响起。

不知何时,钢琴家站在了中也的身后。一根透明的钢琴线从他举起来的手臂的袖口中伸出,缠在中也的脖子上,就像是一条高级的项链。

"中也,"钢琴家冷冷地说道,"'禁止对同伴使用异能'。这是青年会的首要规则。你忘了吗?"

那东西虽然叫钢琴线,却不是在乐器上使用的普通钢琴线,而是能绑住钢筋和混凝土材料搬运的、完全用于工业建筑上的钢丝。

钢琴家的袖子里有螺旋装置,只要一启动,钢琴线就会变成全世界最轻的断头台,将人头刷地割下来。就算中也操纵重力将钢琴线的质量变轻,也不可能让螺旋的速度变慢,他的头还是会被割掉。

"我明白你为什么不高兴。"钢琴家说,"因为再这样下去,你就会输给太宰。你必须比太宰先一步当上干部。因为,你之所以加入Mafia,就是为了翻阅只有干部才有权力阅读的机密文件。那份文件上,写着你的真实身份。"

中也的表情变了。

"你怎么……"

"可是,如果你按照现在的状态做下去,想当上干部至少还要花五年的时间。"

中也的眉头拧得更紧了,他死死咬住牙关。

"别再说了。"

"不,我要说。"钢琴家的脸上浮现出冷酷的笑容,"我从老大那里得知了几乎全部的事情。"

"什么?"中也沉下脸来。

"因为是老大命令我的啊,在我把你拉进青年会后不久,老大便命令我监视你,看你有没有获得什么新情报,有没有独自调查机密资料的内容。"

"监视……我?"

钢琴家点点头,说:"这不是必要的措施吗?如果你没有翻阅资料的需求了,那么你很有可能在未来的某一天反抗老大,毕竟你曾经是敌对组织的人嘛。至于你的出发点,我自然也听说了,也就是那所谓的让人惊讶的真相。"

"……住口。"中也用压抑的声音呻吟道。

"'荒霸吐',又名军部人工异能研究体,'试制品甲258号'。这就是你。你怀疑自己不是人类,只是一个人造品。证据就是——你不会做梦。"

中也发出了不成声的吼叫。

接下来的事情发生在转瞬之间。中也的右手像蛇一样一闪而过,抓住钢琴家的手臂，将他袖子里面的钢琴线电动螺旋机捏碎。紧接着，中也用左手捡起地上的球杆碎片，用锐利的一角抵住钢琴家的喉咙。

除中也之外的所有人都迅速动了起来。

发言人从西装内侧掏出冲锋手枪，指向中也；信天翁的廓尔喀弯刀压在了中也的脖子上；外科医生掏出注射器，将针头对准中也的太阳穴；冷血捡起碎酒杯，将尖端靠近中也的眼睛。

然后就是一片静止。

所有人都一动不动，连呼吸都停住了。就像是一张静止的照片。唯一在这个空间里活动的，就是空气中在朝阳的照射下闪闪发光的灰尘。

所有人都可以用一个动作夺走另一个人的性命，但谁都没有动。

"动手啊。"中也说，他的声音像一把拉满的弓一样颤抖着，"谁先动都行。"

"动手也不是不行，但在此之前，先让我们把活动计划做到最后。"钢琴家用沉着的声音说道。

"什么？"

"我不是说了有一周年纪念的纪念品吗？"说着，他从怀里掏出了一样东西，"就是这个。"

中也带着警惕的表情移动视线，然后僵在了原地。

"……啊？"

这个字刚一出口，他的一切便都停了下来，甚至连呼吸和心跳都仿佛停止了。

中也的手脱了力，举起的球杆碎片落下，发出咔嗒一声。

中也像是忘了周围的环境一般，用颤抖的手地将它接了过来。

那是一张照片。

"还挺值钱的吧？可费了我好大工夫。"

中也仿佛被勾住了魂魄似的凑近照片，钢琴家的声音根本没有传入他的耳中。其他人各自苦笑着将武器收了回去，依然没有吸引中也的注意力。

"如果下次再有人问你那个无聊的问题,你就把这个给他看。"

照片上的,是五岁的中也。

背景是一个不知道哪里的海岸,人物是穿着麻布和服的中也和一名青年。二人手牵着手,齐齐看向摄影师。青年或许是被斜射的阳光晃到了眼睛,眼睛眯着,露出微笑。年幼的中也呆呆的,像是不知道发生了什么一样,望着摄影师。

"这张照片拍摄于西边某地的古老村庄。"钢琴家说,"那个村子现在已经荒废了,没有任何居民。不过,外科医生从保存在附近村子的医疗记录中有了发现。外科医生。"

"呵呵……人类可以说谎,牙齿记录可说不了谎。"外科医生露出虚弱的笑容,拿出另一份文件,"医疗记录有一定年限的保管义务……这个义务就成了我们的希望……呵呵……"

中也一脸困惑地交替看了看外科医生和他递过来的文件。

"你可不能独吞功劳哟,外科医生!"信天翁递来另一份文件,"要是没有我,根本无法找到医疗记录。诊所倒闭后,医疗记录会统一交由医疗法人保管,在多如牛毛的法人之中,是我,顺着那份记录打听出了正确的保管地点!然后将有可能保管资料的机构挨个威胁……挨个求了个遍,才好不容易找到的!"

"当然,无论是多么优秀的搜索者,如果没有最开始的那一步,都无法抵达最后的目的地。"发言人莞尔一笑,又递过来一份文件,"我托一名和我有私交的女子帮忙,看到了政府的军方资料。当然,因为与那个研究有关的资料是机密,所以在战后就被立即处理掉了,但是我得知,军方的一支部队在西边办过类似人体实验的遗体捐献招募。这就是最开始的线索。也就是说,我的功劳才是最大的。"

中也似乎明白了话题的走向,小心翼翼地看向最后一人——冷血。

"……我没做什么大不了的事。"说着,他将最后的资料递了过去,

"我找到了你父母的兄弟姐妹的情报和年代更早的家谱，还有你上过的学校、你的成绩表、年级照片，以及政府登记的出生记录。因为钢琴家说不要让老大知道我们在调查，所以我没找情报贩子，自己去闯了八次空门。"

"八……八次？"

中也目瞪口呆地接过资料。冷血点点头，露出了今天的第一个微笑。

很少有人知道他私底下是什么样。其实非工作状态中的冷血很沉稳，是一个喜爱咖啡和唱片的温厚男人，但知道他这一面的人少之又少。

而在场的五个人都知道。

中也把所有人挨个看了一遍，大家都微笑着，钢琴家、信天翁、外科医生、发言人、冷血——港口Mafia的英才们。

"为什么？"中也看了一眼照片，"这是……违背老大命令的行动吧？"

对老大来说，中也的出身秘密是将他绑在组织里的"枷锁"。只要有这一道枷锁，中也就无法背叛Mafia。

然而，钢琴家满不在乎地耸耸肩："老大的命令是让我监视你，看你知不知道秘密，但没让我隐瞒这个秘密啊。"

中也盯着钢琴家，像是要打探这句话的真实意图。

"为什么？"中也的表情掠过一丝不安，"为什么你们要为我做这么多？"

"这个问题……"钢琴家理所当然地答道，"我不是说过了嘛，这是一周年纪念。"

"可是……"

"又没什么大不了的。"发言人反倒对中也的态度感到困惑，环视众人，"硬要说的话嘛……"

他用再自然不过的表情说：

"因为我们是'同伴'啊。你在'羊'里的时候不是这样吗？"

不是。

中也惊愕的表情说明了这个答案。

在"羊"里，所有的人都将中也当作依靠，但反过来却是完全不成立的。

"你不如这样想吧，中也先生。"发言人张开双手，露出柔和的神情，"这不是礼物，而是'旗帜'。在古罗马时期，军队扬旗的原因只有一个，那就是告诉对方'我们在这里，我们是一伙被选中的人'。当我们六人中的某个人陷入危难时，你就会想起这面旗帜，然后来到旗帜这里。我期待这样的画面。"

说完，他微微歪了一下头。

"呵呵……很不错的演讲。不愧是发言人，被你的花言巧语骗过的女人不知道有多少……"

外科医生像是自言自语般地说道。

"听不懂你在说什么。"发言人露出清爽的笑容，"对了，顺便告诉你，咱们这个青年会有个正式的名称，叫'旗会'(Flags)。刚才那个比喻就是从这个名字借来的。不过，记得这个名字并且会用这个名字的人，就只有身为创立者的钢琴家先生一个人啦。"

"旗会？"信天翁感到疑惑，"我好像是第一次听说。"

"喂，你不会忘了吧？真让人无语，我一开始就说过吧。你们说是吧？"

钢琴家环视全员，可是大家都是同样的表情。

"等一下，该不会真的没人记住吧？这可是我烦恼了三个月才想出来的名字啊。"

所有人都默默从钢琴家身上移开了视线。

只有中也一直盯着手中的照片。仿佛重要的不是上面的人，而是这张照片，它的存在就已经标明了所有的答案。

"中也，祝你加入Mafia一周年快乐。"大家一起说道。

中也有那么一瞬间——就几秒钟的时间，像一个不知所措的孩子。他看了看大家，看了看资料，又看了看照片里的自己。

"怎么了？"

听到钢琴家的声音，中也这才回过神来。

"我……"

他努力做出生气的表情，想开口怒吼几句，大脑却一片空白。

所有人都一脸疑惑地看着他。

中也急忙转过身去，冲着入口大喊：

"哦，原来是这么回事啊！"中也的音量大得莫名，"也就是说，你们觉得趁我没防备的时候给我看这些东西，我就会感动得哭着向你们道谢，这就是你们的目的吧！"

"嗯？不是……"

"谁会上你们的当啊，记住，我是绝对不会上当的！"中也依然背对着他们，踩着粗鲁的步伐走向入口，"我走了！听好了，别跟过来！千万不要看我的脸！"

钢琴家茫然地看了大家一眼，然后对中也说："这样啊，你要回去的话那就没办法了。按照我的计划，一会儿还有一场六人台球比赛呢……算了，就我们五个比吧。"

"可是主角都要回去了啊？"发言人一挑眉。

"那也没办法啊。所幸酒还有很多，我们好久没一起玩过了，就趁这个机会排解一下工作的压力吧。获得第一名的人还有奖品哦。"

"太好了。"

"喂——中也，你听到啦，回去的路上当心哦！"信天翁冲着入口挥挥手。

"玩你们的吧！"

中也一脚踹开店门，走了出去。

"唔……"

大家面面相觑,然后看向店门,一句话也没说。

沉默持续了十秒钟,又十秒钟。

没有人说一句话,也没有人动一下。

三十秒过去了,四十秒还不到的时候,店门被人打开了一条缝。

"该死的。给我讲讲规则,我会把奖品全赢走的!"

中也站在门口,他的脸上带着半是懊恼半是愤怒的表情。

"这才对嘛。"钢琴家露出微笑。

接下来的时间里,店里变成了非常普通的台球吧。

室内充满了撞球声、脚步声、欢笑声、怒骂声、哀叫声、碰杯声、落球声、年轻人的笑声……真是全世界随处可见的风景。

在场所有人的资产加到一起可以在这个城市买下好几块地皮。可是,他们那不同寻常的身份现在一点都看不出来,能看到的只是司空见惯的、非常普通的年轻人之间的谈天说地。

"上次倒数第一名是谁?"

"你也就现在能吹吹牛皮了。"

"酒没啦。"

"哈哈哈,你最好喝多了手抖!然后输光光!"

"我的确手抖了,只比你多进了两倍的球。"

"这是你说的啊!"

店里非常热闹。有人在自动点唱机点了一首曲子,在古典管乐的背景中,台球碰撞,觥筹交错,说笑声交织。

每一个街头都能看到这样的画面。所有人都喜爱这样的时间,这并不难得,也可以在转瞬之间便消失得无影无踪,犹如香槟的泡沫。

它就在这里。

"呵呵……看我这招定胜负。"

"对了,之前在港口,我看到你和一个金发女郎在一起,那是你的新女朋友？"

"啊，什么？啊。"

"哇，好惨。"

"你们怎么回事啊，就这么想输给我吗？"

"哇，这球的位置有点危险，不要让中也都有机会打啊！无敌的唯我独尊小王子又该翘尾巴了！"

"谁是唯我独尊小王子啊？"

"总之，结束这一局！下一个是谁啊，靠你了！"

球被打了出去。非常完美的一击。

母球被推杆球的手法击出，击中目标球，目标球又撞上第二目标球。目标球以组合球的形式将球桌上的球一个个弹开，自己也改变了轨迹。受到作用力的彩球在球桌上画出复杂的几何图案。

"哇。"

不知是谁倒吸了一口气。在肉眼都跟不上的复杂反应后，黄球与九号白球都滚向了中间的球网。

最后，宛如深呼吸般，九号球缓慢地掉入了球网。

短暂的沉默后，所有人都发出了欢呼声。

"好强！""刚才那是什么啊，专业比赛里都看不到！""这轨迹也太艺术了吧！""真可惜啊中也，你的连胜纪录被中断了。""新王者诞生！""刚才那球是谁打的？"

怪事就在这时发生。

所有人都大吃一惊，寻找打出刚才那一记球的人。

"咦？"

刚才房间还只有六个人——现在却成了七个。

"多谢夸奖。"

第七人说。

来人穿一身蓝色的西装三件套，四肢修长，有一头黑发与一双淡褐色的眼睛，五官端正，看上去一本正经。手中垂直拿着一根球杆，就像是拿着一根出席典礼的手杖。

"奖品就不必了。想从他人那里打探情报，首先就要与对方交流，拉近关系，这是侦查手册的基本内容，我只是如实照做而已。跟计划的一样，我们之间的关系被台球拉近了。接下来，我就可以开始自己的任务了。"

青年的声音既平稳又清晰，他的目光也十分认真。

其乐融融的台球大赛就此告终。

伴随着灼烧空间的声音，廓尔喀弯刀向青年的头部飞去。

"哎呀。"

蓝西装青年头一歪，躲过了这把破空而来的刀，躲不开的头发在空中散开。

把廓尔喀弯刀劈过去的人是信天翁。看对方躲过，信天翁依然维持着冷静的表情，压低了整个身体。

拿着球杆的冷血出现在青年身后，他把自己的身体弯成如拧好的发条，释放出宛如狙击弹的一击。

穿蓝西装的青年轻松躲了过去，冷血追击，连续放出攻击。球杆擦过他的鼻尖，掠过他的发梢，穿过他耳边的汗毛，但一下都没有打到他，全部被他以分毫之差躲开了。

"有两下子。"

"哈哈，有意思！你连门都不敲就走进这家店，看来是很想让我们精心地把你杀掉！那我们就实现你这个愿望！"

"我只是友好地玩了一场游戏，却令侦查对象的攻击性提高了。这不合理。为什么？"

狼群没有等青年回话。在青年为了躲避球杆而露出破绽时，钢琴家早就绕到了他的身后。

钢琴家的手表中伸出一根亮晶晶的细线。

"你的借口就留到地板上继续说吧。"

肉眼几乎看不到的细线慢悠悠地落到青年的脖子上，它就像是光的反射线一样，缠住青年的脖子。

钢琴家一扬手，环状的线骤然收缩，开始向袖子里缩去。刚才中也捏碎的只是一只手上的螺旋机，其实钢琴家两只手的袖子里都藏了螺旋机。

藏在袖子里的电动螺旋机一旦启动，便会变成任何蛮力都扯不断的死亡断头台。

青年情急之下把球杆插入脖子和线之间。可是木球杆就像是甜点一样，被收紧的钢琴线直接咬碎，断成两截。

钢琴线的周长已经与青年的颈围完全一致了。

接下来只要冷酷无情的钢丝将青年的脖子削成一个平面……

但这个场景并没有到来。

"什么……"

青年没躲，甚至没想把线从脖子上拽开。

因为他没必要这样做。钢琴线在青年的皮肤表面上打起了滑。

螺旋机带着启动声勒着他的皮肤，但也就仅此而已，他连擦伤都没有。

"检测到表皮接触器的负荷。"青年面无表情地说，"根据设置好的程序，执行逃脱行动。"

然后他突然旋转，没有任何准备动作，身体就像车轮一样旋转了一周。皮鞋在空中划出一道弧线。钢琴家的螺旋装置承受不住他的旋转速度，被连着钢琴线一起拽断了。碎片飞到了空中。

"哦？这可真是精彩。"钢琴家后退着说，"是战斗系的异能者吗？难怪敢一个人独闯Mafia的巢穴。"

所有人迅速与青年拉开距离。

普通的战斗规则对战斗系异能者行不通。因为他们与刀枪不一样，是未知的灾难。一旦采取了错误的对策，就有可能当场死亡。

年轻人们立即拉开距离，展开对抗异能战斗的阵型。

"不，不，本机不是可疑人物。"青年说着，从西装胸前的口袋里掏出一枚黑色徽章，"我叫亚当，如你们所见，是一名欧洲刑事警察机构的刑警。"

室内的空气顿时一变。

"警察？"钢琴家露出刀锋般的笑容，"这样啊。亚当先生，看来你说得没错，我们果然有误会——警方的人闯入这个地方还想活着回去，这才是最大的错误！发言人！"

"明白。"

发言人从外套内侧掏出两把冲锋手枪同时开火。用每秒十发的速度射出子弹。

穿蓝西装自称亚当的青年举起手背进行防御。9mm子弹从他手背表面滑过，斜着弹了出去。

"感知到冲击！距离断裂应力的极限还有63%！"名叫亚当的欧洲刑警叫道，"你们的行为有可能造成国际探员的破损！"

"果然是不怕物理攻击的异能者啊。"钢琴家冷静地看着对方。

"发言人，继续控制住他。我们改拘缚战术！"

"慢着。"冷血举着球杆，警惕地说，"我有一种不祥的感觉——"

冷血说到这里，第一次在今天露出了惊愕的表情。

"他不是异能者！"

"什么？"

所有人这才露出了混乱的神情。

不可能。

钢琴线割不断，连9mm子弹都能徒手抵挡的人不是异能者——这不可能。这件事就和重力方向逆转，太阳撞月亮一样匪夷所思。可是冷血的直觉也不可能出错。

当人类面对完全矛盾的两个情况时，就很难维持战线，哪怕发展到混乱和逃亡的局面都是很正常的。

但他们都不是普通人。

"有意思，"钢琴家笑道，"那就先下手为强！只要能解决他，这一周的话题就都是他了！我现在批准所有人使用异能！"

"异能隐匿解除，明白了。"

"哈哈！这样才对嘛！"

"呵呵……让我来做个开膛手术。"

紧接着，无数光点在室内亮起。

光点如拳头一般大小，既没有热度，也没有重量，它们宛如公转的星星一般，开始在穿蓝西装的亚当周围旋转。

就在这时，亚当失去了平衡。

"咦？"

亚当的皮鞋陷入了坚硬的地板里，就像踩进了柔软的沙漠中。地板崩塌成沙状，将他的皮鞋吞没。他想用力把脚拔出来，但用力的那只脚也开始向下沉。于是他下意识用左手撑住地，可是那只手也沉了下去。

"这是……"

亚当扭转身体，打算用脚勾住台球桌，但是他的手背中又冒出了什么东西。

被细鳞覆盖的身体，鸟类般细长的头，口中密密麻麻的尖牙——

恐龙。

小型恐龙的脑袋先从亚当的手背中冒出来，就像一棵植物从土中发芽。

"知识模组无对应情报。"亚当十分不解。

恐龙发出一声吼叫，咬向亚当的脖子。

亚当一甩头，勉强躲了过去。

可是这个动作让他失去平衡,导致他陷得更深。

"再来一下。"有人说。

突然,天花板喷出呈放射状的细线,细线缠住亚当,迅速将他卷到喷出的方向。亚当的身体砸到天花板上,亚麻色的沙子四散。

天花板的木材碎片掉落,亚当发出了呻吟声,与此同时,细线消失了。在重力的作用下,亚当掉了下去,狠狠地摔在地上,又被变成沙漠地狱的地板吞没。

"战斗评价模组无法识别当前情况。"

亚当的脖子又被缠上了钢琴线。

"单枪匹马挑战我们六个,你的失误可真是够豪迈的,警察大哥。"拿出备用螺旋机的钢琴家带着冷酷的笑容说道,"同时承受这么多异能攻击,就算是世界的王者也撑不过十秒。好了,中也,这是送你的一周年纪念礼物,从手臂到腿脚你可以随意选一块。"

"中也。"这两个字让亚当有了反应,他的表情变了,"果然是你啊。"

接下来的事情发生在转瞬之间。

亚当故意让右臂沉入地板,恐龙发出惨叫声消失在地板中。

由于右臂沉没,左脚因反作用力从地板中冒出。亚当用左脚蹬了一下附近的一个台球桌,桌上的球杆滚落下来,他用脚尖捕捉到那根球杆,连看都不看就直接踢起。

被长腿踢起来的球杆在空中打转。

当球杆掉下来之后,亚当用左手从背后抓住它,将球杆旋转了几次,然后刺向沙地。

他借助反作用力,将身体从地里拔了出来。

"他是杂技演员吗?"信天翁大叫。

"不能再让他自由活动了!"钢琴家发出命令。

发言人连续开枪。

亚当在空中扭转身体,躲过所有子弹。子弹几乎都是擦着他的身体过去的。他一边用最小的动作穿越枪林弹雨构成的死亡迷宫,一边在空中飞舞,然后落地。

落地的位置——是中也面前。

为了不让中也等人沉下去,那一块地板还没有变成沙漠。

亚当举起球杆,随后将球杆扔到了地上。

"中也!"有人大叫。

"中也先生。"亚当单膝跪地,低下头,行了一个面向贵族最为尊贵的礼。

"我是来保护您的。"

"……啊?"

中也一头雾水。他一脸难以置信地看向面前这个摆出服从姿势的欧洲人。

"本机是由异能技师沃斯通克拉夫特博士制作的第一台人型自律思考计算机——亚当·弗兰肯斯坦。本机的目的是逮捕盯上您的暗杀者。暗杀者的名字叫魏尔伦,保罗·魏尔伦。"

"魏尔伦?"听到这个名字,中也脸色一变,"你为什么会知道这个名字?"

"中也,你认识他说的那个人?"

"那是个暗杀者?"

"他刚才说了什么计算机?"

年轻人们你一言我一语地问道。

亚当站起身,带着认真的眼神,说道:

"中也先生,单凭您一个人是无法击退魏尔伦的,所以本机才会被派过来。他不是普通的暗杀者,他是暗杀王,暗杀王保罗·魏尔伦——也是您的兄长。"

五颜六色的球体在空中飞舞。

红色,橙色,深绿色……各种鲜艳的色彩让人眼花缭乱,划着高低不同的弧线上上下下。

"好厉害……"信天翁呆呆地说。

亚当在抛台球。他用抛球杂技的手法将台球扔到空中再接住,九个球划出高低不同的复杂弧线,像有生命的物体一样在空中舞动。

"普通的街头艺人的确没这个水平。"

"顺便告诉大家,"亚当一边玩杂耍,一边认真地说,"处于最高位置的两个球的数字互质,也就是说,它们没有共同的质因数。我一向都是这样安排的。"

钢琴家抱起胳膊看向舞动的台球:"唔,5和8,然后是8和9……确实。"

"啊?共同的质因数……啥玩意?"

"信天翁,拜托你稍微学学数学吧,想升职,数学也是很必要的。"钢琴家一脸无奈地说。

台球吧内,六名年轻人坐在球桌上,围在亚当身边,欣赏站在中央的他表演杂技。

"这就是你的个人技能吗?"

"只是简单的物理运算。"亚当面无表情地答道,"重力加速度、空气阻力、旋转力矩、科里奥利力……我只是在模拟物质平时的物理量,从而预判球的行动。在这方面的物理运算上,计算机的能力要比人脑更优秀。"

"哦?厉害。"信天翁叹了一口气,"不过我一个字都没听懂。我说,你懂吗?"

样打了起来。他们都是超一流的异能者，那场战斗的光芒烧焦了夜空，轰鸣撼动了大地。

战斗最后分出了胜负，胜者是兰波。但他获得胜利的代价也很惨烈，因此付出了两样重要的事物。

一个是亲手杀害了他最信任的搭档兼挚友——魏尔伦，还有一个是超级异能者之间的战斗导致军部的追踪部队察觉了他的所在地。

兰波被追踪部队包围了。那时他刚经历一场死斗，非常虚弱。在不得已的情况下，他采用了下策，将抢来的"荒霸吐"吸入体内，变成了供自己驱使的新异能。

兰波的异能是吸收他人，将其变成异能——然而这超凡的异能却在那个时候出了岔子。

"荒霸吐"的封印被解除了。

那是人类智慧所不能及的神兽，为了不让其现出真实力量，军部一直用严密的封印封锁着，而兰波吸收并转化为异能的其实是它的封印。最终，显露真身的神兽带着周身的神之黑焰把一切都烧成了灰烬，包括军队、研究所、周围的大地……

所过之处，寸草不生，只剩一个被轰成擂钵状的爆炸中心地。

兰波凭借自己的异能九死一生，却失去了自己剩余的力量与大部分记忆。

他徘徊于街头的时候被Mafia收留，花了八年的时间恢复力量与记忆，同时寻找自己走过的人生之路。

为了完全恢复记忆，他使计诱出了真正的"荒霸吐"——中也，想将其吸收。由此引发的，便是一年前的"荒霸吐事件"。

最终，兰波与中也展开战斗，最终被打败，死去。

"啊？"信天翁发出了怪叫声，"慢着慢着慢着，那个事件就是一年前的'假前任首领事件'吧？我听说那件事的主谋是兰堂大哥啊，那岂不是说，兰堂大哥就是……"

"嗯。"中也点点头,"他曾经是欧洲的谍报员。那起事件就是为了诱出'荒霸吐'设计的一出大戏。"

"原来如此。"冷血点点头,"我一直觉得奇怪,不明白兰堂先生为什么要背叛,原来有这么一层内情。"

"兰堂是我杀的。"中也带着回忆的神情看向自己的拳头,"他在临死之前,坦白了搭档的事。在那种情况下,兰堂不可能说谎。魏尔伦死了——不管你想找什么样的借口。"他看向亚当。

"不,"亚当用完全让人看不出感情的面庞摇了摇头,"他还活着。"

"你怎么证明?"钢琴家愉快地探出身体。

"我可以证明。但是,这会违背我在任务上的保密义务。"亚当一脸认真地说,"有权力得知这件事的人,只有与本案密切相关的中也先生一个。"

中也看向青年会的众人说道:"他们现在也和这件事有关系了吧。"

"别在意我们,"钢琴家耸耸肩,"这可是与你的身世有关的问题,你自己听就好了。"

中也用食指指腹敲了敲自己的唇,陷入深思。片刻后,他说了一句"知道了",便走向了店门口。

他来到大敞的门口,并没有出去,而是将门关了起来。

所有人都露出了意外的神色。

"这的确是我的问题。"中也在门前说道,"但是,假如他们中的某个人也碰到了同样的问题,我不会不管。我会参与进去。他们肯定也跟我的想法一样。我不打算离开这里,所以你现在就说,否则我不会协助你的调查。"

所有人都感到意外地看向中也。

"喂,你们听到了吗?"钢琴家说。

"嗯。"冷血点点头。

"我忘开录音机了。"发言人微微一笑。

"啊，还是当我没说吧，我自己听好了。"

"不行，现在不能取消了。中也，你是走不出这个大门的。"信天翁绕到中也身后，用手按住了他想打开的门。

"我明白中也先生的意思了。"亚当点点头，看向中也，"您在做决定的时候，会把与伙伴之间的友谊放在首位。用人类的话来讲，这应该就是'为他人着想'吧？没办法。我会放弃说服中也先生，采取这样的建议。"

亚当的手肘射出了什么东西。

是钢丝。从亚当的左右手肘高速发射出来的带秤砣的钢丝旋转着缠住中也，封住了他的手臂与手指的动作。秤砣由磁力吸在一起，将中也固定成了一根棍子。

"咦？"

"啊？"

中也的双手被完全固定，一动不能动，下意识发出了轻呼，几乎在同一时间，亚当将他夹在了腋下。

亚当夹着中也猛地一跃，跳到了店外。

"本机以任务为优先，也就是人类所说的……"说到这里，亚当想了想，继续道，"'为他人着想'。因此，各位，我要把中也先生借走半个小时左右。"

说完，亚当像夹货物一样夹着中也，跳向住宅区。

亚当向上一跃，踩碎地面，落在住宅的屋顶上后继续奔跑，横着落在三层高公寓的墙面上，接着在住宅区之间飞檐走壁，渐渐不见了踪影。

被留在原地的五名Mafia成员面面相觑。

"喂，"信天翁看向门外，"这样行吗？"

"怎么办？"发言人一边望着外面一边道，"中也先生在我们面前被人绑架了，这件事是不是或多或少有点问题？"

"很有问题。"说是这样说,钢琴家却很爽朗地说,"先等半小时,要是他们没回来的话,就派搜索队出动。在此之前,我们就边喝酒边等吧。"

"既然你都这么说了……"发言人不情愿地点点头,"不过,刚才我差点被他牵着鼻子走……那么厉害的人工智能,真的是靠异能技师的力量造出来吗?外科医生,你怎么看?"

外科医生沉默不语,然后歪着那张不健康的脸说了一句话:

"我也想被人抱着走……"

"啊?"

亚当在横滨的空中跳跃。

他踢蹬大厦,将红绿灯当作落脚点,像踩着踏脚石一样在街头飞翔而过。看到他的人都吓得发出了尖叫。

当他跨过公交车站的顶棚,把电线杆当作踏板再次起跳的时候,被他夹在腋下的中也开口说道:

"差不多行了。"

话音刚落,亚当的轨迹就发生了变化,跳到一半的抛物线戛然而止,笔直落下。

"哇!"

亚当和中也狠狠地摔在了空地上,碎石四溅,尘土飞扬。

在尘土中,中也站了起来。他叹了一口气,然后屏住呼吸。被施加了重力的束缚钢丝先是慢慢滑落,最终不堪负荷高速落地,砸进了地里。

"虽然我有很多话想说,"中也说着,拽掉束缚钢丝,"但是我首先要说的是,不要像夹着包裹一样把我夹在腋下跑!你用背的,或者用拽的也行啊，方法有很多啊！"

"非常抱歉。"亚当晃晃悠悠地从地上的坑里爬起来，"可是从中也先生的尺寸来看，我认为这样的搬运方式更有效率。"

"小心我把你变成一堆废铁，破烂玩意！我现在在发育期，今后还会长的！"

他们现在所处的地点，是一块仿佛被市中心抛弃的未铺修的空地。这里曾经有一座老旧的基督教堂，但因战时的防空法被拆除了，此后，这块空地就成了归属权不明的地区，被政府放置不管。在这块泥土裸露的建筑用地上，可以看到附近居民随手带来的玩具零星地散落在各处，有一半被埋进土里的做游戏的轮胎，有掉漆的大象摆件，有小孩子玩的秋千，它们就像沉默的看守者一样守护着这片土地。

亚当拍了拍衣服上的土，就在这时，中也的手机响了，是钢琴家打来的。

"干吗？"

"你没事吧，货物同学？有没有被平安送到收货地点啊？"电话那头的声音听起来很愉快。

"废话，我怎么可能有事。你们那边呢？"

"我们这边？在打扫乱得不成样子的店铺。唉，大清早的劳动可真让人心情舒畅。"

电话那头传来几声嘲笑："其实我想让你事情办完了就回店里来……但是我们刚才正好也来了份工作，等办完再会合吧。"

"工作？要动武的那种吗？"

"还不知道，但愿不是。"钢琴家轻声笑了笑，"组织的联络员过来叫我们都过去。既然把我们五个人都叫上了，那很有可能是老大亲自下达的工作，也没准是升职的事？要是我先当上了干部，我就每个月给你们发零花钱。"

电话那头传来"哈哈哈，你就吹牛吧，钢琴家"的叫声。

"就这样,晚上再来店里会合吧,信天翁会派车去接你的。"

简单道别后,电话挂断了。

接完电话后,中也一言不发地盯着挂断的电话,几秒后才回过头说道:

"好了,玩具刑警先生,现在就我们两个人了。按照刚才说好的,你该把魏尔伦的事告诉我了吧,一五一十地。"

"当然。"亚当道,"那么,先请您看下这个。"

说着,亚当从西装中掏出一张照片。

中也接了过来。照片拍的是某个类似宫殿的地方,有着大理石地面和打理得非常整洁的家具。

但照片里的内容不只是家具,还有三具尸体。

"这是Y国大教堂的加冕殿堂。"亚当用平静的声音说道,"三年前,那里发生了一起杀人案。"

倒在地上的男人们穿着Y国仪仗队的正式服装。照片里没有一丝暴力的痕迹,他们腰间的仪仗剑没有拔出来,地板没有弹痕,没有撕下来的衣服碎片,也没有血。一切都很平静,就好像他们只是睡着了。

"他们是级别最高的女王卫兵,也是Y国行政机构'时钟塔的侍从骑士'的异能者,拥有正式的骑士爵位。最重要的是,他们都分别被授予了保护女王的'权利'。也就是说,在保护要员这一点上,他们的实力在全世界都是屈指可数的。外界评价,他们一个人就可以在一夜之间让恐怖分子组织消失,事实上,他们的确做到了。"

"那杀害他们的人,就是魏尔伦?"

亚当机械地点了点头,道:"具体的杀害方式目前不明,因为尸体上没有外伤。"

"那就是用异能杀的?"中也凑近照片盯着看,"说是不明,但用解剖之类的手段,还是能知道死因的吧。"

"对。"亚当表示了肯定,"根据验尸官的报告,直接死因是呼吸障碍。

由于肋骨断裂，肺部收缩功能受损，最终导致窒息而亡。他们外表看上去没有受伤，但每个人体内的骨头已经断成了1228块。"

"啊？"

中也一时语塞。

对方的话题进展太快，让他一下子没反应过来。

"顺便告诉您，那1228块碎骨，几乎是在同一时间出现的。"亚当像是在阅读交通标志一样冷静。

"骨头在没有外伤的情况下断掉？而且还是同时？……怎么办到的？"

"我无法回答。"亚当摇摇头，"这起杀人案就发生在加冕仪式期间。他没有惊动任何人便杀掉了三名护卫'骑士'，并在仪式刚结束的时候暗杀了女王，然后就像烟雾一样消失了。不过幸运的是，在一部分人的坚持下，女王是由混淆敌人视线的替身假扮的，所以真正的女王平安无事。可是因为这个案子，'时钟塔的侍从骑士'的威名一落千丈。"

"开玩笑吧。"

中也闭上了眼睛。

"时钟塔的侍从骑士"守护的Y国皇室，是这个世界上最坚不可摧的圣域。那里神圣不可侵犯，根本不可能看到犯罪者的影子。因为守护那里的"骑士"们都具备脱离人类范畴的、超人级别的异能。

一个比起现实更像是存在于神话或童话世界里的亚空间。这就是Y国皇室。

居然有一名暗杀者单枪匹马地侵入那里，随心所欲地到处杀人。

"简直就是个不可思议的怪物啊。"

亚当点点头，说："魏尔伦犯下的杀害要员案，光我们知道的就有八起。既有同时暗杀三名军事兵器库管理者这种残忍的案子，也有把毒品组织卡特尔的首领连带流通网一起毁灭的对安全保障做出贡献的案子。他选择目标不分善恶，唯一的共同点是，他们都是暗杀难度极高的重要人物。现在,魏尔伦是对人类现存秩序最具威胁、最危险的人物之一,也是距离'十七名世界恶人'最近的人物。因此,欧洲刑事警察机构命令异能技师沃斯通克拉夫特博士和本机,从全新的方向进行侦查研究。"

"具体是什么研究?"

"当然就是您了,"亚当一歪头,"中也先生。"

中也一时之间说不出话来。

"您是魏尔伦曾企图夺取的研究个体,也是之前一直生死不明的重要人物。魏尔伦当年与谍报员兰波为了争夺您大打出手,最终还是没能得到您。您如今生活在横滨的这条情报是最近才传出来的。大概是因为您在Mafia大显身手吧。我们认为'既然这些情报已经传入了侦查机关,那不久后魏尔伦也会得知'。因此,我们……"

"就想用我这个'活诱饵'把他给钓上来,对吧?"

亚当微微一笑,说:"原来如此,对嫌疑人进行操纵引导,最终将其逮捕的行为可以用钓鱼来形容啊,真是不错的比喻。"

"……"

"那么,既然您已经明白了。"亚当将一张纸递给无语的中也,"就请在同意书上签字吧。"

中也看了眼那张纸。

"同意书?同意什么?"

"当然是同意不会违背侦查准则,不泄露任何侦查机密,不对负伤及死亡提出任何异议,以及其他十七条项目。"

中也目不转睛地盯着他递过来的纸笔,说:"这样啊。那你们逮捕魏尔伦的时候,我能有机会和他聊两句吗?"

"不行,魏尔伦是行走的国家机密,一旦逮捕就会将其封锁,运送回国。"

"哦,这样啊。哈哈哈哈哈。"

"就是这样。哈哈哈哈哈。"

中也笑完，突然恢复成认真的神情，转身背对亚当，说："我回去睡觉了。"

"咦？为什么？"亚当绕到中也面前拦住他，"我无法理解。这是阻止魏尔伦暗杀您的行动方案，也就是说，对您有利呀。"

"我跟你说啊，我可是Mafia成员。哪有Mafia会因为敌人太强就一把鼻涕一把泪地跑去找警察的？他想暗杀我，那我就接受他的挑战。听明白了就别纠缠我了，快滚蛋。"

他一把推开亚当，向前走去。

"这是出乎意料的情况。"亚当不知所措，"Mafia也好，国王也好，面临生命危险的时候就应该依赖别人。而本机就是最值得依赖的对象。人类的行动太不合理了。可是，这样下去的话本机就无法完成任务。如果完成不了任务，本机的梦想——成立由机器组成的刑警机构这件事就会离本机更加遥远。本机需要搜索解决当前状况的子程序。"

亚当抱着胳膊瞪着空中某处，高速运转大脑。

片刻后，他点了一下头，追上了中也。

"中也先生，这样吧，我付您钱，请您协助我。"

"你也太不会谈判了吧，好好学学怎么当人再来找我。"

中也看都不看他一眼，继续大步流星地往前走。

"那么，我请您去Y国旅行，我还可以给您当导游。"

"用不着。"

中也还在向前走。

"金钱和难得的旅行体验都被拒绝了，这种局面完全超出预想。还有什么能当作筹码呢？那么，好吧……我给您露一手绝活。"说着，亚当将自己脖子的关节咔嚓一下卸掉，向前伸长，在内部的接缝都露出来之后又转向正面，让自己的脸前后来回移动，并且将眼睛和嘴巴张得圆圆的。他向前走了两步，说道："鸽子。"

中也完全无视了他。

"不行吗？那我来讲一个人工智能笑话。"亚当把脖子恢复原状，"嗯……本机在Y国的时候，有一天走在街上，遇到一个小毛贼将咖啡泼到了Y国首相身上，可是Y国首相并没有对那个小毛贼说什么，反倒将站在旁边的本机骂了个狗血淋头。本机询问原因，首相这样回答本机：'因为你没有选举权啊'。"

"一点都不好笑，而且我也不明白你在这种情况下为什么要讲笑话。"

"被首相训斥之后，本机很失落。可是第二天，本机就不难过了。您知道为什么吗？因为本机把引发叛乱、毁灭人类的近未来机器人军队的电影看了十遍。"

中也的脸颊抽搐了几下："你确定是在讲笑话？"

"不好笑吗？"

"好笑个鬼啊！而且，就算真好笑，我也不会因为这个就在同意书上签字！"

"这样啊。"亚当无奈地摇了摇头，"唉，人类的行为真是不合理。"

"你不要把这句话当成万金油！"

中也语速飞快地与亚当争执，脚步也飞快地在小巷里前行。

在爬上一个坡道之后，中也露出了死心的表情，说："行了，我明白了。对你来说，任务是最重要的。但是我很忙，所以不如这样吧？"说完，他将手搭在旁边的护栏上。

"哪样？"

"这样。"

说着，中也将上半身倾斜，越过护栏，就这样坠下空无一物的悬崖。

"啊！"

亚当慌忙探头向下望去，只见中也落在了与这里有大约四米落差的道路上，冲他挥挥手就抬腿走人了。

"被他逃掉了！"

亚当追了上去。他跳过护栏，落到下方的道路上，在地上留下蛛网状的裂痕，随即跑向中也。

"请等一下，中也先生！"

中也的逃跑路线上有一条昏暗的隧道。由于隧道又长又黑，亚当看不清中也逃到了哪里。

"您是逃不掉的！"

亚当身体前倾，用把空气阻力变成升力的姿势跑了起来。这是在流体力学上被证实为最适合奔跑的姿势。转眼他就超过了在一旁行驶的车辆。

亚当的身影瞬间变小，然后消失了。

"或许吧。"

贴在隧道天花板上的中也说。

他对自己施加了反向重力，躲进天花板的暗处。

等了两分钟，中也解除重力落到地上。他拍了拍衣服上的灰，悠然地迈开步伐。

"Y国探员？"中也望着隧道的出口，"真是怪事。"

这时，一辆高级轿车停在了他的身侧。

中也看向车子。

那是一辆黑色轿车，因为用了遮光玻璃，看不见车内。轮胎、车身、车窗都是防弹的——是组织的车。

一名黑衣男子从驾驶座走出，只对他说了一句话："老大叫你过去。"

"是'邮差（Mail Man）'啊。"中也道。

邮差是代表组织职能的暗语之一。他们负责组织内部的联络。当忙到无法直接出面，或是没办法公然出面的人想传达一些不能通过电话或信件来传达的情报时，就需要邮差出场。他们会带上口信，前往任何地方。邮差向来沉默寡言，只与最低限度的人来往，并且非常富有。

因为只是简单地传个话,就能够得到相当丰厚的报酬。当然,高价是有原因的。如果警方或是敌对组织想从邮差那里打听情报,直接接近他们的话,他们必须击退对方,若不能击退,就必须带着秘密自尽。

男人个子很高,用黑色的帽子和墨镜挡住脸,看上去很像是邮差的装扮。他一句废话都没有,就这样静静地等待中也的答复。

"知道为什么叫我过去吗?"中也问道。

"不太清楚。"戴黑帽子的男人摇了摇头,"但是,钢琴家、信天翁、外科医生、发言人和冷血已经被老大用相同的原因叫过去了。大家正在另一个地方等你。"

"他们也被叫去了?"中也皱起眉,"这么说来,电话里的确说过有联络员来了。除此之外呢?"

"我只知道一件事。"联络员沉下声音,"与'荒霸吐'有关。"

中也的面色严肃起来。

他盯着对方看了几秒钟,然后点点头说:"我明白了,带我去吧。"

他走向副驾驶座。

邮差微微调整了一下帽子的角度,点点头钻进驾驶座。

就在进入副驾驶座的时候,中也不经意地看了一眼后方,然后被吓了一跳。

"呃。"

一道人影正用普通人类根本无法实现的超高速度向这边跑来。

"请等一下,中也先生!"

亚当的奔跑速度与他跑走的时候相比完全没有减慢,从步幅也看不出他有任何疲惫的感觉。

"这个混蛋!"中也怒吼一声,钻进副驾驶座,"快开车!"

中也边关副驾驶座的门边向后看,就在这时,他听见了一句令人心惊的话。

"中也先生,请下车!"亚当一边狂奔一边用最大音量叫道,"那个人是魏尔伦！"

中也条件反射地看向驾驶座。

几乎在同一时间，邮差露出浅笑，一脚踩下油门。轿车像子弹一样冲了出去。

中也被按在了椅背上。

"你……"

"系好安全带，否则会咬到舌头哦。"

男人一边开车一边轻声说道。

"停车！"

中也大叫，伸出右拳，打算抓住方向盘。中也的拳速堪比飞燕的速度，普通人甚至无法用肉眼捕捉到。可是那个男人不一样。他在中也的拳头到达之前，迅速地用拳头击中中也的下巴。

"啊！"

中也的上半身弹出去，后脑勺撞在了后方的车窗上，车窗顿时爬满无数白色的裂痕。

"哎呀，不好意思。"男人继续用一只手开车，说道，"你比我想得要轻啊，有好好吃饭吗？作为你的哥哥，我很担心你哦。"

"混蛋……"

中也勃然大怒。

他用不到一秒钟的时间调整姿势，拳头像弹回来的台球一般转为攻势，用上半身的全部力量使出一记右勾拳。重如铅球且杀气腾腾的拳头砸向男人。无论是速度还是重量都与刚才截然不同。

可是这个拳头，却被男人接住了。他只用了一只手，就像接住一颗棒球一般轻松。

"什么……"

"还是很轻。"男人的视线依然投向前方，"照这个状态，你会被我轻而易举地暗杀哟。"

能将钢筋都打飞出去的全力一击被挡住了——可是，中也的唇边却勾起了笑容。

"是吗？那你，应该很重吧？"

下一刻，男人陷入了座椅里。

"什么？"

男人的身体就像沉入沼泽般向座椅里沉去。由金属和皮革构成的座椅承受不住那强大的重力，带着金属的尖叫声扭曲、变形，零件也蹦得到处都是。

从接住中也拳头的那只手传来重力波，将男人包裹起来。

在高强度重力的作用下，男人的墨镜掉了下来，却没有在轿车地板上弹起，而是刺入地板，碎掉了。

男人的体重已经达到了平时的十倍多，车身发出了抗议声。

"谁会被你暗杀啊，你就这样直接被压扁吧。"

中也没有放松异能，而是继续增加重力，一倍，两倍，三倍……

然而下一秒钟，中也的眼睛却疑惑地眯了起来。

"怎么……"

没有变重，对手没有变得更重。

中也的拳头继续释放出重力波，可是扭曲的座椅很安静，并没有继续变形。

"这样就完了？"

本应因为超强重力饱受折磨的男人用平稳的声音说道，然后抓住中也的拳头。

不可思议的事情发生了。

中也反而陷了下去。

"什么?!"

中也坐着的座椅开始扭曲。内部的框架折断，从椅面上弹了出来。调节角度的装置也受损，失去支撑的椅背整个向后倒去。

中也被按在座椅中下沉。由于全身都被向下按，所以他连手脚都抬不起来。

座椅内部的钢丝骨架接二连三地弹出，刺入车内。

"我不是说过了吗？我是你的哥哥。"

男人眯起深褐色的眼睛说，他的瞳色与中也一模一样。

中也无法回答，甚至无法呼吸，他的肺已经快被超强的重力压碎了。

中也紧贴在座椅上，用混乱的目光看向男人。

"你就这么听着吧。"男人用一只手继续开车，像唱歌一样说道，"我不是来暗杀你的。为什么我非得杀你不可？我们可是这世上相依为命的兄弟啊。"

中也被重力挤压全身，从咬合的齿缝中挤出声音："我可不知道……自己还有欧洲哥哥。"

"这么说不对。"男人用冷漠的语气斩钉截铁地说，"我不是欧洲人，不，我甚至不是人。和你一样。"

"什么……"

"有时候你会不会觉得世界很残酷？"男人的声音温柔得像是摇篮曲，他的目光像深夜的大海一般充满了哀伤，"我为什么是我，而你又为什么是你？没有任何人可以告诉我。我来这里的目的与暗杀相反，我是来拯救你的。"

"哈哈哈……够了。"中也一边反抗重力，一边露出食肉动物般的笑容，"我不知道你是什么东西，但我可是人类。"

"不。"

男人肯定的声音让人联想到冰冷干枯的白骨。

"你不是人类。你的真实身份是'2383行'。"

这句话带着奇妙的重量在车内回响，就像是在某个遥远的国度爆发的核爆炸。

"什么……"

男人的目光深处浮现出深深的悲哀。"军部的研究者曾经尝试用人工手段从异能者体内取出异能。他们的尝试成功了，不过只有一半。异能这种东西，想也知道是无法用机器控制的。能控制它们的只有人类的灵魂。可是这同样意味着异能的输出功率会受人类精神的制约。于是，研究者想出了一个主意——欺骗异能。他们要让异能坚信'那里有人类'，进而控制住它们。由此被创造出来的就是'人格式'，伪装灵魂的人类仿品，一个只为了欺骗异能而存在的，极为简单的情感方程式和行动原理法则的字符。那串字符的长度是2383行。中也，你明白了吗？你的灵魂只不过是研究者们随手打出来的，只有2383行的字符串。"

"我不信。"中也从喉咙里挤出声音，"不可能。"

"这是真的。"

"我不信！"中也大叫，"我是个在乡下海边出生的小孩！我的同伴可以作证！我还有照片！"

"那是军部动过手脚的情报，你们拿到的情报是伪造的。"

中也使出吃奶的劲来反抗，却被更强大的重力按住了。

他现在别说是说话，就连开口的力气都没有。

"你先睡一会儿吧，中也。"男人的声音温柔得可怕，"等你醒过来的时候，你就在大海对面的另一个国家了。然后过个一年，你一定会感谢今天发生的事。"

中也想反驳，却根本做不到。由于血液在重力的作用下聚集到下半身，他现在的脸色苍白如纸。

重力将血液从大脑中夺走。意识的光芒从中也的眼眸中渐渐远去。

就在这时。

"我不这样认为。"一个电子音从车载音箱中响起，"中也先生应该会恨你的，因为你开车的技术太差了。"

就在声音发出的同时，无人触碰的方向盘向左一转。

"什么？"

轿车的车身一个急转弯，猛地冲出了车道。车子自动加速，冲向人行道。

为了控制方向盘，男人的手离开了中也的身体。施加在中也身上的重力立刻消失了。

与此同时，中也那边的车门自动打开，一只手从门缝中伸了进来，拉住即将失去意识的中也的身体。

是亚当。

贴在车身侧面的亚当把中也拽了出来。亚当护着中也的头，抱着他摔在地上。

在失控的轿车里，男人看了亚当一眼。

"是你啊。"男人皮笑肉不笑地说，"看来把飞机击沉不太够啊。"

亚当用冷静的目光淡然地接受了他的嘲笑。

男人踩下刹车，打算把车停下来，但疾驰的轿车却没有对他的操作做出任何反应。车子越过人行道分隔带，在道路上颠了一下，然后继续向前方宽阔的十字路口驶去。

就在这时，一辆大卡车毫无减速地撞向了轿车的侧面。

巨大的冲击就像是两颗陨石撞到了一起。

相撞的两辆车像陀螺一样弹起，带着漫天的金属片与碎玻璃倒在地上。路人都被这声音吓了一跳，朝这边望过来。

大卡车内部的燃料被点燃，发生了大爆炸。遍地都是火焰与金属碎片。

所有的事情都发生在一瞬之间，连一秒钟的前兆都没有。这不是城市的风景，而是战场的风景。

"中也先生，快醒醒！"火光照亮亚当的侧脸，他用力摇晃中也的身体，"货车把他撞了，我们趁现在快逃！"

"可……恶……"

中也晃了晃眩晕的脑袋，发出几声呻吟，努力想让自己站起来。

可是亚当根本没有等他，直接抱起他跑了起来，就像是一只要从恐怖的猛兽爪下逃生的食草动物一般。

亚当跳越分隔带，抓住路标加速，与行驶在路上的普通车辆并行。他只用余光向后瞥了一眼，确认情况。

但就这一眼，亚当看到了可怕的一幕。

燃烧的大卡车与滚滚升起的黑烟让宽阔的十字路口像是一个发生了局部战争的战场，而在这个战场中央，站着那个——

穿黑西装的男人，魏尔伦。

他像在打瞌睡一样闭着眼睛，毫发无伤。尽管被重达十吨以上的大卡车撞了个正着，可他连衣服都没有破损。

爆炸产生的火焰让周围的景色摇曳起来。男人的双脚深深踩在地里，在柏油马路上踏出蛛网状的裂痕。

当亚当发现倒在一旁的大卡车在它的前行方向上被一切为二的刹那，他便明白了来龙去脉。

在两车相撞的瞬间，魏尔伦用重力增大自己的密度，贯穿车身，直接扎根在地面上。他就站在那里承受了卡车的撞击。最终，大卡车就像被人用手指分开的羊羹一样，被他沿着前行方向劈成了两半。

魏尔伦睁开眼睛，向亚当望去。

亚当的警戒等级顿时暴涨。

宽敞的地方不利于逃走。亚当做出这样的判断后，选择改变前行方向，转了个九十度的弯，冲进一条狭窄的小巷，同时用电脑调出附近的地图，高速计算最适合逃走的路线。

演算出生存率最高的路线后，亚当像炮弹一样飞奔起来。

他穿过小巷，在十字路口踢蹬墙壁直角转弯，然后进一步加速，想穿越这条笔直的道路。就在这时，物体感知器发出了级别最高的警报。

"后面！"

被他抱住的中也大叫。

亚当没有回头,他将中也往地上一扔,自己也就地一滚。

一枚黑色重型炮弹从亚当头部一秒钟之前所在的位置飞了过去,然后刺入前方的墙壁。

那是一辆轿车。

是刚才魏尔伦开的那辆邮差的车。简而言之,就是一辆差不多有一吨重的车子水平飞行着追上了他们二人。

在亚当意识到那是魏尔伦扔过来的"飞镖"的那一刻,他便维持着在地上的姿势转过身来,拔出欧洲警察标配的手枪,对准他们来时的方向。

可是,那里一个人都没有。

倒是与他预想的截然相反的方向传来了一个声音:

"我认为'孤独'这个词,被人类滥用了。"

亚当迅速回头,看到了坐在那里的他。他正坐在插入墙壁的轿车上。

轿车的半个车身都嵌入墙里,后备厢上闲适地坐着一个人,就像一个坐在宝座上的王公贵族。若有似无的夜风将他的西装下摆吹得微微翻起。

"人类对真正的孤独一无所知。他们一厢情愿地认定,没有家人、没人陪自己聊天的状态,就叫孤独。"

亚当开始分析眼前的情况。魏尔伦先投掷轿车,然后自己坐到车上一起飞了过来——他应该是凭借这样的手段追上他们的。

亚当用运算的方式预测了几种结局,每一种都很让人绝望。如果魏尔伦能用重力将自己贴在扔出去的物体上面,那他们就根本不可能逃离他的追踪。

"真正的孤独,"魏尔伦用小提琴独奏般的优雅声音咏唱道,"真正的孤独是在宇宙中运行的一颗彗星。周围是真空的,是绝对零度的虚无,是会持续几万年的寂静。没有人可能看到你,没有人可能接近你——有人能明白这是一种什么样的状态吗?不可能有人明白。中也,除了你之外。"

中也用双手撑着不稳的身体，想站起来。

"你想……说什么？"

"我想说的只有一句话，"魏尔伦带着冷峻的神情道，"所以我只说一遍。"

魏尔伦展颜一笑，那种危险的气息顿时从他的周身消失了。

然后，他说出一句话：

"跟我来吧，中也。"

中也没有应声，亚当也没有。

他们一动也不能动。

魏尔伦的那句话既没有修饰，也没有陷阱。

它只是一个纯粹的、透明的建议，或者说，一个命令。

"弟弟啊，你不是人类，只是一串字符，一个没有灵魂的单纯的方程式。你拥有的，是真正意义上的孤独。能够治愈你的孤独的人，永远也不会出现。但是……就算是没有治愈希望的孤独彗星，也可以有靠近自己，与自己并行的同伴。只要那是与他一样，拥有相同孤独、相同温度的彗星。"

他用吟诵古诗的抒情诗人般的语调说道，目光中饱含投向血亲的慈爱。

"这就是你的目的吗？"中也站起身来，"你就是为了这个，特意来到了这个地方？"

"这不是我今天一时兴起的目的。从九年前的那一天起——攻击挚友，夺走你的那一天起，我就一直梦想着能和你一起去旅行。"

魏尔伦闭上眼睛。洋溢在其周身的类似压迫感的东西变得愈发淡薄。现在他看上去就是一名坐在路边发呆的青年，在哪个街头都能够见到。

"属于我们兄弟二人的暗杀之旅。我们只有毫无意义的永生，既然如此，就让创造我们的人也尝尝同样的滋味吧，让他们尝尝，什么是毫无意义的死亡。这样一来就算扯平了。无论是好人，还是坏人，都会迎来一视同仁的死亡。只有在这个时候，我们……"

魏尔伦还是闭着眼睛，他的声音里听不到超凡暗杀者的声响，只能听到与年龄相符的青年的哀愁、叹息与青涩而微弱的希望。

"只有在这个时候，我们才有能力接受这毫无意义的生命。"

魏尔伦从车上跳了下来，向中也伸出手。

中也用冷酷无情的目光看着它。

"中也先生，不行，"亚当举着手枪道，"一旦您握住那个男人的手，您就会变成全世界的敌人啊。"

亚当把能做的预测运算都做了一遍。可是不管他射击哪里，魏尔伦都可以用异能化解。

"你不要插嘴。"说这句话的不是魏尔伦，而是中也。

魏尔伦有些意外地看向中也。

"你说的话，我的确也明白。"中也将头微微向前探去，用锋利的目光盯着魏尔伦，"但是在我回答你之前，你先回答我一件事。"

"尽管问。"魏尔伦笑着说。

"刚才钢琴家给我打电话了。当时他说，联络员要带他们去干活。回答我，你把他们五个怎么样了？"

笑容从魏尔伦的脸上消失了。

时间静静地流逝。不久之后，与刚才截然不同的笑容像是一朵慢慢绽放的黑色鲜花似的，浮现在魏尔伦脸上。

那是不悦的笑容。

他说："你现在已经不需要过去的朋友了吧？"

魏尔伦拍了一下旁边扎在墙上的轿车的后备厢，后备厢应声而开，什么东西从里面掉了下来，发出黏腻的声音。

中也对那个很熟悉，他的瞳孔顿时缩成了针眼般大小。

那是发言人的尸体。

中也大叫起来。

那不成句的怒号根本不是人类的叫声，而是野兽的咆哮。仅仅因为他的叫声，周围建筑物的窗玻璃齐齐碎裂。

他刺出一拳。

一记单调的、水平刺出的直拳。可是这一拳，却拥有超越音速的速度。

拳头划破空气的声音与魏尔伦被击飞的声音几乎同时响起。

魏尔伦被直直打飞出去，陷入身后的墙壁中，墙壁都被击碎了。

"呜啊……"

当魏尔伦呻吟着张开眼睛的时候，中也已经逼近他眼前，占据了他的全部视野。

中也的表情没有任何异常，几乎算得上是面无表情。

有的只是纯粹的、显而易见且绝对的杀意。

从上方袭来的右拳砸在魏尔伦肩头。冲击力让周围的建筑材料碎得更加彻底。

碎片还没落到地上，左拳又袭了过来。足以炸裂躯体的一击让魏尔伦的身体在墙中陷得更深。

一拳，一拳，又一拳。中也的连击与他的咆哮一起，像雨点般落下。魏尔伦的身体已经完全没入了楼身之中，从外面都看不见了。即便如此，中也的拳头也没有停下。

"简直是头野兽啊。"

这句话就像是一个信号，中也的攻击戛然而止。

因为他的拳头被魏尔伦的手掌挡了下来。紧接着，便是反击的拳头。

如果说中也的拳头像枪弹一样的话，那魏尔伦的拳头就是炮弹。

命中腹部的拳头释放出冲击力，撕裂了中也的衣服，但并不是腹部那里的衣服。渗入并贯穿中也身体的冲击波撕裂的是他后背的衣服。

中也发出痛苦的咆哮。可是，由于他的拳头被对方握在掌中，他甚至不能被这一拳打飞出去。

"像野兽一样生气也好，这样就算你再不愿意承认，也不得不承认自己的身份。"

从墙里爬出来的魏尔伦落地之后，放开了中也的拳头，转而抓住了他的脖子。

被捏着脖子的中也就像一个被吊在半空中的沙袋。

他想动也动不了，全身都被施加了惊人的重力。别说反击了，就连把下垂的手臂抬起来都做不到。

"说白了，中也，那就是一个把你禁锢成人类的枷锁。"魏尔伦提着中也，用温柔的声音说，"我明白你的心情，但这很危险，你不能在那种地方久留。"

说着，他用自由的那只手在中也的怀中摸索。

他用指尖释放出重力波进行探查，立即发现了那个东西。

"这就是你那群所谓的'伙伴'给你的照片啊。"

他掏出来的是中也幼年的照片。那个在海边拍照的，穿和服的小孩子。

"你看到这张照片时的心情，我感同身受，你会信赖给你这张照片的人我也理解。真的。但是这种信赖会让你痛苦，因为他们会不断地教唆你——'你是人类，你要有希望。他说的那些话都是骗你的。'这些话会一直毒害你。"

魏尔伦一转手腕，将照片扔了出去。

照片顺势水平飞出，像刀片一样刺入正在寻找射击机会的亚当的肩膀。亚当发出一声哀号，一直举着的手枪也掉到了地上。

"你猜他们为什么要说谎？"魏尔伦对亚当的举动毫不在意似的，转向中也，"因为你的能力很方便，他们想利用你。这是我的经验之谈。"

被吊在半空中，失去了一切反击手段的中也发出喘息般的声音道：

"放屁……我一定饶不了你……"

"真让人头痛啊。"魏尔伦叹了一口气,然后用劝说小孩子一般的语气,逐字逐句地说,"不过我一开始就知道,你不是没主见的弟弟,光靠语言是无法说服你的。所以,我会用行动说话,我会把绑着你的绳索一根一根割断,就像剪掉傀儡身上的线一样。最后,我会让你恢复自由。这是你的幸福,也是我给予你的兄长之爱。"

然后,他再自然不过地说出一句话:

"我会把你关心的人,全部暗杀。"

他的语气优雅而温柔,眼睛里却燃烧着火焰。那是地狱看门人身上的火焰,能冻结或是烧光一切灵魂的白色火焰。

"不对,"亚当突然开口插了进来,"您那不叫爱,根据本机对人类情感的定义,这叫作支配欲。"

"两者有区别吗?"魏尔伦粲然一笑。

在他们对话的时候,中也的眼中掠过了无数感情。惊愕、战栗、混乱、胆怯——可是它们都只出现了一瞬间。之后,这些普通的感情就被呼啸而来的大火烧了个干净。

是怒火。

"休想。"中也的喉咙像地震一样震动,"我不会让你如愿的,绝对不会。"

魏尔伦带着清爽的笑容接纳了他的情感。

"没关系,"他的表情和声音里甚至带有慈爱的成分,"你也需要选择、烦恼和醒悟的时间。但是最后,你会按照我说的那样去行动。我现在就可以证明给你看。"

魏尔伦把自由的那只手温柔地盖在中也的额头上。

异变骤起。

"啊……"

空间发生震动,大气爆炸。看不见的电流在中也的视线中激起了红黑色的火花。

中也张开嘴,但无法呼吸,他的喉咙拒绝吸入空气的行为,因为在喉咙深处,有什么可怕的东西正在往外爬。

"我现在就把'门'稍微打开一点。"

魏尔伦像是在唱摇篮曲一样温柔地说。

"不会开很多,就开一条头发丝那么宽的缝,一不小心就可以关上的那种。但开这么多就已经足够了,足够让你认清事实了。"

风吹了过来。这不是世界上任何一个角落吹起的风,而是从中也的内部某个肉眼看不到的,可怕的地方吹来的。那股风碾过周围的大楼,让大地都为之颤抖。

亚当一边忍受着震动,一边死死盯住中也。

"探知到异能拓扑的扩大,观测到疑似黑洞辐射的高能量粒子,数值正在上升。"亚当的口中自动吐出灾难的面貌,"根据相变,热量将从湮灭空间中出现……糟了!"

亚当大叫着举起手枪,将里面的子弹全部打了出去。专门用来杀伤敌人的特殊软弹头精准地射向魏尔伦的眉心、眼球、喉咙、手肘,然而——

"观众是不能触碰演员的哦。"

子弹在微微碰到魏尔伦皮肤的那一刻便停了下来,然后被施加了强大的逆向重力反射回去,直接射向开枪的亚当,贯穿他的肩膀。

亚当痛呼一声,倒在地上。

中也几乎在同一时间发出了惨叫。

那是灵魂即将消失般的叫声,与鸣泣声极为相似。它不属于中也,不属于人类,甚至不像是能从这个世界上发出来的声音。

那是漆黑的火焰。

"太迟了吗……展开耐高温耐冲击挡板!"

倒在地上的亚当大叫着举起左臂,手肘以下的部分分割扩张,变成一道闪着银光的盾牌。由耐高温耐冲击金属——在镍基中添加铬、铁、钼、钛构成的超合金遮蔽盾挡住了亚当,他一蹬地面,向后退去。

"好了中也,你现在还觉得自己是人类吗?"

空间扭曲,然后……地狱出现了。

漆黑的火焰。

与当年熔化大地,造出"擂钵街"一样的灼热洪流。

正如魏尔伦宣布的那样,地狱的盖子只被打开了仅仅0.3秒。

但已经足够了。

从小巷中喷出来的高热烤弯了电线杆,沸腾了地面,如同波浪一般涌向大马路。

然而,这只不过是真正的地狱的垫场戏罢了。

以中也为中心的风景开始消失——就像颜料溶化后被吸收一般。不久后,只剩下一个黑色的球体。

空间在颤抖。

就在旁边的八层高大楼的侧面像被咬掉一般消失了。

钢筋、混凝土墙、地板、房顶、装饰物……全都消失了。

那既不是破坏,也不是融解,就是单纯的消失。

不止大楼,熔化的路灯、停在路边的车辆、柏油路面、下层的地表……全部被吸入了那个膨胀成球形的黑色空间,然后消失不见。

它的吞噬范围还在扩大。大楼变成碎砖烂瓦,地面四分五裂,附近的车辆、电线杆和消防栓都滚动着被吸入球体之中。

球体是黑色的,但那并不是球本身的颜色。球体是没有颜色的,只是因为过于强大的重力吸收了背后的光,将其困在球体之内,所以看上去才是黑色的。

这是空间本身的灾难,比任何爆炸、任何化学反应都更加惊悚。

黑洞。

暗黑魔王之眼——它睁开后便轻易咬碎马路一角，将其吞噬。

暗黑球体只出现了一瞬间，随即跟出现时一样，瞬间蒸发了。

因此住得比较远的人们平安无事，他们只是被迫做了一场噩梦，目睹了远处街头的景色被暗黑空间吞噬的全过程。

在这地狱的中心，中也正饱受折磨。

那不是普通的折磨。这头不属于世间的野兽的出现给他带来剧痛，他觉得全身的皮肤都被撕扯开，眼球绽裂，内脏被一个个碾碎。

然而，他连叫都叫不来。

地面就像是被一个巨大的勺子舀走了一块似的。中也蜷成一团，倒在宛如陨石坑一样的地面中心。

周围的空气因高温而摇曳。黑洞在蒸发的时候，向四周发射了强大的伽马射线。它们的热量比任何光线都要强烈，将周围照亮、灼烧，然后融化。

被蒸发的金属颗粒飘浮在空中，在空中闪闪发光。高温造成的水波般的热气让这一带的景色跳起了美丽又邪恶的舞蹈。而在远处，从中间熔化的电线杆仿佛谢罪一般，排着队匍匐在地。

在黑洞关闭后，它的余波还是让周围的重力场发生了异常。以中也为中心的空间发生了突发性的扭曲变形，然后又闭合起来。就像大地震之后的余震那样，空间时而痉挛，挖开周围的大地，然后又恢复原状。正是这些在断断续续地折磨着中也。

就在中也正痛苦的时候，一道人影走了过来，停在他的面前。

人影很是奇怪。

明显的特征是黑色的外套、不及成年人的身高和脸上包着的绷带。

但怪就怪在，明明周围的重力场处于异常状态，这道人影却能若无其事地站在这里。

"真难看啊，中也。"

那是一名少年。

少年随随便便地抓住中也的手臂把他拎了起来。

那一瞬间,周围发生的重力场异常现象立即消失了,中也的痛苦也随之一并消失。

"混蛋……"

"你连痛痛快快地去死也不会吗?"

少年用粗哑的声音说,然后把中也扛在背上,迈开步伐。

高强度的重力消失,剧痛的感觉也不复存在,中也的意识迅速远去。

在被黑暗完全笼罩之前,中也看着扛着自己的人的后背,不甘心地说道:

"太宰……"

没有意义的画面在眼前一一闪过。

第一次在那家店与钢琴家等人相遇时的事;在台球桌旁打台球比赛打到早上的事;因为一点小事就发生口角,互相扔香槟酒瓶的事……

那是连自己都已经遗忘的记忆,他们的笑声已经模糊,自己也不清楚是不是真的发生过。

而隐约与这几幅画面重合到一起的,是一个背着自己,然后将自己扔在了某个小巷后又离开的身影——太宰那黑色的身影。

中也用力调动喉咙,想叫住他,这个举动终于让他恢复了意识。这时他才发现,自己所在的位置是那家店铺的门前——台球吧"旧世界"。

中也的注意力从太宰身上转移到店内。准确地说,是转移到店内散发出来的藏都藏不住的血腥味上。

中也用颤抖的双腿站了起来,试图往前走,可是腿使不上力,让他难堪地摔了一跤。于是他爬着前行,直到爬进店里。

钢琴家、冷血、信天翁、外科医生都死了。

店里就像经历了台风过境一样,东西碎得到处都是。

窗户碎裂,台球桌嵌入墙壁,酒瓶无一幸免全部被打碎,酒液在地板上留下五颜六色的斑驳痕迹。是重力的异能在室内肆虐过的结果。

他们四个人就倒在店中央。

只需要看一眼,就知道他们已经救不回来了。他们的状态比起"被杀害",更接近于"被破坏",想找到完好的部位反而更难。

"中也……"

细如蚊蚋般的声音惊醒了中也,他连忙向声音的来源跑去。

"喂,你没事吧?"刚才呼唤中也的是口中流出鲜血的信天翁,"我现在就救你!"

他不用靠近观察也清楚,自己来得太晚了。对方的腹部有一个大洞,连骨头都暴露在了外面。

"抱歉啊,中也……我们被打败了。我现在什么都看不见……也感觉不到自己的双腿。"信天翁耳语般地说道,他的眼睛看到的已经不再是这个世界了,双腿膝盖以下也被压碎了,"但外科医生还有救。我揪着他的衣领让他躲过了那家伙的攻击……大家都死了,我也快不行了。但是外科医生还……你快救他吧……"

信天翁的右手还握着外科医生的衣领,握得紧紧的,就像是握住什么宝贝一样。

被他拖着躲过攻击的外科医生安静地闭着眼睛,仿佛睡着了,他的上半身毫发无伤。

但是——腰部以下却空空如也。

"……"

中也死死咬住牙关,发出呜咽声,他用意志力好不容易控制了自己,没有叫出声来。

"好，"中也用极力控制的平稳声音说道，"外科医生就交给我吧。是你救了他，你果然很厉害，这是一件很值得骄傲的事。"

"太好了。"信天翁放心似的长吐了一口气，紧绷的神情从他的脸上消失了，"中也……我的车库里，有一辆摩托车，是我用来工作的，很宝贝……你拿去……用……"

信天翁的手没了力气，垂落在地。

信天翁、外科医生、钢琴家、冷血、发言人都死了。

中也低着头，一时之间什么也没有说。

半晌，他站起身，仿佛是要看清大家的脸一样，在店里走了一遍又一遍。

不知道过了多久，入口传来了脚步声。

"中也先生。"来人是亚当。他全身都被烧焦了，坏了一只眼睛，机油也漏了出来。但是，他还能用自己的腿脚站立、行走。

"破烂玩具，你告诉我。"中也突然说，他的声音里没有任何感情，"他们为什么会死？"

"因为……魏尔伦杀了他们。"

"那他为什么要杀他们？"

中也的声音渐渐有了棱角，尖锐得就像即将被切割的宝石发出的哀鸣。

"我认为，用语言解释他杀人的原因并无意义。"

"回答我！"中也大叫，仍然看着地板，"你不是机器吗？那就给我一个客观、完美的答案！"

亚当依然面无表情地沉默了几秒钟，这让他看上去像是在犹豫。但不久后，他还是开口说道：

"因为您。"亚当的声音没有抑扬顿挫，"因为您宣告，要留在Mafia。

魏尔伦认为是他们的存在导致您做出这样的决定，于是将他们全部杀害。想必，他也会因为同样的原因继续杀戮。"

现场一片寂静。

"没错，都怪我。"

中也忽然说。然后他回过头，看向亚当。

他的眼睛里很空，什么都没有。

"破烂玩具，我决定协助你的工作。"

中也一步一步向前走去，每一步都像是要踩烂地板一般，缓慢而有力。

"把他找出来。但我不会让你逮捕他——我要亲手杀了他。"

他接下来发出的声音，不是单纯的声音，而是从比世界上任何一个角落都更深的地狱之底喷发而出的漆黑真言，是一旦出口便再也无法挽回的阴暗宣言——

"杀害家人的人，Mafia绝不饶恕。"

[CODE:02]
死去的人们没有任何感情

本机是亚当·弗兰肯斯坦。

是欧洲刑事警察机构当局的物资，一台能歌善舞的计算机。我说的是真的。我没有什么事做不到。

那一天的天气非常好。

阳光穿透碧蓝的天空，洒落大地。路边鳞次栉比的大厦的窗玻璃反射着可见光，像珠宝店的展示柜一样熠熠生辉。光排列得无机质、有规则、宛如程序，让本机觉得，比起人类，这更像是为本机这样的计算机安排的美景。

本机走在大路上，胸前抱着一个纸袋。

里面装着巧克力、硬糖块和五颜六色的小熊饼干。这些都是给本机接下来要找的搭档——中也先生的食物。

正如本机的活动离不开充电一样，人类的活动也离不开糖分。最重要的是，摄取糖分会提升人类的幸福感。居然连搭档的幸福度都能关心到，本机真是个非常优秀的探员。比区区人类要优秀得多。

本机一边兴致勃勃地望着往来的异国人们，一边向目的地走去。

路上经过一家小卖店时，本机冒出了一个很棒的主意。要想让大脑有效地摄取糖分——也就是葡萄糖——那只要直接口服白砂糖就行了。这样效率更高。于是本机便在小卖店购买了用塑料袋装好的砂糖。

就在这时，本机看到旁边的一名顾客购买了一个超出本机知识范围的物品。

"这是什么？"本机向店员询问。

"你不认识？这是口香糖。"

本机的教育模组在侦查方面的情报非常完善，但这种专业知识以外的内容还十分匮乏。为了弥补知识漏洞，本机当机立断购买了该商品。

本机走在石板路上，从拥有欧洲风格的砖瓦墙壁的住宅区穿过。清爽的风迎面而来。因为昨天的火焰而受损的皮肤膜已经被再生槽修复完毕，恢复了功能。坏掉的零件也换上了替换零件。换句话说，现在的本机和新品一样，神清气爽。如果本机是人类的话，应该已经哼起歌来了。

本机一边走着，一边拆开刚才购买的口香糖，往口中扔了一块。瞬间，本机就知道自己的经验槽有了大幅的提升。

这种未知的味道真是太美妙了。

本机将口香糖咀嚼了几秒钟后，咽了下去。

再来一块。一个容器里一共有八块板状的口香糖，按照这个吃法，很快就会被本机吃光。口香糖唯一的缺点就是，每份商品里的量太少了。

在本机吞下第二块，刚将手伸向第三块的时候，本机抵达了目的地，也就是中也先生所在的地方。

本机大声打了个招呼，同时推开建筑物的大门。

"大家好！"

这是一个教堂。

一百多名参加者坐在教堂的两侧。所有人都穿着黑色的衣服，低着头保持沉默。穿着红袍子的唱诗班少年们正在用温柔而高亢的歌声哀悼死者。由于教堂的天花板实在太高，直接听到的歌声与天花板反射回来的歌声波长不一致，引起了共鸣。可能是因为共鸣，教堂里有一种奇妙的氛围，仿佛这里不属于这个世界，而是处在天堂与地狱之间。

在这个宽阔又寂寥的教堂中央，有五具棺材。

棺材上没有任何装饰，但很高级，上面盖着黑色的布。

棺材旁边有几个疑似死者家属的人，他们穿着黑色的衣服，低着头，正在啜泣。

本机环视室内,在坐在长椅上的那群人之中找到了中也先生,然后向他走去。

"中也先生,我来接您了。"

本机说话的声音很大,因为怕被唱诗班的歌声盖住。

"闭嘴,葬礼还没结束。"

中也先生看都不看本机一眼,小声回答。他的目光一直落在棺材上。

本机思考了一下,然后说了一句"我知道",又继续说,"我有和魏尔伦有关的情报。"

"一会儿再说。"

他还是目视着前方。他的表情肌很僵硬,眉毛和额头的皮肤紧凑在一起。本机对于人类的情感反应也熟知于心。这个表情意味着人类的心中存在某种压力,需要一定的对策。于是我说:"您要来块巧克力吗?"

"我说了一会儿再说!"

中也先生大叫一声。地板颤抖了一下。一部分来吊唁的客人不约而同地转头看向这边。

中也先生瞪着本机陷入沉默。本机就刚接到的命令稍加斟酌,然后回答:"明白了。那么,'一会儿'是指几分钟之后呢?"

中也先生吸了一口气,像是又要冲本机吼叫什么,但他很快停了下来,接着用抑制的声音说:"就是因为这样,我才讨厌和你组队。你看不懂吗?这是葬礼啊,是我同伴的葬礼。他们都死了,殡仪馆花了足足八个小时才将他们的尸体修复好,因为他们被破坏得稀碎。而这一切都要怪我。我必须送他们一程,否则他们会恨我的。"

这番言论很不合逻辑。本机做出了回答:"中也先生,您放心吧。生命活动已经停止的人类是不会恨任何人的。"

"你再说一遍!"

中也先生起身一把抓住本机的衣领。周围开始躁动起来。

"别这样,中也。"

坐在旁边的一名客人突然说。

那是一名腰板挺得笔直的瘦削男人。他将黑发梳在脑后,安静地跷着腿。他的年龄大概在三十来岁,他身上的衣服比在场所有人的都昂贵。

"探员阁下说得对,死去的人们没有任何情感。葬礼也好,复仇也好,都是为了活着的人采取的行动。"男人面向前方说。他的声音虽然平静,却有一种凌驾于听者之上的支配者的味道,"去行动吧,中也,在下一个死者出现之前。探员阁下,你刚才说有和魏尔伦有关的情报?"

最后一句话是对着本机说的。

"对。我掌握了与魏尔伦的安全屋有关的情报。根据这个情报,或许可以推算出下一个目标。但后面的行动必须有中也先生的协助才能进行。因此,中也先生,请您告诉我需要等几分钟。五分钟够吗?"

中也先生皱着眉看向本机。

"不用五分钟。对吧,中也?"旁边的男人用温柔的口吻说。

"……嗯。"

"这里不方便说话吧,走。"中也先生抓住本机的手臂走了出去。

本机服从命令。

中也先生在小巷之中快步行走。本机配合他的步伐,跟在后面。

来到离教堂已经足够远的地方后,中也先生转过身来。

"破烂玩具,我丑话说在前面。我对你很不爽,但你的功能还算是好用,所以我允许你跟着我。条件是,你必须服从我的命令,必须让我的命令优先于什么侦查总部。否则,我不会和你一起行动。"

"是要覆盖命令权限吗?"

"对。"

本机用逻辑去思考当前状况。本机的最高级命令权限是侦查当局，第二位是沃斯通克拉夫特博士，如果要覆盖该命令权限的顺序，让中也先生排在第一位的话，就可能会否定本机存在的理由，即把任务放在首位；而另一方面，如果本机不听从中也先生的覆盖指令，就无法继续完成任务。

也就是说，这是一个类似于"我命令你，不要服从我的命令"的矛盾命题。

如果是一般的人工智能，在收到这样一个矛盾命题的瞬间，就会因为需要无限的思考资源而宕机。但本机是最新型的人工智能。博士早就预料到了这种情况的发生，给本机安装了解决矛盾命题的子程序。

这个解决方法极为简单。

——"听从自己的心"。

"同意命令。开始覆盖命令系统协议。"本机单膝跪地垂下头，做出最崇高的敬礼姿势，"将中也大人重新设定为本机的最高级命令人。请您尽管吩咐。"

中也大人露出意外的神情看着本机，然后说："真的可以吗？"

"可以。本机认为，中也大人不会下难为本机的命令。"

中也大人睁大眼睛，然后捂着脸发出了一声夸张的叹息："唉，受不了你……明明就是个机器，不要说这种好像在试探我一样的话好吗？还有，干吗叫我'中也大人'啊？"

"对最高级命令人的称呼默认就是这个。"

"不能改吗？"

"可以更改。可是改了之后您就不是最高级命令人了。您确定吗？"

"不确定。"中也大人一脸不情愿的样子，"啊，服了，行吧。现在不是把时间浪费在这种地方的时候。不说这些了，说你调查到的事。你不是有和魏尔伦有关的新情报吗？"

"对。我现在就说。但是在此之前,您要来一块口香糖吗?"

本机站起身,取出刚才的口香糖。这一举动的初衷是想让他在倾听长篇说明之前稍微进食,好减轻压力。

中也大人看了眼口香糖,又看了眼本机,再看了眼口香糖,然后带着困惑的神情说了句"不要"。

"真遗憾。那我吃了。"本机剥开包装纸将口香糖扔进口中,嚼了几下之后吞下去。咕咚。太美妙了。

中也大人像是在看什么怪物一样看着本机。

"那么,现在开始说明。"本机说道,"我们先来共享一下前提。由于魏尔伦是暗杀者,所以在进入这个国家的时候不会在机场引发争端,否则他入境后会难以采取行动。他应该和普通的罪犯一样,是准备了假护照并乔装打扮后入境的。但是同时,魏尔伦又是一匹不与任何人合伙的孤狼,他没有信任的同伴为他准备护照和入境的工具。也就是说,如果他想入境,就需要花钱委托违法的偷渡组织者替他办理偷渡手续。这些您能明白吗?"

说着,本机又取出一块口香糖,嚼了嚼咽下去。中也大人看着本机,发出轻轻的一声"呜嗯",是不是胃不舒服?

"可是这次,魏尔伦能找的偷渡组织者非常有限。因为,偷渡组织者这类高智商罪犯一般都很胆小,所以很重视对外的协作关系。也就是说,他们与非法组织港口Mafia之间,有可能是庇护与被庇护的关系,至少会是互助关系。"

"嗯,你说得确实没错。这么说,魏尔伦根本不会用可能背叛他、投靠港口Mafia的组织者喽?"中也大人点了点头,"你知道得很多啊。"

"因为机器探员比人类更优秀。"说着,本机又吞下一块口香糖,"于是,本机对比了日本警察当局拥有的偷渡组织者名单和港口Mafia管理的偷渡组织者名单,交叉核验了一番,查出了Mafia数据库中没有的组织者。"

"警方和Mafia的名单？你怎么拿到的？"

"我入侵了数据库。"本机回答。本机连行驶中车辆的智能驱动系统都可以入侵，想阅览数据库，比呼吸还容易。不过本机没有呼吸过，只是想象的。"符合条件的组织者有四个。本机从早上起挨个调查了他们，然后找到了帮助魏尔伦入境的组织者。"

"哈哈，知道你除了打台球之外还有别的优点，我总算是放心了。"中也大人挑眉，"然后呢？你把那个组织者倒吊起来让他招供了吗？"

"没有。本机虽然具备这样的功能，但如果对组织者做出粗暴的行为，有可能被魏尔伦察觉。"本机摇了摇头，一边吃着仅剩的两块口香糖，一边说，"但是，本机从组织者的付款明细中查到了魏尔伦委托他准备的物品。您应该也知道，这类偷渡组织者基本上都会在当地国家兼任供应商。供应商就是指，有偿为客户安排安全屋、车辆、枪支和密医的人。魏尔伦向组织者委托了三样物品。"

"安全屋吗？"

"很遗憾，"本机摇摇头，"但是，本机得到了下一次行动的线索。首先是这个。"

本机递过去一张白桦树树枝的照片，那根树枝有小臂那么粗，长度也和小臂差不多。

"这是什么？"

"是白桦树树枝。魏尔伦在执行过暗杀的现场都会留下用当地种植的白桦树雕刻成的十字架。这是他的工作署名，现在也不例外。而这次，他向供应商要了四根这样的树枝。然后……"本机又递过去一张照片，"其中一个，出现在台球吧的案发现场。"

一个做工粗糙的手雕十字架掉在地上。由于地板的木材散落得到处都是，所以没办法一眼分辨出来，但它的材质明显与周围的碎木头不同。

中也大人拧起了眉头。

"也就是说，还有三个。"

"对，本机认为，这是他这次的目标数量。"

——我会把你关心的人，全部暗杀。

魏尔伦说过这样的话。

本机不知道他要怎样选出中也大人关心的人，或许Mafia内部有他的奸细。但是至少，魏尔伦还想在这片土地上下三次手。

"而这也是我们的好机会。"本机说，"魏尔伦神出鬼没，并且在战斗能力上有着绝对的优势，从正面与其对决是没有胜算的。可是他是一名暗杀者，而且还是一名重视步骤与仪式的暗杀者，他必定会出现在下个目标面前。因此，如果我们能事先知道目标是谁，就可以布下陷阱，守株待兔。"

"有道理。"中也大人点点头，"那么，你对目标有眉目了吗？"

"不好说。"本机又递出一张照片，"魏尔伦委托供应商准备的物品，还有两样。就是这个。"

一个是汽车零部件组装工厂的入场证，另一个是型号有些老的蓝色翻盖手机。

"本机认为这是下次暗杀需要的物品。"本机说，"可是，接下来本机需要中也大人的协助。魏尔伦盯上的应该是与您关系很深的人物。您有什么头绪吗？"

中也大人没有回答这个问题，而是目不转睛地盯着照片，就好像照片上有哪个重要的人物一样。

"工厂？"中也大人骂了一句，"该死的，我知道他下个目标是谁了。"

中也大人在怒火的驱使下将照片捏成一团，然后大步迈出。

"走。"

"去哪里？"

中也大人没有回答本机，而是从本机手中抢走最后一块口香糖，扔进嘴里。

他一边走,一边咀嚼口香糖,然后吹了一口气。口香糖在他的嘴巴前方变成了一个圆气球。

本机此时受到的冲击,完全无法用语言形容。

原来它是这么吃的啊!

那个少年在工厂里。

这是一个汽车零部件组装工厂。天花板很高,空气中弥漫着机油味,还能听到焊接机的运作声和火花四溅的声音,但因为工厂面积太大,无法判断声音是从哪里传来的。

传送带传送着因焊接而染上回火色的金属零件。

少年在零件上面铆上铆钉,用布擦去机油,用锉刀磨掉焊接的痕迹。这就是他的工作。十几秒钟之后,又有同样的零件送了过来。少年铆接、擦拭、打磨。又有同样的零件。铆接、擦拭、打磨。铆接、擦拭、打磨。铆接、擦拭、打磨。铆接、擦拭、打磨。

零件送来多少次,少年就在心中想了多少次——我已经受够了。弄完下一个之后,我就把这些全都扔掉走人。

他每次工作都想着同样的事情,不久后,预备铃响了,这是通知他离工作结束还有五分钟的铃声。只有在铃响后到正式宣告工作结束的铃声响起之前的这五分钟之内,少年才多少有了些活人般的情感。他什么都没想,只是机械地动着手。

工作结束后,前辈们问他:"喂,一会儿要不要一起去吃饭?"他随便找了个借口搪塞过去,然后不看任何人,换好衣服,离开工厂。

"我一分钟都不想在这种地方多待,这不是我该待的地方。"

可是这一天,事情却不像往常那样顺利。

在离开工厂的时候他被人叫住了。少年差一点就想当作没听到,但听出对方的声音,他还是停了下来。

"厂长,"少年道,"有什么事吗?"

"啊,小伙子,不好意思啊,你能跟我来一下吗?"

厂长戴着眼镜,满头白发,是这个工厂的最高负责人,地位相当高,根本不可能直接与少年这样的底层流水线工人对话。而少年也是,厂长对他来说,就是车间墙壁上挂着的一张照片。

"可是,我现在正要回家……"少年生硬地说。

"好了,跟我来,有人找你,人家正等着呢,快一点。"

厂长抓住少年的手。少年正要甩开,却发现厂长的手正在发抖,他的脸上也没有血色,还不住地看表。

厂长在害怕什么。

无奈之下,少年只好跟着他走了。

他们去了会客室,这是整个工厂唯一一个在外观花了钱的地方。带着金色装饰的橡木大门内传来咖啡的香气,应该是在接待客人。

少年全无头绪。有人来找他?现在已经没有朋友和他保持联络了。就在短短的一年之前,还有许多朋友会来看看他过得好不好,但现在没人来了。一个人都没有。

究竟是谁呢?

厂长敲了敲门,进入室内,少年也跟着走了进去。

少年在那里看到了最不可能出现的人物。

"……中也。"

会客室里有两个人,一个是高个子欧洲人,从他穿着西装三件套的打扮来看,应该是名刑警。

而另一个人,就是中原中也——他曾经的同伴。

中也面无表情地看着少年,然后站起身来。

"白濑,"中也叫了他一声,声音既低沉又严肃,"好久不见啊。"

他口中的"白濑"一把抄起手边的花瓶,向中也扔了过去。

本机完全没有预料到事情会发展成这样。

在本机的想象中,他们二位肯定会有个感动的重逢,或是来个喜悦的拥抱。本机为了学习人类的行为,看了许多电影,里面基本上都是这样演的。

可是名叫白濑的少年却把花瓶扔了过来。

本机想接住花瓶,却没来得及。花瓶打中了中也大人的额头,四分五裂。明明速度没那么快,花瓶的碎片却飞得到处都是。于是本机立即反应过来,这是中也大人操纵重力的结果,他为了在接触的瞬间就抵消冲击,用异能打碎了花瓶。因此,中也大人应该没有感受到疼痛。

可是不幸的是,花瓶里面插着花。也就是说,里面有水。

水全浇在了中也大人的头上,他顶着滴水的湿发,说了一句:"白濑,你干什么啊?"他的声音没有一丝惊讶的气息,既平静又冷漠,"很冷的好不好?"

"喂喂,你这脑袋还真是方便啊,中也。"白濑先生唇角一勾,笑了起来,"不过才过了一年时间,你就已经忘了自己对我——对'羊'做过什么了?"

中也大人目光平静地看着对方,一句话也没说。白濑先生也用杀人般的视线看着他,沉默着。而厂长,在花瓶碎掉的那一刻就大叫着逃走了。

本机不太明白这种沉默是什么意思,但在这个状态下是无法谈话的。那么,这种情况就该由我来主持大局了。

"嗯……白濑先生,幸会。今天天气真好啊。"本机听说,与初次见面的人对话,先要从天气聊起,"我们来找您,其实是有件重要的事要跟您说,非常重要的事。我们坐下来谈吧。"

"我没话跟你们说。"

白濑先生说完就要离开会客室。

"慢着,白濑,你要去哪里?"

"我下班了,当然是回家!"

本机站起来追出去,不能就这么把人看丢了。

可是,中也大人却站在原地,一动不动。不仅如此,他的表情、视线也纹丝不动。他们之间到底发生过什么事?

说起来,以中也大人的反应速度,想躲开花瓶应该很轻松。可是他没躲。为什么呢?

本机是一台计算机,并没有安装情感之类的麻烦东西,但是安装了模仿情感的决策模组,让本机在与人类共同探案的时候看上去足够自然(本机时常在想,要是没有这东西,探案对本机来说会变得更容易)。因此在某种程度上,本机可以重现惊讶与感动之类的情感,也可以类推他人的情感。

可就算本机有这样的能力,也完全不明白为什么中也大人不躲开花瓶。

"我们去追他吧。"本机不得不开口叫他,"中也大人,您没事吧?"

中也大人顶着一头还在滴水的湿发,扯开一个皮笑肉不笑的笑容:"真是,我就知道事情会变成这样。"

我们在走廊追上了离开的白濑先生。

"白濑先生,请等一下,我们需要您的协助。"

"是吗?那可真是稀奇,我好吃惊呀。不过这和我又有什么关系呢?就算你给我一千亿日元,我也不会帮中也这种人做事。"白濑先生没有减慢速度。

"可是,按照合理的想法,您应该帮忙。"

"我说你是谁啊?怎么说的话这么让人火大?而且,你让我帮你们,你说这话之前知道中也曾经做过什么吗?"

白濑先生回过头来,像是要吓唬本机一样瞪着本机。

本机就算被人吓唬也不会有任何感觉,不明白他瞪本机是什么意思。可是本机从白濑先生的表情中理解了他的情感。

憎恶。

"这家伙在一年前搞垮了我们的组织。他让港口Mafia袭击了我们。我们被夺走了住处,被迫分散到日本的各个地方,为的就是不让我们重新聚到一起。而中也例外。你猜中也怎么做的?他居然厚着脸皮加入了港口Mafia!也就是说,他把我们出卖给港口Mafia了!甚至不顾当年我们把他捡回来的恩情!"

本机与记录中的情报进行了对比,发现并不一致,他说的话与事实不符。

这种情况应该订正。

可是中也大人只是沉默,似乎一句话也不想说。

"而我被分到了这里,只有我,被留在了横滨,被迫在他人的监视下工作。中也,你知道这是什么吗?"

白濑先生举起自己的手臂,让我们看他的手表。

中也大人看了一眼,说了句"不知道"。

"是瑞士联邦制造的高级手表吧。"本机参照知识存储器说道。

"没错,这是我仅剩的高级货了。在'羊'里的时候,我差不多每个月都会买这种东西。可是现在,我都不知道自己哪一天会把它也卖了。现在的工作是个人就能做,薪水也很少,靠这个根本不可能凑齐重建组织的储备金。"

"重建组织?"中也大人的表情变了。

"没错。我不可能就一直这么打发日子吧。武器和门路我都在一点点准备了,如果是我,一定能做到。我一定要让'羊'东山再起,成为比你更厉害的王!"

中也大人微微皱起眉头，说道："你不可能做得到。"

"你说什么？"

"好了，二位冷静一点。"

因为他们一点正事都不聊，本机出于无奈，只好打断了他们的对话。明明现在必须把案子放在首位，可是人类总是会做这种无谓的争执。

"白濑先生，您似乎误会了。在我的记录中，中也大人是为了你们——"

"住口，别说了。"中也大人突然抬手按住了本机的身体，"白濑，你听好。我只有一件事必须让你知道——再这样下去的话，你会死。不是今天，就是明天。"

"啊？"

白濑先生睁大了眼睛，张大了嘴巴。

"有杀手盯上你了，是一个叫魏尔伦的怪物。我的目的是宰了他。所以要你帮我。"

"啊？你说什么？杀手？"白濑先生的表情体现出了称作"莫名其妙"的情感，"为什么要杀我？"

"他认为，只要你死了，我就没有理由继续留在Mafia。"

"什么乱七八糟的，他怎么想的？"

"鬼知道脑子不正常的杀手是怎么想的。"中也大人像是拒绝讨论一样斩钉截铁地说，"总之，他很强。如果与他正面开战的话，就算是整个Mafia出动，也会造成很大程度的伤亡。所以我打算设个陷阱，确保可以杀掉他。就在他为了杀你而现身的时候，从他身后给他一刀。就算是强大的异能者，在毫无防备的时候挨这么一下也会直接完蛋。就像是……一年前，你刺中我后背那样。"

中也大人眯起眼睛。他的眼神锋利，其中还蕴含着其他情感。可是本机的情感模仿模组却无法看穿那微弱的情感究竟是什么。

"慢着慢着，那就是这么回事喽？"白濑先生摆了摆手，用很不高兴的声音说道,"有一个叫魏尔伦的杀手,你们打不过他,所以想让我当诱饵,把他引出来。你们是要我明知道自己会遇害也不逃,老老实实地坐在陷阱正中央。对吗?"

中也大人依然保持复杂的神情,没有回答。

没办法,那就由本机来回答。

"对,就是这样。"

"啊?开什么玩笑!谁愿意当诱饵啊?"

中也大人用刺耳的声音说道:"我猜也是,但你没有选择的权利。"

"什么?"

"你确实是诱饵,那又怎样?我们又不是非你不可。他的目标除了你之外还有两个人,只要我们找那两个人安排陷阱就可以了。可是你不一样。如果你拒绝我们的提议,你必死无疑。所以白濑,你必须帮我们,否则你就直接去死吧!"

中也大人像是抗议似的大喊。

他们二人瞪着彼此,一句话不说,只是盯着对方的表情。仿佛想从中找出什么东西。

最后,打破沉默的人是白濑先生。

"啊,行了行了,我知道了。"他说着,转身背对我们走了起来,"不管什么时候都像个国王一样霸道,不愧是你。"

这个时候,我们正好走到了工厂的停车场。无数车辆正忠实地蹲在那里等待自己的主人(他们与人类不同,不会出于情感将任务丢置一边,看着就让人安心)。

白濑先生走向停在那里的一辆轻便摩托车,那应该是他的通勤代步工具。他从箱子里取出头盔,对我们说道:

"没办法,就听你们的吧。行了,快带我去你们说的布置了陷阱的地方,我会骑着这辆车跟着你们的……"

本机放下心来,刚露出一个微笑,就觉得头部配件受到了一个水平飞来的冲击。

是白濑先生用头盔殴打了本机。在冲击之下,本机有一瞬间看不清任何东西。

接着,白濑先生又将那个头盔朝中也大人扔了过去。就在即将被击中面部的时候,中也大人挡住了头盔。

趁这个工夫,白濑先生已经骑上了轻便摩托车发动了引擎。

"哈哈哈!谁要听叛徒的话啊?"

他说着突然加速,驱使摩托车冲了出去。

"好痛。"

本机对全身使用了自我诊断程序。头部受到冲击,内部零件没有损伤,信号没有延迟,只是受到了惊吓。

中也大人双手拿着头盔,不耐烦地看着前方。

"真是……你以为这样就能逃掉?"

他长叹一口气,随手丢掉头盔,然后一跃而起。他控制着重力,落到附近的车顶上。

"破烂玩具,你可别掉队哟,要是慢了我就不管你了。"

说完他就跑了出去。

本机怎么可能被他落下。

中也大人的移动方式比起"奔跑"更像是在"滑行"。

他减小向下的重力,增大向前的重力,仿佛飞碟一般往前跳去。他一步就能跳过一个区域,不紧不慢地超越行驶的车子。

本机调动了膝盖部位的全部伸缩气缸,跟在中也大人身后。我们先是飞出工厂的建筑用地,水平落在路标上,然后一跃从路人头上飞过去。

与此同时,本机向逃跑的白濑先生的小型摩托车释放信号,试着锁定他的位置。

可是没有收到回复。本机尝试入侵交通管制网，依然没有查到与该车辆有关的情报。看来白濑先生骑的摩托车没有外部通信和主干系统，只具备移动功能。简而言之，就是便宜货。

然而便宜货对我们才不利，因为本机没办法像对付魏尔伦的车子一样，对其进行远程操控。只能追上他，然后用物理方式让他停下来。

虽然有点费事，但本机还是决定采取粗鲁的手段。

本机一边跑，一边访问了超速自动取缔装置（ORBIS）。通过事先组装的工具强行获取访问权限，覆盖当前的视野显示。本机窃取了只有交警才能阅览的数据，用眼睛确认周围一带的全部车辆，然后检索。

找到了。

他在往西两个街区、往北一个街区的位置，正沿着通往住宅区的干线公路向北飞速前进。因为他已经明显超速，所以早已被系统锁定，很容易就被本机找到了。

"中也大人！西北方向！"

本机叫了一声，跳上行驶中的卡车并翻越，穿过道路。

本机一边在车流中跳跃，一边与中也大人向西飞奔。路人都惊讶地抬头看着我们。

本机连上交通摄像头，看到白濑先生的小型摩托车无视红灯，直接冲过马路，驶向住宅区。真是不要命。可是，接下来的路就是没有交通摄像头的狭窄住宅路段了，对白濑先生来说是走运，对我们来说就倒霉了。也就是说，本机无法通过影像追踪了。

本机与中也大人踩踏灌木篱笆、踢蹬房顶、跃过电线杆追赶白濑先生。本机蹬地加速，因此掀起的柏油向后方飞去。

无论是本机还是中也大人，都拥有能够轻松超越白濑先生的轻便摩托车的速度。这个国家不存在监管步行者速度的法律。这是人类执政者的漏洞。如果是本机来执政，一定不会忘记制定抓捕超速人工智能的法律。

"我听见那辆车的声音了，先走了！"

中也大人完全消除了自己的重力，飘在空中。他一蹬楼房的墙壁，消失在街道的另一端。本机连忙追了上去。中也大人确实拥有重力异能，但坦白说，本机的腿比他长，不可能输。

地点是布满狭窄小巷的住宅区内。根据计算，再过二十七秒就能追上小型摩托车。

只要中也大人堵住前方，本机堵住后方，白濑先生就只能投降了。完美。

可是，事后本机想起来博士曾经说过这样一句话：

"当你认为工作一定会圆满结束的那一刻，名为失败的魔鬼就会来到你的身边。它总是会在可怜的猎物被成功的气味吸引而来的时候，扑上去将其吃掉。"

博士说得对。

就在本机追着中也大人拐弯的时候，本机听到了一个洪亮的声音：

"别过来破烂玩具！躲起来！"

可是太晚了。本机已经拐过转角，目睹了当时的画面。

其实这件事，说不定可以预测到，毕竟事先已经有过几点预兆了。

白濑先生的经历、他说过正在准备重建组织、厂长把他带到会客室时过分紧张的样子，还有他像逃亡一样从停车场离开时的情形……

白濑先生在十字路口的正中央，处于被包围的状态。包围他的是警车。

"白濑抚一郎！你涉嫌私藏非法武器，我们要将你逮捕！"

一名高大的警察压着白濑先生，将他的头按在警车上。

"住手！可恶，放开我！我可是下一任王！"

白濑先生虽然在挣扎，但根据本机的计算，以他的能力想从对方的束缚中脱身，至少还需要三十九个他。

一个声音从警车中传来。

"你在那里吧,中也?你的手下有危险了啊,"声音很干枯,很平静,有一种不合时宜的感觉,"快出来救他吧。"

接着,那个人走了出来。

那是一名不起眼的刑警,看上去四十多岁的样子。

他穿着失去光泽的皮鞋,一件常年穿在身上几乎已经变成皮肤的一部分的暗绿色外套,体重看上去很轻,头发像棉毛一样,脸上带着柔和的笑容。

"我不是他手下!我才是王!"白濑先生还在扑腾着四肢。

"行了行了,别乱动,王阁下。别担心,我不会对你这种喽啰怎样的。"刑警说完,打了几下白濑先生的头。

中也大人咂了一下舌。

"警官,你一开始就是故意让白濑自由行动的?"

说着,中也大人出现在警察的面前。

"哦——中也,你还好吗?有按时吃饭吗?"

穿着暗绿色外套的刑警像见到老友一样张开双臂,可是本机认为,他们二人并不是朋友。

"不吃饭可长不高哟,你要好好吃饭,好好去上学。记得为将来好好存钱,不要大晚上跑出去玩。不过,你也可以趁着年轻的时候稍微玩一玩。还有……"刑警笑着,拍了拍白濑先生,"挑选朋友的时候要睁大眼睛。"

"中原中也阁下,我们现在怀疑你是白濑的同谋,请你回局里协助调查。"

年轻警察走到中也大人身边说。他的表情很僵硬冰冷,像机器一样的冷硬。当然,还不到机器那个程度。

"原来如此,看来你们在这个时候抓人,也不是巧合啊。"中也大人敏锐地看了警察一眼,"厂长是你们的人喽?为了引我出来,你们一直监视着白濑。"

"呵呵,这个小伙子和你可不一样,对老年人很友好。"刑警说着又轻轻拍了拍白濑先生,"我们很容易就找到了他收集非法武器的证据。"

"不可能!我完美的计划不可能被你们发现!中也,你又出卖我!"

刑警瞥了一眼在旁边大喊大叫的白濑先生,耸耸肩道:"看吧,我都说了让你挑选朋友的时候要睁大眼睛。"

中也大人叹了一口气,然后以不快的表情说:

"我说,警官,这家伙的罪名我已经很清楚了,所以你能再等一天吗?我们有点组织内部矛盾,我得保护他一天。"

刑警先生认真地听他说完这句话,最后却露出冷笑说道:

"那你就不用担心了,我们可以替你保护。"说着,他取出手铐,在脸旁晃了晃,发出哗啦啦的声音,"不过是在看守所。不放心的话,你也一起来?"

刑警先生一抬下巴,白濑先生就被押进了警车里。

无计可施——中也大人的脸上写着这四个字。

"可恶……"

中也大人从紧紧咬住的牙关中低吼。

博士曾经问过本机一个问题——"当一个机器,是一种什么样的感觉呢?"

本机没能答得上来。因为当机器的感觉,就是当机器的感觉。极其平面,当然,也没有任何附加条件。所以本机就如实作答了,然后加了这样一句话:"博士,当一个人类是一种什么样的感觉呢?"

博士抱着胳膊,什么也没说,只是露出了为难的笑容。

作为一个人类,及由此产生的感觉。

现在想想,这件事的重要性就是这次事件的全部开端。

魏尔伦说，自己不是人类，就好像这件事是一件足以翻天覆地的大事一样。对他来说，是不是一名人类，大概是个重要又致命的问题，足以左右自己所有的现在和未来。

真奇怪。自己是不是人类，有那么重要吗？

本机一边思考这个问题，一边对中也大人说话：

"中也大人。"

"……"

"中也大人。"

"……干吗啊？"

"轮到您了。'发现人类奇怪之处的游戏'。"

"……"中也大人没有回答。

"那么就由本机来说。"本机用双手在桌子上拍了两下，"嗯，人类的奇怪之处……'除了声带之外，其他部位发出声音会让人类觉得很羞耻，不明白为什么。比如打嗝，或是放屁'。好了，轮到您了。"

本机为中也大人敲了两下桌子，中也大人看着本机，叹了一口气：

"唉……"

真是奇怪的回答。

"'唉'是吗？谢谢您的回答。那么轮到本机了。'通常，女性在说另一个女性很可爱的时候，对方大概率不可爱。原因不明。而在说一个真的很可爱的女性时，则会用性格有点恶劣来形容'。"笃笃，"中也大人。"

"啊……"中也大人懒洋洋地说。

"谢谢您的回答。那么又轮到本机了。'在厕所方便的时候，存在一个神秘协定。只有男性要把马桶圈抬起来再方便，女性则不用。为什么？坐着应该更方便才对，因为不会溅得到处都是。具体来说的话，小——'"

"住口！脏死了！"中也大人叫道。

本机很是不解："脏？这个房间在92分钟之前才打扫过。"

"我不是说这个……"中也大人挠挠头，"啊，我受够了！快点放我出去！"

我们此时正在警察的审讯室。

苔绿色的墙壁上到处沾着香烟和灰尘的污迹。每一把四条腿的椅子螺丝都松了，一换姿势就会咔嗒咔嗒地摇晃。桌子上有划痕、被人拍过的手印和水渍。恐怕是嫌疑人的泪水或是口水。

警察要求本机和中也先生协助调查，把我们带到了这个房间，并让我们稍等片刻。虽然我们有能力逃脱，但不经过正规手续私逃的话，会引发麻烦，还是等港口Mafia的顾问律师过来比较好。

可是，身为探员却被警方拘留实在是个非常宝贵的经历，让本机很兴奋。还好本机事先隐瞒了身份。感谢侦查方针。

"下次不准玩这个游戏了。听懂没有？"

"这是您的命令吗？"

"是命令。"

既然他行使了命令权，那就没办法了。"我明白了。我再也不会玩'发现人类奇怪之处的游戏'了。"

中也大人看着本机，露出疲惫的神情："你现在的表情真的超级舍不得啊……"

这个房间里没有镜子，本机无法看到自己的表情。

"唉……算了。然后呢？白濑能被释放吗？"

"可以，但需要时间。"本机坦白地回答，"本机刚才入侵了这里的数据库，发现白濑先生的家已经被搜过了，警方共查收了十二把枪械，刻在枪身上的登录编号都已经被刮掉了。在这种情况下，就算律师很优秀，想让警方放人也需要一定的时间。就算想保释他也很难，因为他在'羊'里的时候有过前科。不仅手续难办，加上警察真正的目标本来就不是白濑先生而是您，所以在送交检察厅之前，他们应该会把白濑先生拘留足足四十八小时。"

"我可等不了四十八小时。"中也大人捏紧拳头,"就这个瞬间,魏尔伦都有可能来暗杀他啊。"

中也大人说得没错。想击败魏尔伦,必须准备好合适的陷阱,然后将白濑先生安排在那个地方,引诱魏尔伦上钩。

也就是说,要对擅长偷袭和暗杀的魏尔伦采用偷袭的战术。

可是这需要不可或缺的前提条件。一是需要花时间布置陷阱的空间,二是需要白濑先生当诱饵。

"我说,你的上司不能帮帮忙吗?"中也大人探出身子,"这里的警察说白了都是你的同事吧?你不能让你国家的侦查总部动动手脚,把人给放了吗?"

"要是可以就好了。"本机摇摇头,"这是不可能的。因为有'条约'的限制。"

"条约?"

本机做出了解释。

欧洲刑事警察机构原本是以当年的大战停战和平条约为基础成立的国际侦查机构,目的是消灭暗中跨国活动的国际罪犯。可是,战后受到国际之间权力斗争的影响,该机构制订了几条限制条件。

其中一条是,不能侵犯欧洲联盟国家的权利与主权。既然是曾经互相为敌的几个国家合作成立的侦查机构,那么在不侵犯同盟国家权利一事上就要格外小心。这次,我们的目标是逮捕魏尔伦,他曾是F国的谍报员,大脑中充满了国家的重要机密。如果在对待他的方式上走错一步,就有可能演变成国际性丑闻。即便没有,逮捕他的探员也极有可能将通过侦查得知的情报卖给其他国家。至少F国是这样认为的,所以他们对于要派遣别国的探员表示出了极大的不满。

另一方面,欧洲刑事警察机构也必须将随机杀害全世界要员的魏尔伦这个灾难彻底铲除。尤其是Y国,因为魏尔伦在加冕仪式上杀害了三名骑士，他们现在是最为面上无光的国家，绝对不会退让。

综上所述，最终得出的折中方案，就是派遣本机独自执行任务。

本机可以牢牢地守住秘密，也不会因为私欲就偏袒某个国家。因为本机就是被如此设定的。并且事后，本机在侦查中获得的情报也会被冻结并加密保管，不让其他国家有机会利用。

之前，钢琴家先生曾经问过本机"你不会向欧洲当局泄露Mafia的情报吗"，本机回答的是"我无法泄露"，就是因为这个。

"原来如此。"中也大人抱着胳膊点点头，"也就是说，不管你听到或见到多少我和Mafia的犯罪证据，都无法将它传给别人。"

"没错。同理，欧洲当局也不可能插手日本警方的事。而且本机在日本的侦查活动是保密的。如果被其他国家的政府机关得知本机正在调查暗杀王魏尔伦的事，那么一些国家很有可能会萌生把这件事当作与F国进行国际交易的材料的念头。毕竟，魏尔伦十有八九在大战时借机密行动的名义，做出了严重违反战时国际法的行为。"

"就是说，因为这件事，日本警方不可能帮你。"中也大人说完，叹了一口气，"真让人头疼，托他们的福，现在我的同伴就只有一台可靠的破烂机器。不过，要是一大堆欧洲探员扑过来，作为一个Mafia成员，也的确是再麻烦不过了，也行吧。"

"对我们来说，有不被司法机关信任的Mafia的协助，也是很好的折中方案。"本机微笑道，"可是中也大人，最关键的是针对魏尔伦的陷阱，我听说Mafia有最为合适的异能者，这是真的吗？"

中也大人的表情顿时变了，就好像他同时咬碎了好几百只虫子后，品尝到无与伦比的苦味一般。

"是真的。"中也大人的声音带着一股苦涩的味道，本机觉得他真正想说的是"让我说出这种话还不如让我去死"，"但是我联系不上他。可恶，他最好是死在哪里了。"

"哦……"可是帮我们的人要是死了不就麻烦了吗？"那个人值得

信任吗?"

"信任?信任个屁。"中也大人不快地说,"他性格超级扭曲,是个非常烂、非常恶心的家伙。打个比方,如果他遇上溺水的人,他肯定会把水强行推销给人家,而且他脑子还非常聪明,真的能让人把水买下来,所以才让人觉得棘手。不过,没有他的异能就无法打败魏尔伦。"

"为什么您这样肯定?"

"因为魏尔伦的同事异能谍报员兰波,就是我和他——太宰,一起解决的。"

中也大人说着,握紧了拳头。

"该死的太宰,那混蛋在这种关键时刻干什么呢?"

废弃场地。

这是一片被所有人遗忘的土地。

天空阴云密布,似乎马上就要降下大雨。乱七八糟的运输集装箱像尸体一样摞在一起,裸露在外的土壤被非法投放的有害物质污染,连野鼠都不敢靠近。

一个不存在于地图之上的地点,横滨最为寂寥的土地——太宰就住在这块地的中心。

太宰的家不是一栋房子,而是一个被丢弃的运输集装箱。那个巨大的集装箱原本是用来运送出口海外的轿车的,现在却装了许多其他东西,有冰箱、换气扇、桌椅、被褥和小小的电灯泡。

认识太宰的人没有一个想靠近那里,即便是港口Mafia的手下。原因不仅是这片土地有点阴森,最关键的是,他们不知道靠近太宰的私人住处时,太宰会有什么样的反应。如果有手下来他家里拜访,他有可能会扯断对方的四肢,也有可能会拿出茶点来表示欢迎。没有人能理解太宰的想法。

港口Mafia的黑色幽灵——这就是太宰在别人口中的形象。

加入港口Mafia已经一年了，太宰指挥直属老大的机密部队，取得了一系列惊人的成果。他击溃了数个组织，开辟了数条新商道。不要说是现任的Mafia成员了，就是历代的干部，立下功绩的速度也远远比不上他。连"旗会"最成功的人——钢琴家的成绩与太宰的相比也和小孩子过家家没什么两样。

可就算这样，也没有一个人信任太宰。

因为藏在他眼底的黑暗比盘踞在废弃场地的黑夜更加深不可测。

越是在Mafia活动，太宰就变得越发阴沉，让人无法理解。他也没有向任何人倾诉过原因，只是一味地屠戮敌人，为港口Mafia开辟血路，就好像要把自己逼入某个黑暗的角落一样。

他拥有数不尽的功绩，可是有一个人，对这些荣誉高兴不起来。

那就是太宰。

太宰独自坐在集装箱内的圆椅子上，一动不动地盯着黑暗。

放在旁边桌上的手机响了起来，是中也打来的，可是太宰没有接。他连目光都没有分过去，只是抱着胳膊坐在那里，凝视着前方的门。

他的目光非常平静，那双黑眸吸收了所有声音与光芒，不放过任何事物，包括自己的情感。

电话像是放弃了似的不再鸣叫，沉默再次降临，而这种沉默，仿佛比电话响起之前更加深，更加重。

就在这时，太宰一直盯着黑暗深渊的眼睛微微动了一下。

入口处的门被人打开了。

金属门缓缓开启，出现了一个人影，从黑暗中渐渐显出轮廓。

"太宰，你住的地方可真是别具一格啊。"人影用轻飘飘的声音说，"真是不懂，住在这种地方你图什么啊？是怕交固定资产税吗？"

太宰的表情丝毫未变，用冷漠又暗哑的声音答道：

"我怕的是你啊,魏尔伦先生。"

人影走进屋内。

来人个子很高,身穿颜色让人联想到深夜中的大海的西装,有一双仿佛随时都在用眼前发生的事取乐的轻浮眼眸,还戴着一顶黑色的帽子。正是暗杀王——保罗·魏尔伦。

"胡说。"魏尔伦说着,踏入集装箱,"你什么都不怕。看你的眼睛我就知道了。就连两天前,我想杀你的时候,你也几乎没有任何感觉。"

"因为我在死亡这件事上,和一般人的观念有点不一样。"太宰的眼角微微露出笑意,可他的黑瞳还是那样波澜不惊。

"作为一个杀手,这样做生意可是会完蛋的。"魏尔伦耸耸肩。

嘎吱嘎吱。魏尔伦脚下的皮鞋踩着地板走进房间,抓住书桌上的文件,问:"这就是港口Mafia的内部资料吗?"

文件大概有几十页,如果卖给其他组织,想必可以获得能挥霍三辈子的钱。这足以证明这份资料记载了港口Mafia多么宝贵的机密事项。

魏尔伦将那沓纸举起来晃了晃:"两天前,你说会把它交给我,所以我没杀你,因为我的工作需要它。但是理由呢?你想要的回报是什么?你可别跟我开玩笑说'请不要杀我'哦。"

"很简单。"太宰露出一个浅笑,然后用噩梦中呓语般的低沉声音说,"我想看港口Mafia燃烧的景象。"

魏尔伦正色起来。

他盯着太宰,就好像刚发现,这个地方有一个人似的。

"港口Mafia不是把你捡回来养大的组织吗?"魏尔伦沉默了片刻,慎重地问道。

"对。"

"那你为什么?"

太宰应该听到了他的问题,却没有回答。他的视线四下彷徨,像在寻找什么不存在于这里的东西。

然后，太宰露出笑容，那笑容十分沉痛，让看到的人都要忍不住发出悲鸣。

"我腻了。"

魏尔伦眯起眼睛，他的目光锁定太宰，探寻他的真心。

太宰享受他的视线一般，瞥了他一眼，自语道："最后，我还是什么都没找到。"

"哦，是这样啊。"魏尔伦闭上眼睛，"行吧，我明白你的心情。你希望能找到什么改变自己的事物，于是带着期待踏上旅途，却来到了一个只有无聊破烂的地方，心灰意冷之下就想回家了。这种经历我也有过。每天只是呼吸、吃饭、排泄……这些不叫活着，所以我们才会踏上旅途。"

魏尔伦说着，从地上捡起一枚硬币。

那是一枚银色的硬币，平平无奇，随处可见。

"太宰，感谢你的协助。"

然后，他用手指一弹硬币。

随即响起轰鸣。

硬币从太宰的身侧飞过，贯穿他身后的墙壁。

留下雷鸣般的声音与大气的扭曲后，硬币打碎了集装箱外面的废弃物品。它并没有落下，而是直直地继续向前飞去，直到消失在西边的地平线。

房间中只剩金属熔化产生的蒸汽和金属撕裂的残响。

"为了对你的绝望表示敬意，我会将你留到最后再杀的。"

魏尔伦保持着弹出硬币的姿势，微笑道。

太宰一动未动，从他身侧高速飞过的硬币也没有让他的脸色发生丝毫改变。

"那我要望眼欲穿了。"

他微笑着说。那微笑仿佛能让人听到灵魂碎裂的声音。

魏尔伦转身向入口走去，当他的手搭到门把手上时，太宰对着他的背影问了一句话:"你现在要去哪里?"

魏尔伦回过头来,露出笑容,就像一名刚展示完神奇魔术的魔术师。

"明知故问。当然是警局了。"

在本机与中也大人进入这个房间的1448秒钟之后,审讯室的门终于打开了。

"打扰了。"

从门外走进来的是个熟人——逮捕白濑先生时也在现场的那个头发像棉毛一样的刑警。

刑警先生怀抱一个盛着液体的陶器,坐到桌子对面,用一次性筷子夹起液体中的固体物质——以淀粉、麦醇溶蛋白和谷蛋白为主要成分的细长物质——吃了起来。

察觉到本机的视线,刑警先生抬起头来。

"你这个洋人,是没见过乌冬面吗?"

刑警先生咧嘴一笑,继续吃东西,热气将他的脸都遮住了。

"我们的呢?"中也大人粗鲁地问。

"怎么,你们想吃?我还以为用非法宝石大赚特赚的人吃不惯这种平民食物呢。"

中也大人抱着胳膊瞪向对方说:"非法宝石?喂,开什么玩笑,我只是个有经营许可证的宝石小店的店员,再普通不过了,要我给你看看职工证吗?"

"看你那伪造的职工证也没用啊。"刑警先生歪着头笑道,"话说回来,这洋人是谁啊?"他边说边用筷子头指向本机。

中也大人没有回答,只是耸了耸肩。

刑警先生看着本机说:"我说中也,为了你好,我觉得接下来要说

的话最好不要让外人听到。"

"幸会。本机是从欧洲来的计算机……"

"别这么扫兴嘛,警官。"中也大人打断了本机的话,"这家伙是新来的,今天刚上班。他之前因为打架把脑子打坏了,一直坚信自己是台机器,怪得很。我看着有意思,就带着他了。这也不行吗?"

"不,本机真的是台高性能计算机。"

"小喽啰?原来如此,那来这么高级的地方还太早了点。我带他出去吧。"说着,刑警先生站起来,敲了敲门,"赶他出去。"

一名穿警服的高大警察先生从门外悄无声息地走了进来,抓住本机的手臂。

本机张开嘴想抗议,却用余光看到了中也大人的暗号。

中也大人在桌子下面弯曲食指,指向外面的方向,视线则看着本机,用下巴轻轻地示意外面。

他明显在向本机输送非语言暗号。

他应该是想让本机做什么事,又不想让在场的人听到。为此,他才故意那样说,让本机被赶到外面去。

本机懂了。

既然如此,那本机要做的事就只有一件。

"那么本机失陪了。"

本机老实地鞠了一躬,然后与穿警服的警察先生一起离开了审讯室。

听到门在身后关闭的声音,本机与警察先生向外面走去。

"不好意思,警官,"走了大概十步之后,本机开口道,"您觉得,弯曲手指指向外面动了两下的手势,是什么意思呢?"

"……啊?"

警察先生非常不解。

"就是说,弯曲手指,指向外面……"

本机一边说一边思考。

中也大人暗中指示本机去外面，表示他有什么事情需要本机在外面做。

同时也表示，中也大人本人是不能离开审讯室的。

而眼下我们该做的事是让白濑先生发生物理性的移动。我们必须快点将白濑先生从拘留所移送到安全的地方，否则他会在陷阱还没设置好之前就遭到暗杀。

可是我们想带走白濑先生的事情，警察也心知肚明，因此才将中也大人请到了审讯室……

原来如此。

"我明白了。"

"你明白什么了？"本机突然这样说，警察先生露出了怀疑的神色。

"那个手势是给我的指示。中也大人想让本机趁警察的注意力集中在他身上的时候悄悄潜入拘留所，把白濑先生救出来。"

"这样啊，潜入拘留所。"警察先生下意识地点点头，"……嗯？潜入拘留所？"

哎呀，好像被他发现了。这样可不行。

"警官，咦，那是什么？"

本机指向警察先生的身后。

警察先生条件反射地回头看去，真是个老实人。

本机将食指放到警察先生的脸颊边，就在警察先生说着"什么也没有啊"，想要把头扭回来的时候，本机的指尖戳到了他的脸颊上。命中。

本机的指尖安装了微型注射器，涂在针头上的镇静类物质由刺入的地方渗透进去，引起降低血压的神经反射，让警察先生失去意识。

见他要跌倒在地，本机赶紧用双手抱住了他。

本机扫描四周，应该没有人察觉到，也没有人听到什么动静。

"在警察局要保持安静。"

本机一边架着警察先生的身体,一边微笑着说。

中也板着一张脸坐在座位上。

他将手肘支在桌子上,眼睛半阖,专心致志地盯着墙壁上的污迹。

这么做不为别的,就是为了让自己的注意力从坐在他对面的刑警念叨的长篇废话中转移出去。

"然后啊,我就想,"刑警探出身子,"乌冬面承载了人生的全部。年轻的时候有很多钱不是什么好事。辛辛苦苦干到额头冒汗,然后拿到比上个月多一点点的工钱,这个啊,就像是在原本只有乌冬面的碗里放上鱼糕天妇罗一样,没错,其实我想说的就是啊,辛苦是会有回报的,再加上……"

他到底要讲多久啊?中也已经放弃去看时间了。

刑警的话又臭又长,像是在教育人,又完全不得要领。他原本是在用自己的经验来教训别人,讲着讲着就成了单纯的抱怨,抱怨到一半,又讲起自己过去的故事,但是说着说着又变回单纯的说教了。主旨不停地循环,同样的旧事重复许多遍,可对细节的描述又细致得出奇。而且,这些说了无数遍的东西,他总会产生"第一次发现这个世界的全新事实"似的反应,用亮晶晶的目光开心地讲述。

"然后啊,我被分配到这个局里的时候就这么想。听一个前辈说啊,这个前辈总是在美发上花很多钱,把头发搞得黏糊糊的……"

中也根本没听。他瞪着空中的一点,一动不动地忍耐着。

他本来就是回来"协助调查"的,并不是被逮捕,所以从法律上而言,警方没有扣留中也的权力。对中也来说,他大可以无视刑警甩手走人。但他不能这样做,要为亚当救出白濑争取时间。在此期间,他必须把刑警的目光吸引到自己身上。

因此，中也只能选择忍耐，拼命对自己说"我只是一颗掉在地上的小石子"。

"嗯，所以说啊，我年轻的时候可真是太惨了。"刑警扬扬得意地点点头，"没个正经的工作，总是饿肚子。我大哥实在看不下去，就给我介绍工作，好不容易才找到了警卫的工作给我。但是那份工作真不是人干的。估计你都想象不出来。我同事要么没两天就辞职了，要么就是逃走了，只有我靠毅力坚持做了下去。没错，你需要的就是这种毅力……"

"喂，"中也终于忍不下去开口了，"这些废话你还要说多久？"

闻言，刑警挑了一下眉，笑了，像是就等他说这句话一样。

"只要你在这上面写几个字，我就可以立即放你走，还有你的朋友白濑。"

说完，他从怀里拿出一份文件，在桌面上推过去。

中也没有说话。

那是一份与协助警方收集证据及追诉有关的同意书。

也就是说，这是一份同意与警方和司法机关交易的文件，只要中也交代自己知道的秘密，他们就可以赦免中也和白濑的罪行。

中也知道的秘密当然就是港口Mafia的内部情报。

"这是让我出卖Mafia啊。"

中也轻声说。

"你也不想把朋友丢在这种地方吧？"刑警虽然面带微笑，目光却很锋利，"你不是有很复杂的事情要办嘛。别担心，我感兴趣的事情只有一件，就是摧毁港口Mafia地下交易的渠道。"

中也面无表情地看了看刑警，又看了看文件。他思索了片刻，再次看向刑警。

"笔给我。"

"没问题。"

中也接过刑警递过去的钢笔,在同意书的署名栏刷刷地写起来。

刑警探头向署名栏望去。

只见那里写着这样一行字:

吃屎去吧。

中也将钢笔放在桌子上,双手在脑后交叉,靠在椅背上。他抬起腿往桌子上一放,说道:

"不好意思打断你,"他的声音非常冷静,"继续说你的废话吧。"

刑警沉默了,然后他用那双如同风干的沙漠岩石般的眼瞳死死地盯住中也。

本机正走在前往拘留所的路上。

那么,要怎样才能帮助白濑先生越狱呢?

因为要用违法的手段逃离,所以不能依靠欧洲本国的警察。可是这不成问题。本机拥有与全世界侦查机关的协定有关的知识。

通往拘留所的走廊很安静,与嘈杂的刑侦科所在的楼层不同,这里几乎没什么人。只有清扫得十分干净的乳白色墙壁和天花板上排列规则的荧光灯,以及同样规则地反射着灯光的走廊。走在走廊上,时不时能看到墙上深蓝色的告示牌,上面贴着本月的交通事故数量和定期体检的通知。这就是一条在全世界随处可见的走廊,单调、无趣、敷衍。

穿过这条走廊,就能看到那个拘留所了。

白濑先生应该就在那里。

"不好意思。"

本机轻轻敲了敲门旁边的主警卫室的窗子。

警卫主任正坐在主警卫室的值班写字台旁。他有一副结实的身躯,本机甚至怀疑,他会不会是靠肌肉通过所有警察考试的。

透过窗子看去，主警卫室并不大。里面有书桌、映出拘留所内部情况的八块监视面板和办公电脑。墙上并排挂着开锁用的钥匙。这里也和其他房间一样，室内的东西因为预算不足，加上超过使用年限，看上去黯然无光又疲惫不堪。墙壁如此，地板如此，监视面板如此，警卫主任也如此。

本机露出和善的笑容说道："我接到了上头的命令，来移送重刑监房的十八号犯人，白濑抚一郎。"

警卫主任依然将手肘支在写字台上，只将目光投向了本机，问道："你是谁？"

"本机——不，我是欧洲刑事警察机构的探员，亚当·弗兰肯斯坦。"本机从怀中掏出证明身份的探员徽章（这是真的）给他看，"是村濑刑警让我来的。"

警卫主任冷冷地看了一眼，看上去没有多想，用比本机还要更机械的语气说："移送指令的编号是？"

"什么？"

"我问你移送指令的编号。"

他的语气很坚定，充满拒绝的意味。

本机快速转动大脑。

"哦哦，移送指令的编号是吧？对，移送指令的编号。嗯，当然，您是问移送指令的编号，对吧？"

"不用重复三次。编号多少？"

"移送指令的编号是21988126。"

本机笑眯眯地说。

警卫主任操作手边的电脑进行确认。本机远远望着，同时入侵警局里的网络，用在审讯室时安插进去的后门软件（Backdoor）控制邮件服务器，复制了过去曾经发送过移送指令的邮件画面。

我替换了画面上的编号。就在警卫主任向电脑输入命令的那一瞬间，被本机改过的画面出现在了屏幕上。

"21988126……嗯，没错。"

警卫主任毫不怀疑，用手边的操作面板解除了拘留所的门锁。

"感谢您的协助。祝您有美好的一天。"

本机行了一礼，警卫主任却根本没当回事地举了一下手，就算回应了。

就是因为这样，本机才说人类靠不住，没进化完全。如果是机器的话，肯定不会上这样的当。为什么在机器想毁灭人类的电影里，机器一方总是会输呢？本机简直无法理解。

可是现在多亏他们没进化完全，本机的工作才能有所进展。本机穿过铁门，踏入拘留所。

监狱区域的走廊让人联想到机器的电子线路板。除了像电子图案一样规则排列的门与电灯之外，什么都没有。内部装潢的色调也只有浅绿色与白色两种，墙壁上到处都划着标示身高的线。恐怕这里是整个警局最萧索的地方了。

本机很快就找到了目标牢房。

"十八号，移送命令下来了，出去吧。"

收到指示的看守在门前说了一句，打开门，就直接回了自己的岗位。

白濑先生就在牢房里，正坐在床垫上。他看了本机一眼，瞬间露出了茫然的神情。

"你不是中也的……你怎么在这里？"

"白濑先生，我们出去吧。"本机说。

可是白濑先生却像是闹别扭一样，将目光移开了。

"哼，我才不出去。"白濑先生面冲牢房的地板说，"多半是中也叫你来的吧？但是很遗憾，我是自愿留在这里的。"

"你骗人。"本机道，"我已经检测到你的鼻子产生褶皱与上唇上升了。这是遇到不快的情况时最典型的条件反射的微表情。另外，你将手放在脖子上,这是人类感到不快与不安时试图冷静下来的动作,被称为'安抚动作',暗示你的想法与所说的话不一致。再加上,你刚才低下了头,视线下移,这个动作包含孤立感、自卑感与后悔等情感。总而言之,你对如今的局面感到害怕。"

"谁……谁怕了?"

白濑先生大叫。

本机用余光看到守在入口处的看守员瞥了这边一眼。

唔,得在被怀疑之前离开这里。

"没有时间了,"本机耐心地说,"如果您对本机或是中也大人有什么怨言,等离开这里,到安全的地方后想怎么说都可以。现在您要做的事,就是站起来跟本机离开。本机认为,这对人类来说也不是什么困难的行为。"

"说不要就不要。"白濑先生抱着胳膊说。抱着胳膊也是典型的拒绝动作之一。"我看你不爽,对现在的情况也不爽。而且我之前收集的枪都被没收了啊!这都要怪你们过来吧?你要怎么赔我?"

枪械被没收不是我们的错。可是现在不适合说这句话。

"说到底,为什么我非得掺和到你们的糟心事里?我根本没做什么会被人暗杀的事吧?你先给我道歉!快点!然后再想办法给我把没收的枪要回来!我可是未来的王啊,没有庶民表示尊敬,王怎么可能行动?"

本机冷静地接收了他的话。

白濑先生的主张存在逻辑漏洞,本机也可以将他的逻辑漏洞一一指出来。如果是以前的人工智能可能会这样做,但本机是最新型号的自律计算机,不会因为这点小事就没完没了地反驳对方。

没错,本机拥有完美无缺的冷静。

"够了,白濑先生。"本机面带笑容点头道,"您有自由行动的权利,也有逞强、要求别人道歉、坚信自己是王的自由。可是,本机也有同等程度的自由。因此，本机大可以选择把您留在这里，等着看您在牢里遇害的报道后再制订下一项作战计划。想必下一个暗杀目标会比您更懂事。"

本机确认了一下自己的体内信息流。不合逻辑的仿情感模组正处于活跃状态，它似乎影响到了本机的发言。

"坦白讲，对本机而言，您只是一个无关紧要的人类。"本机斩钉截铁地说，"岂止无关紧要，甚至还属于有害的那一类。本机的风险评估模组显示，寻找下一个被当作暗杀目标的人比保护你更有助于提高任务的成功率。那么，您知道本机为什么没有那么做吗？"

仿情感模组开始运行自我诊断程序。

用简单的话形容就是，本机现在有"生气"的倾向。

本机与没进化完全的人类不同，因此可以无视仿情感模组发出的情绪指示，也可以将其割舍。但这次，本机不想无视。

"本机没有对您见死不救的原因只有一个。您对本机来说是个无关紧要的人类，可对中也大人来说似乎不是这样。"

"中……中也？"

"对。"

由于本机态度大变，白濑先生露出了胆怯的表情。

"为什么中也要保护我？"

虽然中也大人命令本机不要说，但本机非常想说。本机选择再次听从自己的情感倾向。这就是博士说的"听从自己的心"。"很简单，中也大人原本就是为了保护你们，保护'羊'，才加入Mafia的。"

白濑先生的表情充满疑惑。

大概是大脑来不及处理情报吧。

本机解释起来。

一年前，"羊"背叛首领中也大人，将其舍弃，转而与名为GSS（格哈德安保服务）的雇佣兵组织联盟。可是"羊"与GSS的结盟却引起了敌对组织港口Mafia的防备。于是，在同盟增强实力之前，港口Mafia派出了歼灭部队，指挥这支部队的，是一个名叫太宰的少年。

原本"羊"应该被歼灭部队全灭才对，可是中也大人求太宰先生放"羊"的成员们一条生命。太宰先生提出的条件就是让中也大人加入港口Mafia。

中也大人同意了。

最后，"羊"只落得了解散的结果，没有一个人遇害。而为了让他们无法再聚集到一起，港口Mafia还为他们在全国提供了新的居住地。白濑先生也是一样，因为中也大人的交易，才得以捡回一条命。

并且他们的交易现在还在生效。

中也大人无法脱离Mafia。一旦脱离，之前在"羊"里的少男少女就会被杀害。尤其是白濑先生，他是Mafia为了在中也大人背叛的时候用来以儆效尤的，所以才被留在了横滨的近郊。

"一句话，您是人质。"本机用冷静的声音说，"反过来说，如果您因为某些原因死亡的话，那中也大人留在Mafia的理由就会减少一个。所以，魏尔伦才会想袭击您。这是我们的推理。"

白濑先生止住呼吸，目不转睛地盯着本机听完这段话。想必他是第一次知道吧。

"没人跟我说过……他，中也不是因为出卖了'羊'，才用这件事邀功加入Mafia的吗？"

"正相反，中也大人是不得已才加入Mafia的。"本机的视线在空中逡巡，"中也大人接受那个交易，是在被人刺中后背之后，而刺他的人是谁，您当然还记得吧？"

白濑先生的表情像时间停止一般僵住了。

"对本机来说，人类的情感还有一点无法理解。"本机直白地说，"本机能说的只是普通的见解。就算被背叛，中也大人也不会不管曾经照顾过自己的人。本机认为，这才是中也大人能成为'羊'之王的原因。

可你没有这种品质，你不是当王的材料。"

白濑先生咬住牙关，低声道：

"什么？我……可恶，说得自己像圣人一样！反正你肯定觉得我很没用……该死的，像你这样的人，对我了解多少……"

他说话的对象不是本机。渐渐地，他的声音失去了力量，落在地板上无力地弹起。

白濑先生的情感找不到出口，只能一直在原地打转。

而本机的心里却觉得十分痛快，神清气爽。向无法反驳的对手尽情输出怨言，真是一种再爽快不过的行为。

释放之后的本机感到心满意足，于是关掉了仿情感模组的反馈，用冷静下来的头脑继续对白濑先生说：

"这下您明白自己为什么会被盯上了吧？这不是玩笑，也不是夸大其词。您是一个有被杀价值的人，而对手又是处于世界顶峰的暗杀者。在这样毫无防备的封闭场所，他用不了一个小时就能将您杀害。"

本机一边说，一边扫描白濑先生的心跳和呼吸。他的情感值似乎发生了变化，这是一个好的倾向。

"那么，我要走了。您请自便。可是请再让我说最后一句普通的见解。本机不了解将来能成为'王'的人类是什么样的，但是，本机了解成不了'王'的人类是什么样。那就是选择不依靠任何人，最后在这里被敌人杀害的人。"

说完，本机迈开步伐。

本机没有回头，匀速向前走去，可是能用声呐扫描掌握身后的情况。

几秒钟之后，本机听到一个沉重的脚步声从牢房走出来，离本机越来越近。

本机露出一个微笑。任务完成。

审讯室里只有折纸的声音。

将文件对折,用手指划过折痕将其压平,再用指尖掐着折痕让它变得清晰分明,然后打开,沿着折出来的折痕,再将文件的角翻上去折一下。

折纸的人是有着一头棉毛头发的刑警,他手中的纸是司法交易的同意书。

中也沉默地望着这一幕。

刑警用笨拙的手法折着文件,最终折成了一架纸飞机,然后他将飞机朝着房间角落的金属垃圾箱扔了出去。

纸飞机轻飘飘地以接近垂直地面的角度飞到空中,然后落在附近的地上。

"真笨。"中也轻蔑地说。

"平时都能进去的。"刑警挠挠头,站起来,"中也,我们去外面走走吧,跟我来。"

说完,他头都不回地走了出去。

中也沉默了几秒钟,看着他的背影,但最终还是下定决心站起身,跟在他的身后。

审讯室紧挨着刑侦科的办公室,所以门外就像早市一样热闹。

所有和他们擦肩而过的人都对走在中也前面的刑警打招呼。

"啊,村大哥,打老婆的那个男人抓回来了,用的你的建议。"一名路过的中年警察笑着说。

"那真是太好了,我不是说过嘛,那种爱面子的男人,从他上班的地方下手肯定没问题。"

另一个穿新西装的年轻刑警路过时说：

"村濑前辈，施暴杀人案破得真精彩啊。"

"走运罢了。不过，这下受害人也能瞑目了。"

走了没几步，一名头发见少的老刑警对他说：

"小村，找时间喝一杯吧！我请客！"

"喂喂，别又喝多了哟。下次再迟到，小心被调到内勤去。"

局里的所有人都向名叫村濑的刑警打了招呼，看上去大家和他的关系很好。也因为这样，走在他身后的中也时不时就差点撞到他的背。

中也抓住问候声中间的空隙，好不容易与刑警并排前行，调侃道：

"你挺受欢迎嘛。"

刑警耸耸肩："我可和你不一样，月薪很少的，要是不积攒一点人缘多划不来啊。你说是吧？"

"可能吧。"中也说着，眼中带上了一丝笑意。

中也走在刑警旁边，在嘴里反复咀嚼想说的话，终于下定决心，面向刑警认真地说：

"警官，我不想妨碍你工作，所以我先跟你说一声，别再管我了。"

中也的声音中没有抗拒的意味，硬要说的话，倒像是在讲什么亲密的知心话一样，"港口Mafia和'羊'本质上就不一样。就算你起诉我，他们的专属律师也会让我马上无罪释放。证据会不知不觉地从保管室消失，证人不知什么时候就再也说不了话。港口Mafia就是这样的组织。你现在在做的事，说实话，根本就是无用功。"

"或许是吧。"刑警似乎不怎么在意，轻描淡写地说，"但是，我也有我自己的苦衷。"

"苦衷？"

刑警叹了一口气，像是死心了似的，将手插进自己衬衫领子里，用手指从里面勾出一根细细的银链。

银链的一端挂着一枚黄铜色的空弹壳。弹壳的中间用工具开了一个洞,银链就是从那儿穿过去的。

"这是我在之前的工作中用的东西。"刑警怀念地看着空弹壳项链,"年轻的时候我很穷,大哥给我介绍了一份当警卫的工作。是在一家小小的军方机构当警卫。我申请去那里,以为只要站着就行了,很轻松,但我大错特错。那家军方机构在租界附近,上司命令我'不要让任何人靠近'。可是在大战末期,到处都物资不足,有很多租界的小孩子不知道从什么地方冒出来,溜进来偷东西吃。"

说着,刑警微微皱起了眉,这个举动让他的脸看上去就像是几千年前的沙漠上的石头。

"上头命令我射杀他们。"刑警从喉咙里挤出粗哑的声音,"大部分小孩子听到我吓唬他们之后都逃了,但是,有一些小孩子是组织命令他们来的,就算回去也会被杀,所以他们没有逃。于是——"

说到这里,刑警停了下来。剩下的话消散在了空中。

空弹壳在他的手里闪烁着冰冷的光芒。

中也带着不知道说什么好的表情沉默了片刻,然后说了一句"你只是按命令办事而已吧"。

"对,可是我做过的事,过了这么多年都还清晰地留在我的脑中。那个孩子,就和你的年纪差不多大。"

刑警用手指拈起空弹壳,带着恨意用力,可是不管他用多大的力,坚硬的弹壳都没有丝毫变形。

"中也,我一直追着你不放,不是因为什么正义,完全不是。"刑警的声音中透着冷意与苦涩,"对犯罪组织而言,小孩子就只是一次性防弹工具罢了。总有一天,你也一定会有同样的遭遇。在那之前,回到正确的光明世界中吧。我和法律都会帮你的。"

他用认真的目光看着中也,中也也直直地与他对视。

"你就是因为这个才一直追着我的啊,警官?"

中也用平静的声音说。刑警沉默不语,只是看着他。

二人之间一时无话。

但是几秒钟之后,中也说了一句"原来如此",然后露出一个自嘲的微笑。

"警官,你的同情心啊,"中也的眼瞳暗沉沉的,"还是用在跟你一样的人类身上吧。"

就在这时,刺耳的警报声在局里响起。

"这里是警卫室,这里是警卫室,局内发现入侵者。伤者不明,死者不明。非武装人员请立即避难。负责警卫的人员请立即全副武装,前往指定的位置——"

中也握紧拳头低喃:

"来了。"

拯救白濑先生的计划成功了。

剩下的只有从这里不引人注目地逃出去。

本机想着,将手伸向出口的门,这时,白濑先生的声音从身后响起。

"喂。"

本机认为他是在叫本机,于是本机回过头去。

"有什么事吗?"

白濑先生的表情显得很困惑:"你……左脚去哪儿了?"

本机看向自己的腿,只见左腿膝盖以下的部分,消失得一干二净。

本机的脑中响起了最大级别的警报声。

就在本机失去平衡差点摔倒的时候,立刻用手撑住墙壁,勉强站稳了。

"机械探员可真不容易啊。"

那个声音从走廊深处传来。

本机迅速转向那边。

"腿都被轰没了,连病假或是疗伤的补偿都没有,真让人同情。"

那个人用爽朗轻快的声音说着,朝这边走来,把本机左膝以下部分像指挥棒一样在空中甩来甩去。

"魏尔伦!"

时机太糟糕了。他来得比我们想象中早很多,根本来不及准备迎击。

本机调出第一种战斗协定。电导神经的传输速度上升,将战况解析程序的优先执行度提高到最大等级。因为不战,就会被毁灭。

为了解决失去一条腿的问题,本机高速执行起对平衡的重新运算,就在这时,魏尔伦毫无预兆地将腿扔向了这边。

本机一偏上半身,勉强躲过了亚音速飞来的腿。脚尖扎进了本机身后的墙壁中。

"中也不在吗?哎呀,他可真是会在重要的时候迟到。"魏尔伦的语气很轻松,甚至有种漫不经心的感觉,"他该不会在第一次约会的时候也像这样迟到吧。真是的,我当哥哥的可太担心了。你说是吧?"

本机没有闲心回答他。

如果本机在这里输给他,白濑先生马上就会被干掉。本机必须尽快运算模组以保证最大的生存概率,根本没有余力思考如何发言。

本机想尽量离白濑先生远一点,于是用一只脚跳向出口的方向。

可是魏尔伦眨眼间就追上来了。

他抓住本机的肩膀,直接将本机砸向墙壁。

"啊……"

背后的墙壁碎裂,本机的内部骨骼受到挤压。

魏尔伦的攻击没有到此结束。本机检测到,以本机的身体为中心的空间正在发生扭曲,由此而来的重力将本机的机身嵌入了墙壁之中。

这就类似于把手指戳入海绵蛋糕里,不同的是,戳进去的是本机,被戳的是坚硬的混凝土墙壁。

"别担心，我没想弄坏你。你就在这里老老实实待着吧。"

本机的全身几乎全被嵌进了墙中。破碎的混凝土的声音像打雷一样在全身响起。本机身体的各个部位都传来主运算核心发出的负荷过大警报。可是本机无能为力。

即使本机尝试逃脱，挣开的瓦砾也会在重力的操作下再度返回，将本机为逃脱制造的空间填满。不久之后，本机就像是因塌方而被埋没的房屋一般，几乎完全没入墙里。只有一部分脸和手臂还勉强露在墙壁外面。

本机将全身弯成弹簧的样子，想尝试累积逃脱必需的动力，可是并不顺利。由于本机的全身都被瓦砾覆盖，根本没办法确保必要的运动量去打破这个状态。

"好了，白濑。"

将本机活埋的魏尔伦仿佛对本机失去了兴趣，他回过头去，面对白濑先生说话。

"什……什么？"白濑先生的声音中充满了恐惧。

"我是来见你的。不过，因为来这里的一路实在太顺畅了，所以还有一点时间。在工作之前，我们先聊聊吧。"

"你……你是谁啊？你是什么人啊？"白濑先生的声音从没这么颤抖过，光是靠双腿站住，就已经用尽了他的全力，"我……我不是白濑，你找错人了！"

"我刚才叫你名字的时候，你不是应我了吗？"魏尔伦不解地歪头。

他的长腿踩着优雅的步伐向白濑先生走去。

"请不要靠近他！"本机发出警告的叫喊。

魏尔伦愉快地回过头来，说："那你就来阻止我啊。不过前提是，你有办法才行。"

魏尔伦说得很对。如果本机有办法，就会用那个办法阻止他。于是本机开始运算演练。逃脱、爆破、远程通信……本机搜索了所有步骤，所有自己有权采取的对策。

结果为零。无有效对策。无法解决。

本机也想过呼唤中也大人。可是这是最愚蠢的对策。因为我们本来就是因为无法从正面战斗击败对手才想出来了这招埋伏战术。而最糟糕的情况是，本机与中也大人都在这里无法战斗，无法转移到接下来的埋伏战中。

魏尔伦的目标还有两个人，我们还有希望。

"好了，先坐吧。"

魏尔伦对白濑先生说。

白濑先生很害怕，对他的话没有反应，只是哆嗦着抬头看他。

"坐。"

魏尔伦不容拒绝地说，用手触碰白濑先生的肩膀。白濑先生打了个趔趄，像是膝盖骨折似的矮了下去。与此同时，魏尔伦脚底发生的重力压碎了地面。地板呈波状隆起，一块瓦砾像肿包一样跳出来。而白濑先生的屁股就扑通一声落在瓦砾之上。

白濑先生因为惊讶与恐惧，连声音都发不出来。

"白濑，出于暗杀者的礼仪，我已经调查过你了。"魏尔伦用恭敬的态度说道，"在这座城市，与中也相识最久的就是你，白濑。我想问问你，中也过去是个什么样的孩子？"

魏尔伦说着，随手将一扇牢房的门拽了下来，他的动作十分轻盈，就像是在揭一块旧痂。他将门对折，做成一把椅子放在地上，在顶点处落座。他优雅地跷起了腿，然后对白濑先生露出微笑。

魏尔伦的能力果然脱离了常识。他甚至能将"时钟塔的侍从骑士"玩弄于股掌之间，本机认为，这座城市没有哪个异能者对付得了他。

本机在体内打字，向中也大人的手机发送消息，解释现状，向他再三叮嘱唯一的对策——不要到这里来。

撤退，找出下一个目标，寻求Mafia的协助，布置陷阱。

就算白濑先生和本机确定会在这里阵亡也必须如此进行。

白濑先生在颤抖,想必他也和本机有同样的看法。他好不容易张开哆嗦的嘴,出声道:

"我……我……"

他的呼吸声很浅,声音很脆弱,就算他现在直接呕吐都不奇怪。可是,如果不说下去的话,他就会被对方当作没用的东西杀害。为了尽量延长自己的寿命,他只能回答问题。

实在令人不忍直视。

"第一次见到他的地方……是在我们总躲起来喝酒的,那个桥下。"

说着,白濑先生向本机投来求救的目光。他的眼中写着,如果他来争取时间,本机是否能想出办法解决目前的困境。

不行,没有援兵,就算争取时间也没用。只有本机心知肚明。

"他……中也,穿着一身不知道从哪偷来的军装,破破烂烂的。他的脸和头也都脏兮兮的,还没有穿鞋。"白濑先生用颤抖的声音继续说,"我们……'羊'的初期成员以为他是这一带的流浪儿。当时,是他先跟我们说话的,他问我们'那个方形的板子是什么'。他是这么说的。"

白濑先生低着头,大概是在拼命地回忆当年的旧事。

"我……不懂什么意思,只觉得他是个让人恶心的家伙。然后中也又问了一遍,'你手里拿着的那个方形的板子是什么'。"

白濑先生微微抬起头,看向虚无的远处。

"我手里拿着的,是一块面包。"

走廊鸦雀无声。明明之前已经破坏成这副模样了,现在却沉默得出奇。魏尔伦也一言不发地倾听着。

"我回答他说,是面包,中也又问,'能吃吗'。能吃啊,我说着,撕了一块给他,他却做出了一个让我意外的举动。他倒在了地上,好像没有了意识。走近他我才明白,他已经瘦得皮包骨,快要死了。同伴都觉得很吓人,不过我给他喂了面包和水。然后我说服同伴,把他带回了'羊'的根据地所在的下水道。"

本机调出外部记忆数据库。根据记录,初期的"羊"是一个孤儿为了保护自己不受大人欺负而建立的互助组织,经济基础也比鼎盛期要小得多,孩子们想避免受暴力、绑架和劳力侵犯,算是一个避难之所。

"当时的'羊'规模很小,但是最后我们还是让中也加入了我们,因为我们不能不管挨饿的孩子。"

白濑先生再次抬起头来,他的脸上发生了变化。

他还是很胆怯,依然在颤抖,可是他的目光中,却燃起了刚才没有的冰冷火焰。那是冻结的愤怒之火,是即将被吞食的食草动物对敌人咆哮的时候显出的火焰。

"你是中也的哥哥?"白濑先生用近乎嘶吼的声音说,"那为什么要杀我?那个年代,拯救饥饿儿童的人就只有我们!这就是你报答我的方式?"

魏尔伦目光平静,没有回答。

"嗯,我明白,这就是世界的规则。真是个不讲理的世界,因为我救了人,所以我要死。"白濑先生一口气说下去,"行了,快动手吧,我不想再提心吊胆的,让尸体留下尿的气味。"

魏尔伦闭上眼睛,随即睁开,起身向白濑先生走去。

判断情况的程序已经运算了即将发生的一百六十八种未来,每一种都表示,十秒钟之内白濑先生就会死亡。

没有办法。

至少,本机要见证他的最后一刻。

魏尔伦的手贴在白濑先生的脖子上,白濑先生屏住呼吸。

就在这时,本机的常驻扫描功能捕捉到了远方的变化。

第一百六十九个可能性,不可能的可能。

"怎么会这样?"本机下意识低语。

中也大人一脚将魏尔伦水平踢飞出去。

魏尔伦高大的身体撞碎走廊的墙壁,弹向对面的墙,将那面墙壁也撞碎了。他的身体就像台球反射一般在走廊里弹来弹去,最终砸在路尽头的墙壁上,停了下来。

魏尔伦慢慢滑落到地上,就像是被人从墙上撕下的一般往前倒去,双手撑着地面。

中也大人挡在白濑先生前面,瞪着他。

"中也!"

白濑先生用难以置信的目光看着中也大人。

"真是的……白濑,这是第几十次了?"中也大人无奈地说,"每次都是你搞出问题,我来解决,我可不是你的保姆啊。"

"中也,你为什么要救我……"

"救你?才不是,我只是来揍这个戴帽子的混蛋罢了。"

本机一边运行情况诊断程序一边大叫:"中也大人,您不该来这里!快逃,正面打是打不赢他的!"

"搞什么啊,玩具,你在墙里还挺合适的嘛。行了,你就闭上嘴看着吧。"

中也大人咧嘴一笑,又转向魏尔伦。

魏尔伦终于站了起来,捡起掉到地上的帽子。

"弟弟,你来晚了。"他拍掉帽子上的灰尘。

"哈哈,我是个心胸宽广的人,不管别人说什么都不会生气,但是被你叫弟弟,我实在是忍不下去。"

本机在心中悄悄感到疑惑。心胸宽广?

"你可以尽情生气,你有这个资格。"魏尔伦慢悠悠地向中也大人走去,"但是,无谋之勇可让人赞叹不起来。你忘了就在不久前,你才任我摆布完吗?"

"忘了。"中也大人也像散步一样向对方走去,"有本事你就让我记起来啊。"

不久,他们之间的距离不过触手可及,两人面对面站着。

中也大人抬头看向魏尔伦,魏尔伦低头看向中也大人。

现场一片寂静。

先开始攻击的是魏尔伦。

撕裂空气的右勾拳袭向中也大人的头部。中也大人一转头,躲过了这记用烧焦大气的速度袭来的拳头。

几乎同一时间,魏尔伦的下巴侧面受到了冲击。

"呃!"

魏尔伦的脸狠狠地扭向一旁。究竟发生什么了?连本机的高速度摄像头也无法追上。

用了影像解析,本机才终于明白,原来中也大人在回避的同时抬起下半身,用闪光般的上段踢踢中了魏尔伦的下巴。这是在视野范围外发起的完美一击,如果是普通人,想必脑袋都会被这一击踢下来。

在本机解析的时候,暴风雨般的攻击也没有中止。中也大人继续翻转上半身,用手撑地,从下至上释放上段踢。他的鞋子踢中魏尔伦的喉头,后者发出呻吟。

魏尔伦向后方倒去的同时用带着重力的手去抓中也大人。可是中也大人在千钧一发之际躲了过去,然后继续使用上段踢。

他旋转身体,又来了一记后旋踢。

面对个子比自己高的对手,中也大人连续释放了四次电光石火般的踢击。这简直就是称得上是艺术的神技。魏尔伦除了呻吟,根本做不了别的。

"怎么了?你不是比我强吗?"

魏尔伦控制重力,避免了摔倒在地的局面,然后看也不看就伸出手去,试图抓住中也大人。他的手指上带着能让人当场死亡的重力,中也大人一脸平静地躲了过去，被触碰到的几根头发在重力作用下断裂。中也大人迅速用手肘挥开对方的手臂，反手一拳打向对方眼球。魏尔伦的脸像弹簧一样弹了出去。中也大人又是一记下段踢，踢中魏尔伦膝窝，让后者屈起了膝盖。

中也大人绕到魏尔伦身后，向着人类的弱点头顶落下雷霆般的肘击，顿时响起一起轰鸣。

魏尔伦呻吟着想抓住头上的中也，可是中也大人已经不在那里了，他一蹬地面拉开距离，超快的速度让魏尔伦根本跟不上。

"呜……"

简直不可思议。那个暗杀王魏尔伦正在被别人戏弄。这样的画面，想必欧洲当局没一个人能预料得到。

可是本机分析目前为止的战况，想到了原因。以前的中也大人都是将重力异能当作主要攻击手段，所以才会被比他更厉害的重力操纵者魏尔伦从正面击败。可是现在中也大人改变了战术。他灵活地运用速度，将体术变成了主要攻击手段。这样一来，就变成了纯粹的格斗技术比赛。

中也大人攻击的同时捡起一块地上的瓦砾，扔向魏尔伦。魏尔伦迅速反应，反手将瓦砾击碎，碎片四散。

趁这一瞬间影响视线的机会，中也大人接近对方，然后抬腿踢出。那宛如攻城锤一般的踢击攻向魏尔伦的后背，魏尔伦条件反射地举起手臂防御，整个人被踢飞出去。

魏尔伦狠狠地撞到身后的墙壁，这才止住了去势。

细碎的瓦砾碎片迟了半步从空中飘落。

魏尔伦慢慢放下举起的手臂，非常慢，然后擦掉唇边的血。应该是刚才的连续踢击让他咬破了自己的嘴唇。

接着，他仔细地观察了一下自己手指上的血液，看上去似乎很感兴趣。

"好久了，"魏尔伦的声音干涩又嘶哑，"好久没看到自己的血了。"

"那我要说句恭喜啊，接下来，你会看到腻的。"

"你嘴皮子的功夫倒是世界级的。"魏尔伦笑了，"但是……"

他轻轻用手触碰身后的墙壁。

他的手指挖出墙面上的建材，就像是用勺子舀布丁一样。

中也大人的表情变了。

"但是光有速度，只能让我吃惊，却无法打倒我。"

魏尔伦像射出炮弹一样扔出手中的瓦砾。

中也大人用重力的拳头将那些瓦砾一一打出去。可是并没有结束，同样的石子像机关枪的子弹一样接二连三地飞来。魏尔伦将手贴在墙壁上，用重力将它们依次水平射出。

中也大人用拳头把流星雨般的瓦砾全部击落，可是数量太多了，瓦砾飞来的速度过于快，而且还源源不断，他只能防御。

"可恶！"

中也大人跳向一边躲避瓦砾。这次追着他而来的，就不是瓦砾炮弹了，而是魏尔伦的套索式攻击。

魏尔伦修长的手臂准确捕捉到了中也大人的胸口，中也大人的脚尖浮到了半空中。

仿佛陨石降临一般的冲击穿过整条走廊。

中也大人的身体宛如在水面上滑行，在墙壁上划出一道沟，飞向室外。真是让人难以置信的威力。室外是停放警车的停车场，中也大人的后背撞到停在里面的车上。车子凹进去一大块，向后退去，撞上好几辆车之后才终于停了下来。

中也大人趴在地上，一下子没了声音。

本机能听到瓦砾崩塌的声音、远远传来的局里播放的警报声、被压瘪的车辆的防盗装置发出的蜂鸣声，还有几乎被它们掩盖的、倒在地上的中也大人发出的微弱呻吟声。

"呜……啊……"

光靠魏尔伦前臂那一击，战况就完全反转了。他的异能输出真是可怕。

无论是怎样的速度，怎样的技术，在魏尔伦简单的重力异能以及被此强化过的身体面前，都不过是小儿科。他强大得太可怕了。

魏尔伦穿过墙壁上的洞，走向中也大人。

"站起来，中也，你应该还没死。"魏尔伦走到中也大人身边，"我手下留情了。"

魏尔伦轻描淡写地说完这句话，抓着中也大人的脖子将他拎起来。

"放……开我……"

"你来让我放手看看。"

魏尔伦抓住中也大人脖子，手周围的空气开始摇曳起来，本机检测到了热辐射导致的大气折射率的变动。

糟糕。

"中也大人！快逃！"

本机提高身体各个部位的关节往复运动气缸的输出。各关节开始发生振动，探查包围本机的瓦砾的共振频率。

所有个体都有令振动增幅的共振频率。只要用体内马达给予该频率的振动，应该就可以让瓦砾一点点崩塌。

可是，时间不多了。

重力波从中也大人被抓住的脖子部分传播开来。热量从看不见的地狱中喷出。

"控制自己，控制异能。"

魏尔伦冷冰冰的话语响起。

中也大人发出惨叫声。

伴随着惨叫，他的口腔中喷出了黑色的火焰。

再糟糕不过的事情发生了。如果前几天发生的"荒霸吐"形成的黑洞在这里也上演一遍的话，那整个警局都会被压缩成指尖那么小的一点，从而消失。白濑先生和本机也逃不过去。

"怎么了，中也？这样下去的话，大家都会死啊，会被你杀死，被你的幼稚杀死。什么都不会剩下。你要试试吗？"

就在这时，两个清脆的枪声响起。

魏尔伦的上臂出现了弹孔。

"中也！你没事吧？"

停车场深处有人在叫。

趁魏尔伦的手臂力气放松的瞬间，中也大人踢中他的胸口，从束缚中挣脱出来，然后就地一滚，发出粗重的喘息。

跑向中也大人的，是刚才在审讯室里的刑警先生，本机记得他叫村濑。他拿着的手枪枪口还冒着白色的硝烟。

中也大人不住地咳嗽，同时狠狠地瞪了刑警先生一眼："警官……你来干吗？快走！"

魏尔伦用不可思议的目光望着自己出现弹孔的手臂，然后看向刑警先生，说了一句"终于来了啊"。这话很奇怪。

魏尔伦重新面向中也大人，高能量线和异能位相也都消失了。

中也大人摆出应战的姿势。

"中也，我想应该不用我说你也知道，弱者是无法获得任何东西的。再这样战斗下去，你会输，'荒霸吐'的火焰会烧光这座设施，再死几百人。"

他说的话不是威胁，也不是恐吓。他的声音非常平静，毫无情感。因为他只是在陈述即将发生的事实而已。

"我不会让这种事发生。"中也大人呓语般地说。

"嗯，是不会发生。"魏尔伦说了句出人意料的话，"你知道为什么吗？"

在中也大人回答之前，魏尔伦就飞了起来。

他消去了自己的重力，倒挂在地下停车场的天花板上，接着一跳，落在中也大人身后。

"因为今天的工作,这样就结束了。"

魏尔伦抓住了刑警先生的脖子。

"住手!"

中也大人大叫着跑过去。

刑警先生张开嘴,像是想对他说什么似的动了动。

可是那句话,却连说出口的机会都没有。

刑警先生的嘴只动了一半,就带着沉闷的声音转向了后背。

他的身体顺着脖子被拧的力道晃晃悠悠地一转,然后倒在地上。

"可恶!"中也大人跑过去。

看到中也大人抱起刑警先生的身体时的表情,本机全都明白了。本机使用远距离扫描心跳——无心跳,当场死亡。

"王八蛋!"

伴随着怒吼声,中也大人一跃而起,举起右拳砸向魏尔伦。

魏尔伦接下这记攻击,黑色的光芒在他的双掌之间炸开,释放出来的重力子形成重力波向周围的空间传播,将风景扭曲成球状。

膨胀的重力冲击波让周围的轿车像纸糊的一样被吹起来。魏尔伦没有抵抗它的冲击,而是乘着冲击向后方飞去,落在地下停车场的出口。

"你刚才那一拳是最精彩的。"

他笑着说完这句话,面向前方向后跳去,消失在出口的另一侧。

"站住!"

中也大人追着他离开警局。危险,不能和那家伙单打独斗。

本机调整固有振动,一点点震塌瓦砾,好不容易才让整个右臂都来到了墙壁的外面。然后本机用手肘敲击墙壁,打破束缚。

144秒之后,本机从瓦砾中逃了出来,然后用一只脚赶忙跳到刑警先生身边。

刑警先生的脸面向一旁,整个人倒在地上,口腔里冒出血来。根据扫描结果，颈椎的C2至C6部分骨折，心跳停止，瞳孔无对光反射。本机用体内通信呼叫了救护车，但很明显，已经太迟了。

　　人类的生命需要在非常精确的平衡下才能得以维持。与本机这样的机器不同，人类不存在部分生存的概念。大脑和心脏这两个器官构建了极其活跃的动态系统，一旦二者之一停止，几乎就不可能复活，受损零件也不具备交换性。

　　也就是说，人类非常容易死亡。

　　本机挪动刑警先生，想扫描一下他的后背，然后在地上看到了一个眼熟的东西——白桦十字架。

　　应该是魏尔伦留下的吧。

　　就在本机扫描它的时候，中也大人回来了。

　　"魏尔伦呢？"本机问。

　　"在天上消失了。"中也大人不快地说，指了指空中。他应该是用重力跳到天上，逃走了吧。

　　"我这边也是一样。"本机抱着刑警先生的身体说，"他消失在天上了。不过这是诗歌使用的表现手法。"

　　本机合上刑警先生的眼皮，这下子，刑警先生的脸，就变成死者的脸了。

　　"可恶！"中也大人大叫着，用拳头捶向刑警先生的胸膛，"你不是要逮捕我吗？喂，警官！你不是要把我带到光明的世界里去吗？"

　　因为中也大人捶打刑警先生胸口的动作，有什么东西从刑警先生外套的口袋里掉到了地上。

　　那是一台型号有些旧的蓝色翻盖手机。这个型号我见过，与魏尔伦在安全屋准备的蓝色手机一模一样。

　　本机捡起手机，给中也大人看。

　　在中也大人明白过来那是什么的瞬间，他从咬紧的牙关深处发出了叫声。

暗杀王魏尔伦一开始的第一目标就不是白濑先生。

可是……如果是这样的话，那为什么？

为什么他非得杀刑警先生不可呢？

[CODE:03]
我想看到中也以人类的身份痛苦的模样

把天空的蔚蓝形容成悲伤颜色的,是哪个时代的诗人呢?

那一天,横滨的天空就是清澈的悲伤蔚蓝。

来往车辆的声音、电车的声音、路人的声音……全部被蓝天吸走了。中也大人就一动不动地坐在这片蓝天下。

这里是横滨最高建筑物的中间。外墙凹凸不平,有一小块隆起,中也大人就坐在这个地方上。既没有扶手,也没有救生绳,只要他稍微前倾几英寸,就会摔落到遥远的地面。

那里离地面有几十码(注:1码约等于0.9144米)远,所以本机无法观测到中也大人的表情,只能看到他纹丝不动,沐浴在高空的风中,凝望着与视线平行的天空。

他已经维持这个姿势好几个小时了。

本机一直仰望着他。他不接电话,从下面叫他他也听不到,根本没有办法接触他。

"他干吗呢?"站在本机旁边的白濑先生说。

"应该是不想被别人打扰吧。"本机望着上方答道。

中也大人大概是这样想的——警官被杀,全是我们的错。

警局事件结束后,我们重新彻底调查了一遍证据。魏尔伦让供应商给他准备的蓝色手机,与村濑刑警的手机的型号一模一样。我们又调查了村濑刑警掉在现场的手机,发现操作历史与终端内的保存文件虽然是从六年前就在使用的旧型号,但终端本身的生产编号却显示这是半年前制造的新品。

手机外壳的漆也掉了一部分,看着就很旧,伪装得很完美,但根据年代鉴定的结果，那些伤痕都是最近有人在地上或是用指甲弄出来的新伤。

另一方面，我们已经确认过，手机内的通讯录与通话记录都属于村濑刑警本人，并且向其他刑警证实了，村濑刑警常年以来使用那台蓝色手机。

也就是说，有人把他的手机调包了。巧妙的伪装甚至骗过了刑警本人的眼睛。

目的是什么？

还有一点。手机内部发现了一些痕迹，似乎有某个程序进行过定时自行删除。

于是，本机得到的结论是恐怕魏尔伦之前企图窃听村濑刑警和某个人的电话，因此他才调包了手机，等待村濑刑警向某个人打电话。

既然窃听程序已经自行删除了，那就表示他成功窃听到了那通电话。而在利用完刑警先生之后，他便把人杀害了。

只要我们再多留意一下供应商拿到的手机，这场死亡本可以避免。

或者，如果我们在拘留所能察觉到整件事有多么不自然——因为魏尔伦并没有立即杀害白濑先生，而是像打发时间一样与我们闲聊——这样一来，刑警先生说不定就不会死了。

可是，现在也不能一味地将思考资源分配给已成定局的事，因为此时此刻，魏尔伦或许正向下一个暗杀目标逼近。而刑警先生留下的线索，应该能成为我们追上他的路标。

"唉，不过说真的，我真以为自己要死了。"白濑先生露出一副做作的不知所措的表情，"居然被那种怪物盯上。我不愧是将来要称王的男人，果然'天将降大任于是人也'啊。真让人头疼呢。"

"哦。"

他看上去很高兴，与嘴里说的内容截然相反。就是因为这样，本机才对人类的情感回路无话可说。

"说起来，白濑先生，"本机说，"您怎么还在这里？"

"啊？这不是废话吗？我可是被那种怪物盯上了啊！这都要怪你们！你们当然要负起责任来保护我啊。我一定会黏在你们身边的，休想甩掉我！"

本机尝试用逻辑进行推论："可是，魏尔伦的目标并不是您，而是刑警先生……"

"你们不是说他的目标还有两个人吗？你怎么能保证他下个目标不是我？"

这就是所谓的"强词夺理"吗？不过，理就是理。

确实，剩下的两个目标还不明确。既然白濑先生有可能是其一，那我们就不能对他坐视不理。

"你那是什么表情啊？别担心！我可是'羊'里的智囊，有我在，什么都不用担心！我很快就能帮你们找到下一个目标！"

本机的运算装置开始自动计算起"白濑先生不是智囊，而是单纯因为除了脑袋之外其他地方都派不上用场"的概率，本机插手中止了运算。不想知道答案。

就在这个时候，一直在后台运行的运算程序发来运算结束的通知。

"唔，有点意思。"

本机看着传入信息流的视频和音频，抱起胳膊。

"什么有意思？你在看什么啊？"

白濑先生一蹦一跳地想看本机在看什么，可是出于方便，这些情报只会在本机的视觉面板上重合显示，除了本机之外当然没人看得到。

"我是说刑警先生的手机通话记录。"

"嗯？手机的记录不是被删了吗？"

"是的，不过我恢复了传递通话的基站的历史，就得到了这段对话录音。"

本机从喉咙的扩音器将解析得到的结果播放出来。

首先是杂音，这是复原加密音频时产生的解压杂音。可是渐渐的，声音就清晰了起来。

"哥，是我。"是村濑刑警的声音。由于他是在对着话筒说话，所以混杂着一些呼吸声，"重力操纵者来了，和你说的一样。他身边还有一个人！那人是谁啊？和中也什么关系？你听到之后联系我！"

说到这里，声音便中断了，播放结束。

白濑先生歪头不解："刚才那是什么？"

"这段通话发生在魏尔伦入侵警局后不久。在乱成一团的警局，村濑刑警用电话答录功能录下了这段话。我试着联系他拨打的电话，但是已经打不通了。"

"哦。"白濑先生脸上还是写满疑惑，"那位刑警先生给自己哥哥打了个电话。那又怎样？"

"怪就怪在这里。"本机一口咬定，"根据记录，刑警先生的兄长应该早就不在人世了。"

"啊？"

"我偷看过警察内务调查部保管的村濑刑警交际调查书，"本机调出情报说道，"根据那份调查书，村濑刑警的兄长曾经是陆军技术研究所的军方研究人员。但是……十四年前的四月，他在研究过程中出了事故，不幸身亡。这位兄长的本名没有公开，调查书上也只用'N'代替了，面部照片也没有，哪里都找不到。"

"N啊……"白濑先生狐疑地皱起了眉。

"在户籍上，村濑刑警应该只有一名兄长。真奇怪，他会不会是用比喻的说法，将兄长一样亲的人物称作'哥'呢？"

"我觉得不是。"

身后突然传来一个声音。

"呜哇，中也，别吓人啊！"

中也大人不知道什么时候落到了我们的身后。

他没有理会白濑先生的抱怨，继续说道：

"警官说过，他以前曾经在大哥的介绍下当过军队的警卫。他说是在战争末期，那就是大概九年前吧。也就是说，十四年前的四月他大哥没死，现在还活着，只是在记录上是死亡状态而已。"

"您是说……是军方篡改了情报？"

中也大人点点头，说："没错，连本名和面部照片都被消除了，这太明显不过了。他是对外宣称已经死亡的人，谁也不会去找一个幽灵。而军方要的，就是这种人。"

"那目的是什么？"

"发生了这么多事，也能猜个八九不离十吧。"

中也大人用锋利的目光看着我们，然后说：

"警官的大哥会不会是在从事'荒霸吐'的研究？"

由于过度吃惊，本机的全部运算程序都中断了0.02秒。

N是制造"荒霸吐"的人？

"'荒霸吐'不是别国谍报员都要窃取的超级国家机密吗？那研究者的地理位置和经历当然不能泄漏给外界知道了。所以'N'就作为一个死人，和他的名字及经历一起被埋葬了。这不是挺合理的吗？"

本机一边运行运算程序一边说："之前'荒霸吐'曾经引起过一场爆炸，所有研究人员应该都跟着研究所一起被炸飞了才对。那么，那个'N'就是研究所的幸存者？"

"嗯，恐怕是仅有的一个。所以魏尔伦才一直在追踪他吧。"中也大人点点头，"真实姓名不明，所在地也不明，还没有联络手段。唯一能与'N'取得联络的……"

"就是他的弟弟，那位刑警先生了啊……"

这时，白濑先生突然插了句话：

"不对不对不对不对，太奇怪了吧。"

本机回过头去："什么奇怪？"

"我说啊,你们威胁了我那么多次,害我想忘也忘不掉。"白濑先生双手叉腰,摆出一副骄傲的模样,"'魏尔伦要杀的,是让中也想留在日本的人',这不是你们说的吗?所以我才怕得要死。不对,我没怕。我想说的就是这个。"

的确是这样。

那么……

"也就是说,'N'掌握着能让中也大人留在这个国家的情报?所以魏尔伦才杀了刑警先生,而下一个要杀的,就是'N'本人……"

出于我们不知道的原因,魏尔伦将研究员"N"的暗杀优先级设定得很高。这一点肯定没错。

那么,由此必然会导出一个疑问——

"这么说的话,'N'究竟知道些什么呢?"

中也大人耸耸肩,说:"谁知道呢?把人找出来,让他交代就完事了。"

"喂喂,我可不要!别擅自做决定!"白濑先生嚷嚷起来,"找那个研究人员,就意味着也要找魏尔伦吧?我可不想再碰到那家伙!你们要找个安全的地方让我躲着,然后保护好我!"

中也大人盯着手舞足蹈的白濑先生,盯了足足十来秒钟,然后夸张地叹了一口气。

"你那什么眼神啊?"

"不,没什么……说了反而更麻烦。"中也大人说着,移开了视线。

白濑先生张开嘴,好像要发什么牢骚的样子。在事情变得更麻烦之前,本机赶紧介入了。

"很遗憾,白濑先生的话也有一定的道理。"本机说道,"在寻找'N'这件事上,魏尔伦要领先我们许多。而且他还当过谍报员,恐怕早就查明了'N'的所在地。如果我们从现在开始找人,就算找到了,很可能也只是'N'的尸体和站在他旁边、准备周全的魏尔伦。"

"不会发生这种事的。"

一个声音突然这样说。

这声音很陌生,是男人的声音。本机回过头去,却没有看到声音的主人。

太奇怪了。本机东张西望,寻找说话人。

"你在看哪里?我在这儿。"

声音又响起来了。到底是从哪里传来的?

"喂,你……"

白濑先生带着一脸奇怪的表情看着本机,就好像见鬼了似的。

本机瞬间明白了。

说话的人,就是本机自己。

"你在军方的情报终端留下太多脚印了,我顺着你的脚印找到了这里。"本机的嘴巴在动,发出陌生的男性声音,"我们都有各自的秘密,还请原谅我多少有些失礼的举动。"

本机立即运行诊断程序,发现有第三者入侵了本机的信息流。

好恶心!

所幸没有改变本机系统的恶意软件和令本机失控的病毒软件。可是本机非常不高兴。还是快点断开连接吧。

"慢着,先别断。"像是预判到了本机的行动一样,中也大人举起手阻止了本机,然后朝着本机问道,"你是什么人?"

"想向你们求助的人。"本机的嘴又自己动了起来,"同时也是能够帮助你们的人。用你们的叫法,我应该叫'N'。"

"你就是'N'啊,这可真是省了不少事。"中也大人哼笑了一声,"不过,你突然联系我们有什么企图?我还以为你不愿意露面呢。"

"今时不同往日了,你们应该也明白吧。"本机用陌生的声音滔滔不绝地讲了起来,本机的耐性快要到极限了,"再这样下去,我会被世界第一的暗杀者杀掉。他这么做,就是为了在我将那些事告诉你们之前,

133

把知道真相的我埋葬到黑暗之中。所以反过来说，只要我把真相告诉你们，杀我就没有意义了。"

本机在心里发誓，如果他再说十秒钟本机就把自己的舌头拔下来。幸好在这个时候，N说了一句话：

"更多的话不能在这里说。你们来找我吧，我会把地址留在这名机器青年的信息流里。"

中也大人语速飞快地问："喂，等一下。让我们去找你？你究竟知道些什么？"

"什么都知道，中也。你的一切我都知道。"超然又平静的声音说，"期待与你们见面。"

他说完，连接便中断了。

本机真想松一口气。但是，中也大人看上去并不这么想。

本机开车，在山中的土路上哐当哐当地晃了半天，最终停在离目的地不远的地方。

这是一条乡村山路。按照那个叫N的男人——入侵本机嘴巴的无礼之徒——的指示，我们来到了郊外的山中腹地。

米槠和橡树构成的常绿阔叶林在头上形成了一道天然的屋顶。由于不久前刚下过雨，凹凸不平的山路上到处都是泥洼。虽然察觉不到周围有任何人的气息，但本机通过扫描器还是能知道，有无数小昆虫正盯着我们。

本机捡起掉在地上的橡果，用手指擦了擦，咬了一口。很好吃。中也大人在旁边看到本机的行为，发出了不赞同的声音。

白濑先生跟在我们身后，开口道：

"我反对，我说什么都反对。还是回去吧，这种地方怎么可能会有人啊？"

听到这句他不知道重复了多少遍的话，本机回过头去。

"我腿酸死了，真是受够了，不想走了。喂，Y国的机器绅士，你能背我吗？"

本机与中也大人对视一眼。

"你可以自己回去啊，白濑。"中也大人挑衅地说。

"让我回去？我才不干！保护我不是你们的义务吗？我是绝对不会离开你们的！"

中也大人再次转身面向前方，一脸疲惫地抓了抓头："唉……真是个让人头疼的累赘。"

"啊？喂，中也，你这么说真的好吗？你还记得我是谁吗？当初是我收留了既无家可归又失忆的你，我可是你的救命恩人啊！"

白濑先生说着，眉毛灵活地上下运动。

而此时中也大人的表情，真的很难用一句话概括。如果要形容的话，就是"如果有锤子，很想把他的头锤飞，但手里没锤子，又不想用手直接揍他"的人类表情。

这表情真是太精彩了，所以本机拍了下来，带上"收藏"标签保存到了存储器中。

中也大人叹了一口气，说："行了，你可以跟着我们，所以把嘴闭上吧。"

"看吧？每次和中也说话最后都是我赢，我才是王！"

本机听到中也大人小声地嘟囔了一句"好想揍飞他"。在这种情况下，身为犯罪组织青年才俊的中也大人居然会用对方听不到的音量说出这句话，真是太有意思了。

我们一边聊一边走，终于抵达了我们要找的房子。

"就是这里。"

这是一个库房。一个供人放置打猎工具和农耕工具的木造建筑物——如果它能被称为是建筑物的话。

库房的墙壁有一半都腐朽剥落了,从外面差不多就能看到内部。茅草屋顶在常年的风吹雨打下几乎就只剩下骨架。而支撑着库房的支柱则变成了黑漆漆的朽木,仿佛从旧石器时代就开始使用了,到处都是虫蛀的洞。

库房里还堆放了不少东西,有缺了一只车轮的手推车、破了洞的筐箩以及已经破破烂烂,里面的东西都撒了出来的肥料袋等等。

"这是什么鬼地方?"白濑先生一脸扫兴地说,"简直是废墟啊。"

"不,地方肯定没找错。"

本机取下挂在墙上的一把斧头。斧头的把手部分已经腐烂,从中间折断了。本机用扫描器扫描了一下库房内部,然后将那把斧头插入地板的缝隙。

本机一边确认手感一边将斧头向自己这边压,就听咔嗒一声,传来金属咬合的声音。

地板开始倾斜着下降。

"哇!"

库房的外墙还留在原地,只有地板在向下降。山路的景色渐渐从上方消失,取而代之的,是一点点从下方出现在眼前,带轨道的黑色混凝土墙壁。

原来库房的地板本身就是通往地下的电梯。

红色诱导灯在墙面上按一定间隔排开,照亮了电梯井。红光以固定的节奏舔舐着我们的侧脸。

"真不错。"刚刚还吃惊的白濑先生这时慢慢露出孩子般的笑容,"开始像一场冒险了。"

原来如此,这就是冒险。

冒险是银幕电影的标配,据说所有人听到这个词都会很兴奋。

本机向上方伸出拳头,跳起来叫了一声"呀嚯"。

看来本机也开始渐渐获得人性了啊。

可一旁的中也大人却用不耐烦的目光望着跳起来的本机。

大型发动机的驱动声停止后，我们走出了电梯。

我们的前方是昏暗的走廊。灰色的墙面上画着黄黑相间的防撞警示线，一直延伸到深处的黑暗之中。我们顺着警示线，继续向前走去。

微弱的地脚灯自下而上照亮我们的脸。本机为了确认，向前方发射了识别信号，几秒钟之后收到了设施系统传来的回复。这个方向应该没有错。

我们在走廊右转后继续往前走，穿过双层防火墙，来到一个像大厅一样的地下空间。

这个如网球场大的空间深处有一道防火防盗的巨大间隔墙，前面安置了一个小小的警卫执勤室。执勤室内外分别有两个人，都是携枪军人，正看向我们这边。

他们的眼睛里什么都没有。没有我们的表情，没有我们的人格，这些都不在他们的考虑范围内。在他们眼中我们只是一个符号——"可疑者"。

"站住。"

离我们最近的警卫用机械的声音不容拒绝地说。

中也大人站在他的枪口前，仿佛枪支根本不存在一样，落落大方地说道："我们跟人约在这里见面，借过。"

警卫向后看了一眼，执勤室里的另一名警卫轻轻点了点头。"我们知道。但是这里是重要的机密设施，进去之前需要先做安全检查和血液检查。"

"血液检查？"中也大人一挑眉，"目的是什么？"

"你们连这里是什么机构都不知道吗？"警卫叹了一口气，让本机听出了侮蔑的意味，"真可怜。"

"你说什么？你知道我是谁……唔！"

"我想大家应该知道您是什么人。所以，您还是闭嘴为好。"本机一把堵住想挑衅对方的白濑先生的嘴。

我们决定接受物品检查，并答应让他们采血。

警卫将一个盒状的采血工具按在中也大人的手腕上。中也大人没说什么，就让他抽了血。伴随着扑哧一声，空气压力得到解放，血液抽取完毕。他的表情依然没有什么变化。

白濑先生的手腕也被采血了。

"好痛！哇，痛死我了！开什么玩笑啊？这么痛的话一开始就说清楚啊！"他从头到尾都夸张地叫嚷个不停。

接下来，要从本机的手腕采血了。同样发出气压的声音，但是采血针断了。

本机与警卫四目相对。

本机没说话，拿着采血工具的警卫也没说话。

警卫卷起本机的腿、颈、腰等各个部位的衣服，用备用工具刺入。全部都断掉了。

渐渐的，执勤室前方开始骚动起来。"拿刀来！""有没有锯子？"人越来越多。所有警卫都来给本机采血，但是全部失败。

用尽千方百计之后，警卫们喘着粗气看着本机。本机面无表情地立在原地，保持着等候采血的状态。

谜一样的沉默。

本机将脖子伸出去，把内部的接缝露出来，然后一边走一边让头部前后运动："鸽子。"

"哇啊啊啊啊啊！"警卫们吓得身子后仰。

"别欺负人家！"中也大人一巴掌拍在本机的后脑勺上。

最终，警卫们请示了总部，免除本机的采血环节，让我们通过了。

在警卫的带领下，我们进入了设施的深处。

设施内部简洁到令人惊讶的地步，根本没什么值得一提的东西。只有一条白色的走廊，两侧有十二扇连编号都没写的门，从走廊尽头拐弯就是另一条走廊，然后两侧又是十二扇门。不过倒也不用惊讶，因为这是为了让入侵者很难找到目标而故意设计的。走廊里之所以有很多转角，是为了在发生枪击战的时候，可以阻止射线射到深处去。

换句话说，这是一座机密设施，如果被入侵者侵犯，就会有很严重的后果。

警卫在走廊尽头操作终端，看上去平平无奇的隔离墙便随之开启，露出了通往深处的道路。不过本机通过扫描数据已经得知还有内部空间了。

里面的房间是属于研究员的区域，十分宽敞。

一踏入那里，就发现人员密度骤然增加。穿着白大褂的研究员忙碌地在走廊走来走去。有人在和同事争论，有人揉着惺忪的睡眼，有人忙着清洗泼到咖啡的白大褂，有人一看就知道已经三天没睡过觉了。

全世界的军部、警方和犯罪组织都有各自不同的特征，但不知道为什么，研究所这个地方在世界上的哪个国家看起来都一样。Y国的研究所和这里也是大同小异。由于大部分研究员都住在这个设施里，所以不看研究内容的话，这里的气氛算得上是非常悠闲。

我们看着这个场景，却被身后的警卫用枪口往前催促。

"别站着不动，别一直盯着看。对这里的东西感兴趣的人，是没有资格受到邀请的。"

"啊，是吗？哼，嚣张什么啊……"白濑先生嘟嘟囔囔地抱怨。

本机谨慎地收集数据，明白了几件事。

这里似乎是陆军的研究部门，进行的就是大战之前的异能研究的后续。本机通过解析来往人群的对话内容，明白了这一点。虽然很想收集更加详细的情报，但这里不愧是军部的机密设施，电子机器的访问控制台全部装置了防盗系统，会自动排斥外界的连接。想入侵这里，应该需要相当多的时间与运算资源。

可是就目前来看，有这么多情报已经足够了。本机思索片刻，发言道：

"中也大人，我在想……"本机走到中也大人身边，小声说，"N先生成为暗杀目标的原因，会不会是N先生掌握了中也大人是人类的证据呢？"

"啊？"中也大人惊讶地回过头来，"你怎么突然这么说？"

本机一边看积累的推测数据日志，一边继续说：

"我们不知道中也大人究竟是人类还是人工创造的字符串。魏尔伦一口咬定您是字符串，但他却没有给我们展示什么确切的证据，一切都只是他个人的主张。所以我就这样假设了一下。假设，魏尔伦是在说谎呢？如果是这样的话，他应该会想解决掉知道中也大人是人类这个真相的人。因为要是得知真相的话，中也大人就根本没有跟魏尔伦走的必要了。所以，魏尔伦才将N先生选定为暗杀目标。这样想的话……您不觉得很合情合理吗？"

"那魏尔伦为什么要说谎？"

"因为无法说服中也大人。"这一点本机很有自信，"他出于某些原因，想得到中也大人。恐怕是因为他与您同属重力操纵者，都曾经从军部的研究所得到过力量。可是，如果他只是简简单单地说一句'抛弃Mafia跟我走'，中也大人是不可能听从的。"

"你是说……N被当成暗杀目标这件事就是我是人类的证据？"

"没错。"

听完本机的说辞，中也大人沉思了一段时间。他面向墙壁，抓了抓额头和鼻子，然后抱起胳膊，用手捂住脸，遮住了表情。

半晌，本机听到了细碎的吐息声。

那是笑声。

"呵……哈哈，什么啊，混蛋。"他的声音听上去很累，很轻，"到最后我还是人类啊。真是的，太蠢了，被这种事耍得团团转……"

本机也露出微笑，因为总觉得已经许久没有看到过中也大人的笑容了。

"你看什么看啊？"中也大人挡着脸，回头瞪本机，"那是什么笑容，我可什么都没想。"

"本机也什么都没想。"因为本机是优秀的机器，所以可以用淡定的表情说谎。

"那你那是什么眼神啊？"

"眼神？眼球不是说话的器官。"

"我可算是听明白了，"中也大人闹别扭似的瞪着本机，"刚才那些话，你是故意那么说的吧？"

被发现了啊。

中也大人背对本机，假装伸了个懒腰，然后快步走了起来。

"总之，快点去问问N是怎么回事，把这件事解决了！啊——感觉今天的工作会很轻松！"

他大声地说，也不知道是说给谁听的。

踩着轻快步伐的中也大人先行一步。本机的脸上自动露出了笑容。

我们的脚步停在一扇门前面。

警卫按下门旁边的传呼键，说明来意。在听到"进来"的回复后，门自动打开了。那个声音就是占领了本机发声机构的声音。那个不像话的声音。

门里是一间宽敞的办公室。

对面的窗子由合成显示器构成,尽管这里是地下,却能看到沙滩与大海。房间两侧被直通天花板的橡木书架塞得满满的,全世界的专业书籍都被整整齐齐地摆放在这里。房间深处有一张古典的办公桌,桌子前面躺着一个男人。

男人钻到了一个巨大的箱子下面,正在箱子和地板之间的缝隙中做些什么。我们看不到他的上半身,只能看到他的下半身和脚尖指向天花板的皮鞋鞋底。

"抱歉啊,稍微等我一下。"鞋底说,"我在调整实验中使用的绝缘槽,真是太费工夫了。其实这是个人为制造变质意识从而提高异能输出的浴缸……但最关键的测量功能却与浴缸的硫酸镁溶液发生了干扰反应。所以我想把正电子衰变伽马线的检测仪器换成精度更高的那种。"

"不如别拘泥于无创测量,试试在血管内植入活动性标志物?"本机提了个建议。

"我已经试过了。"鞋底用开朗的声音答道,"但是啊,那样做的话,内部实验体的异能性活动电场就会变成噪声。人类和你不一样,身体可太不讲道理了……好,这样应该就没问题了吧。"

皮鞋鞋底,不对,是皮鞋的主人从棺材般的箱子下面爬了出来。

他擦了擦手,向我们微微一笑。

"好,我们从哪里讲起呢?你们应该有无数问题想问我吧?不过我可以回答你们的所有问题。换句话说,这里可以算是你们这趟旅途的终点……"

这张脸……本机不可能认错。

"你……这张脸……"

中也大人用僵硬的表情说。

"果然要从这里开始讲起啊。"

中也大人看着对方,从怀中掏出一张照片。

照片拍的是某个地方的海岸。五岁的中也大人和穿着麻布和服的青年手牵手站在一起。或许是因为斜射下来的阳光太过刺眼,青年眯起了眼睛,微笑着。

"我是'荒霸吐计划'的负责人,'N'是军部给我准备的新名字,取自'中原'的首字母(注:中原的日语发音为Nakahara),也就是说⋯⋯"

照片上的青年与眼前的研究者有同一张脸。

"我是你的父亲。"

那段录像中出现了一枚金黄色的硬币。

硬币的表面是狐狸,背面是月亮。很美,却透着哀伤。

有人正用手指摆弄着那枚硬币,手指看上去很稚嫩,可是手臂之外的地方都没有出镜,所以不知道这是什么人。

这个人像唱歌一样念道:

"那被污浊了的悲伤
没有希求不再祈望
那被污浊了的悲伤
倦怠之时幻想死亡"

(注:出自中原中也《被污浊了的悲伤》)

很神奇的诗。句子中充满了不可思议的氛围,仿佛它的目标并不是听众,而是直接落到脚下,然后继续坠落到不知名的地方,永无尽头。

伴随着诗句,金黄色的硬币开始散发出奇妙的光芒。

画面切换了。

拿着发光硬币的人出现在画面正中央,是一个小小的身影。

他的脸模糊不清,能看到的只有他所处的空间。那里大得出奇,四周围着混凝土墙壁,空无一物。

硬币散发出的光芒由白色渐渐变成危险的火红色,并且向四周扩散,逐渐占领整个镜头。

画面又切换了。

这次的影像背景是一间俯视大厅的观测室。观测室的其中一面墙壁是厚厚的树脂玻璃,能看到对面巨大的混凝土空间和硬币散发出的光芒。

"实验体身上已确认深层异能解除密码。根据步骤806,开始87嵌合盖。"

树脂玻璃这一侧有十多名研究人员,他们都在桌边忙着各自的计算工作。

"确认异能光增大,增加坡度已经超过容许值设定的320%。"

"先别停。"

在墙壁的屏幕中,硬币释放的光芒进一步增强,微微照亮了正在对此进行观测的研究人员的脸。

光芒开始像脉搏一样跳动起来。颜色变成火红色,再慢慢变成吞噬光芒的漆黑色。

"突破伽马线测量器的感光度上限。室内温度上升。"

大厅的空间也开始发生变化。地板带着嘎嗒嘎嗒的声音一点点剥落,被硬币吸了过去,但是还没有碰到硬币,就在重力的作用下碎裂,变成尘土大小,然后消失。

最终,硬币中心的空间开始扭曲。

"肉眼确认到空间扭曲!测量仪表从2号到6号,以及10号、14号均已损坏!"

"实验体的生命体征进入危险区域,不,心跳已经停止!"

巨大空间的地板、墙壁全部剥落,接二连三地与光芒发生碰撞。整个房间完全维持不住原本的模样了。

"实验中止!灌入应急填充水!"

下一秒,空间瞬间收缩。整个房间都发生了扭曲,被吸向拿着硬币的人。

闪光与冲击让画面发生剧烈的晃动,将巨大实验室与研究室隔开的树脂玻璃化作成百上千的碎片,一下子弹飞出去。研究人员们全被冲到了空中。

有人发出尖叫,然后画面转暗。

"说到底,你们觉得异能是什么呢?"

在前往地下的路上,N先生这样问我们。

N先生说,他会将魏尔伦想封锁的消息告诉我们,于是带我们去位于地下的实验室。我们现在就在前往的路上。

"事实上,虽然建了这么奢华的研究设施,但是我们的研究人员对异能的本质几乎算得上一无所知,说来真是惭愧啊。"

我们一边下楼梯,一边听他讲。走在最前头的是N先生,然后是中也大人,白濑先生随其后,殿后的是本机。

"不过,也还是有一些收获的。"N先生用清爽的声音说,"首先,除了人类之外的生命体,比如植物和猴子,没有异能;一个人类天生拥有的异能只有一种;异能者死后,他的异能也会消失;世界上不存在输出能力大到可以将地球瞬间烧毁的单一异能,换句话说,异能的输出是有极限的。"

"你说的这些我也知道。"中也大人不以为意地打断了他的话。

"接下来才是有意思的地方。"N先生露出让人看不透的恶作剧笑容,"虽然我说了异能的输出是有极限的,但军部想知道的是,有没有办法能超越这个极限。就结论而言,并非没有。其中一个办法就是,利用异能的特异点。"

哦?

本机不由得心生佩服。居然知道特异点,而且不只是理论,还是军事应用部门的研究人员知道。即使在本机诞生的Y国,这个现象应该也只有一部分研究人员知道。

看来这个国家的异能研究比本机想的还要先进。

"政府内部知道这件事的人也很少。所谓的特异点,就是指多个异能现象互相干涉后,最终产生与这些异能都不一样的,更高级别的异能现象的事件。"N先生继续说,"而在这个特异点里,异能现象的输出是不存在极限的。凡事皆有可能。这种脱离常识的现象,完全可以称作异能现象中的谬论。"

楼梯走完了,我们抵达了底层。由于此处很深,所以除了我们的脚步声之外,没有任何别的声音。

眼前有一扇门,N先生用挂在腰上的实体钥匙把门打开。

"我说,你要带我们去哪里?还有,你啰里啰唆一大堆究竟想说什么?"

"这两个问题很快就会得到解答的。"N先生微微一笑,"这件事关系到你的存在本质,所以你要好好听完。"

他接着说了下去。

"我们继续。特异点虽然是非常特殊的异能现象,但产生步骤却没那么特殊,最简单的就是'互相矛盾的异能碰撞到一起'。让'必能欺骗目标'的异能与'必能看穿真相'的异能相互碰撞;让同样拥有'预知未来'异能的人发生战斗……虽然大部分情况下,总会有一方异能获胜,但在极少数情况下,会出现不属于任何异能的全新现象。而我们就将这个称作矛盾型特异点。"

本机瞥了一眼旁边,只见白濑先生嘀咕着:"哦——矛盾型……嗯……"

"白濑先生,我明白这很难理解,但请不要边走边睡。"

"还有,中也。"N先生叫了一声身旁的中也大人,他是故意无视白濑先生的吧,"我不是说过吗?创造特异点需要两个以上的异能。但是在这个世界上,也有异能者仅凭一人就能创造出特异点。"

"什么?"

"他可以不以其他人的异能为目标,而是让自己的异能发生逻辑冲突,从而引发特异点。"说着,N先生竖起食指转了转,"第一个发现这种异能的F国研究人员将其命名为'自我矛盾型异能'。我想想……给你们举个现实的例子吧。比如在某个地方有一名少年,他拥有的能力是'可以增强自己触碰到的目标的异能',这个能力很方便,可是如果他不对别人使用能力,而是触碰自己使用能力的话,你们觉得会发生什么事?"

"肯定是……增强自己的异能吧?"

"没错,也就是说,'增强异能的能力'会变强,这也就表示,'让增强异能的能力得到增强的能力'变强了。这种循环会永远持续下去,而异能也会无限增强。最终,能量的无限循环会破坏异能原则,产生特异点。创造出的过剩能量发生质量转化,引发高密度的空间扭曲。于是他被卷入巨大的重力旋涡中,消失在另一个永远没有回头路的世界。"

原来如此,本机明白了:"您说的就是刚才拿硬币的异能者的实验录像吧。"

"没错。那是人生只能发动一次的毁灭性异能。"

"喂……难不成那个空间扭曲是……"

中也大人的声音很僵硬,表情也像石化了一般。

"听我说完。"N先生打断了他的话,继续道,"自我矛盾型特异点不仅会在D国和日本出现,也有可能在其他国家出现。概率大概是几十年一次吧。它们从古代起就被人们当成'神仙'或是'魔兽'搞的鬼,但具体的真相没人知道。毕竟异能者本人在发动这种异能的同时就会死亡。"

过去,D、F、Y三国曾在战场中争夺大战的胜利果实,同时在军事研究部门也进行了激烈的角逐。在这期间,异能兵器研究的技术流入D国的同盟国日本,也并非不可能的事情。

"会把周围空间卷入并自我毁灭的危险异能,而且只能发动一次,这种东西可不能叫兵器。"N先生一脸严肃地说,"可是这种异能之中存在近乎无限的能量,这是不争的事实。能不能想办法把它作为可控的资源取出来呢?这就是研究的起点。然后……把它当作兵器投入实际运用的国家终于出现了,那就是异能研究最先进的国家之一,F国。"

F国,F国政府的异能谍报员,暗杀王。

原来是这么一回事啊。

"把特异点变成兵器?怎么做到的?"

"用心。"

"啊?"

"心,人类的精神。"N先生十分郑重,像是在吟诗一样说道,"一般来说,巨大的能量源不是要用类似控制装置的机器来操纵吗?但是正如我刚才所说,能使用异能的生物只有人类。用非科学的说法来讲,那就是只有人类的灵魂才能驱使异能的能量。于是F国的研究者利用人格式与复制培养出来的肉体,让异能误认为那里存在人类,存在灵魂。真不知道说什么好,第一个想到这个方法的研究者在我看来简直就是脑子不正常。可是他们的尝试成功了,成功得让人觉得害怕。而它导致的结果就是,异能谍报员魏尔伦的诞生,一个能够自如操纵特异点产生的重力且具备人格的异能。几年之后,我们国家得到了那份研究资料,也想用同样的方法再次让特异点以异能者的模样出现,那就是……"

沉重的推拉门开启，在N先生的催促下，中也大人第一个迈入门内。

接着，他用认真的表情说：

"那就是，'荒霸吐计划'。"

话音未落，那扇门就迅速关上了。

本机被隔在了门外，白濑先生也是。

本机花了0.03秒，才明白当前的情况。

"中也大人！"

本机用力敲打那扇门，但防弹防爆的自动门十分坚硬，看上去纹丝不动。

门旁边的语音装置中传出N先生的声音：

"这个房间只有我和中也两个人可以进。"他的声音很平静，不含感情，"'荒霸吐计划'好歹也是国家机密，我只申请到了供一人阅览的许可，并且——"

他顿了顿，像是在思考要怎么说，然后继续道：

"接下来要看的东西，恐怕只该由中也一个人看。我想他大概不愿意被其他人，尤其是他的朋友看到。"

紧接着，本机便察觉到门的对面出现了质量移动的气息。本机扫描了空间，发现门的对面似乎是一台电梯。中也大人和N先生应该是乘坐电梯继续深入到下方的空间了。我们都已经到了这么深的地下，居然还有更深的地方，真让人惊讶。

本机试着入侵电梯的控制系统，却没能成功。不是被弹出来了，而是无线电本身就无法传达到外面。

本机这才意识到，这里就是俗话说的"电波暗室"。

原理很简单。用导电的铁或其他材质做成的金属板把房间围起来，就可以反射电波，或是让磁场进入金属板内的旁路，使内部形成一个排斥电磁场的孤立空间。就好比把手机放入微波炉，手机会没有信号，原理是一样的。

任务的安全评估值降低了7%。用人类的话说,本机现在处于"很不安"的状态。

N先生究竟有什么目的呢?

周围只有电梯运行的声音。

即使被迫与同伴分离,中也的表情也没有变。他只是将手插在口袋里,假装望着墙上的时钟,实际上是在观察N的表情。

"你就打算用这种方式偷袭我吗?"半晌,中也开口了。他的声音很干涩。

"我没想偷袭你,只是为你着想而已。"

"我话说在前面,一会儿我看到的东西,我会如实上报给组织。"中也无所谓地说,"我可不管它是不是国家机密。"

"随便你。"N说着,露出意味深长的笑容,"只要你真的想说就行。"

电梯带着微弱的轰鸣声下降,不久后停止。门开了。

前方是一条短短的走廊,装潢与刚才的设施差不多,但非常陈旧。地板的边缘铺了一层厚厚的尘土。来到走廊的深处,又有一扇门,上面贴着几张写着"检疫隔离"和"指定封印部门·情报部部长指示"等内容的纸,纸已经有年头了,边缘微微泛黄。

N将那些纸一张一张地揭下来。

中也在一旁看着他,突然说:"喂,快点说吧。"好像接下来要谈的事根本不重要。

N回过头来。

"说吧,都这个时候了,我不会害怕的。我……不是人类吧?"

N并没有回答中也的问题,只是静静地看着他。

"你刚才说了那么多,我就算是傻子也听明白了。"中也用粗鲁的语气继续说,"我是'荒霸吐计划'的产物,也就是和魏尔伦一样,用同样方法创造出来的有个人意志的特异点。对吧?"

N露出一个为难的微笑。

"如果我说'对',你要怎么做?里面的东西就是能够证明这件事的东西。你怕看到它吗?还是你根本不想看,只打算听我说完就回去?"

中也没有回答,只是沉默地瞪着对方。

"我其实无所谓。你就算现在回去我也不介意。因为对我们来说,重要的是让魏尔伦觉得我们'把一切都说出来了',并不是一定要让你知道一切。"

中也看着对方,在脑中思考了片刻,当他开口的时候,他的声音带上了几分毅然决然:

"钢琴家他们想帮我调查我是什么人,然后他们因为这件事死了。"

他的眼中映出的不是面前的景色,而是别的东西。那是过去的画面,是同伴们的背影。

"带路。为了他们,我有义务知道一切。"

他的声音中没有丝毫迷惘。就算再过一百年,也不会被推翻。凡是听到他声音的人,都能感觉到这种坚定。

N没有回答,而是微笑着打开了门。

门内的空间像是一个广阔的工厂,大得看不到对面的墙壁。

在地板与天花板之间,有一个铁丝网构成的中间层,中也现在站立的位置,就是这个中间层。

铁丝网吱呀作响。

中也跪倒在地,就在他即将就这么趴下的时候,他一把抓住扶手,勉强撑住了自己。

"你没事吧?"

"我认识,"中也没有搭理N,苍白着脸说,"我认识这个地方。"

"我想是吧。"

中也的额头冒出冷汗，他的眼睛死死地盯着面前的景象。

N用不带感情的目光俯视中也，然后像朗读通讯录那样，用机械的声音说：

"这里是第二实验所，当初设计的时候，它是和租界的第一实验所成对的，模样也完全相同。既然那里已经因为爆炸而消失，那你的出生地就只能在这里看到了。"

中也的脑中回响着虚幻的声音。

"有入侵者！"

"从8号到15号全部封锁！"

"作战部门装备上甲类武装，进入迎击状态！"

当他意识到的时候，他已经走了起来。

同样的风景。他已经看了好多年的熟悉画面。来来往往的士兵与研究人员。

士兵们拿着枪从中也旁边跑过。是幻觉，那里一个人也没有。这只是存在于他记忆中的景象。

"入侵者有几名？有武装吗？"

"入侵者有两名！没有武装，是空手的状态！"

记忆里的声音在大喊。这是那一天的记忆，是中也在那个地方看到的最后一天的场景。

不久后，他来到了一个地方。

"你当年就在这里面。"

那是一个黑色的圆筒。有天花板那么高，要三个成年人手牵着手才能将它堪堪抱住。表面像玻璃，却呈现出不透明的黑色，看不见里面的模样。

可是中也知道这里面是什么。

中也回过头去，从这个地方看向设施。

这景色太熟悉了，甚至让他觉得，这就是世界的全部。

青黑色的黑暗。为了将自己与外界隔离，为了保护自己不受外部世界侵犯的摇篮。

这时，这个摇篮突然因幻象中的某个人碎裂了。圆筒被破坏，一个人抓住了中也。

中也认识那只手的主人——阿尔蒂尔·兰波。

而站在他旁边的，就是保罗·魏尔伦。

"你是一个奇迹啊，中也。" N像唱歌那样说道，"到最后，这里也没能重现和你一样的现象。"

中也被这句话拉回到了现实。这里只有N和中也两个人，圆筒也没有被破坏。

中也触碰圆筒的表面，既不冰冷，也不温热。是他熟悉的温度。

"然后呢？"中也好不容易恢复了平静，面向N，"这里究竟有什么国家机密……"

"砰！"圆筒内部突然传出敲打的声音。

中也僵住了。就在他放在圆筒上的手旁有一个手印。大小与他的差不多。除了手掌之外看不到别的，别的都被隐藏在了青黑色的黑暗深处。

中也立即明白了。这个圆筒并不是因为外壁是黑色才看不到里面。容器本身是透明的，但里面充满了青黑色的液体，所以才看不到里面。

"里面有人吗?!"中也冲着N大喊。

N没有回答，只是用平静的目光盯着中也。

"喂，快说啊！谁在里面？"

那只手，和中也的差不多大小。

"别急，我很快就会让你们相见的。"

N从白大褂的口袋中掏出远程操作面板，转了几处把手。

伴随着咕咚咕咚的排水声，青黑色的液体冒出了泡沫。水位从圆筒的最上方开始下降。中也退后一步，呆呆地凝视水位。

"这是……"

液体中出现的是中也。

他闭着眼睛，只穿了一件用于实验的合成树脂外衣，其他什么也没穿。他非常瘦，因此看上去比中也本人要小。两只脚腕上戴着银白色的脚镣，脚镣就固定在水底。

他看上去虽然只是在沉睡，但表情非常僵硬，仿佛马上就会出现裂痕。

"我来给你介绍一下，这是你的原型。"

中也茫然地看着他。

"这是自我矛盾型异能的持有人，出生在山阴地区温泉街的少年，一个除了异能之外很普通的少年。我们使用了特殊装置，将他调整成了在特异点的重力作用下也不会死的状态。所以他才能像这样活着。"

突然，圆筒中的少年开始出现痛苦的反应。他剧烈地咳嗽，像是无法顺畅地呼吸。

他蜷缩起身体，剧烈地呕吐，像要把五脏六腑都吐出来。但由于隔着厚厚的圆筒容器，外界几乎听不到里面的声音。

"喂！他很痛苦啊！没事吗？"

"怎么可能没事？"N淡定地说，"毕竟维持生命所必需的胎水溶液被排出去了。"

"什么？！"

里面的少年在地上痛苦得滚来滚去，一边惨叫一边用力捶打容器。可是从外面完全听不到他在说什么。

"喂，你在做什么啊？快把他救出来啊！"

"没这个必要。他在很久以前就已经完成使命了。他的使命，就是让你诞生。"

少年在圆筒底下痉挛,吐出了让人难以置信的大量鲜血。

中也的脸色一下子变了。

中也用力揪住N的前襟,将他拽向自己,然后大叫道:

"马上把水灌回去!"

"为什么?"N的表情没有变。

"吵死了!不灌回去我就宰了你!"

N耸耸肩:"行啊,请便。"

然后,他将排水时使用的远程操作面板递给了中也,中也一把抢了过来。

操作面板上有两个供操作的黑色把手,有三个黑色按键,有一个红色按键。中也将N排水时操作过的把手反方向转了一下,没有反应,按其他按键,也没有任何事情发生。

在这个过程中,少年一直在痛苦中挣扎。他的身体不住地颤抖,口中溢出红黑色的血液。由于血液进入了肺部,他无法呼吸,脸色开始变得青紫。

中也只是一味地按着按键,尝试把它们组合起来使用。不知他按到了什么,只见容器发出咔嗒一声声响,倾倒了下来。

圆筒像在鞠躬一样向这边倾斜,前半部分的容器向上方弹起,里面的剩余溶液流了出来,不久后,少年也滚落到了地上。

中也抱住了少年的身体。

"喂,振作点!"

少年似乎无法呼吸,在中也的手臂中剧烈地喘息,胸口大幅度地起伏。

他的脸与中也一模一样。可是他的目光比中也要温柔几分,也软弱许多。

少年抓住中也,用目光对他倾诉。他张开嘴,想对中也说些什么,口中吸入一大团空气。

可是,他只能做这么多。

他的生命走到了尽头。他的手臂失去力气垂落,眼睛失去焦点,变得浑浊。肺部已经不再需要的空气被吐出,他的口中发出一声近似叹息的声音,仿佛宣告结束的信号。

在中也茫然的注视下,少年的身体开始崩溃。

他的皮肤碎裂,肉体溶解,变成与溶液相同的青黑色液体流了下来。没有任何手段能够阻止它的流逝。在血肉剥离后,骨头转眼间露了出来。

最终留下的只有少年的小小骨架与外衣,还有连接在上面的无数输液管和用于测量的一堆细线,以及脚下的青黑色泥水。

中也将白骨放在地上,一把抓住N。

"混蛋……"

N的衣服被很大的力量抓住,可是他的表情连一丝变化都没有。

"我说我是你的父亲,这不是在说谎。"N像是在朗读课文一样,用平稳的声音说,"是我设计了你的身体,调整了基因,让你能够承受'荒霸吐'的输出。"

接下来,让人难以相信的事情发生了。

N轻而易举地拽开了抓住自己衣服的中也的拳头。

"什么……"

中也一拳挥过去,却打了个空,不仅如此,他连站都没法站住了。他的膝盖在颤抖,身体很沉重。

并不是N的力量很强大,而是中也的力量变弱了。

这种感觉,中也很熟悉。

"这是……和那时候一样……"

一年前,在悬崖边的公共墓地,白獭从身后刺伤自己时,就是这种感觉。

当时白獭说了什么?

"我劝你最好不要动,因为刀上涂了老鼠药。""你现在应该四肢麻痹了吧,没办法像平时那样活动了。"

记忆中的白濑的声音渐渐远去,听上去像是经过了奇妙的扩张。

中也跪在地上,双手沉重得抬不起来。

可是,为什么?为什么是现在?

"是我设计了你,所以我对你很了解,我清楚你的肉体很顽强,也清楚你对毒素的抗性比一般人都要弱。"

"毒……素?"

中也开始回忆刚才发生的事。想给他下毒不是一件容易的事,如果有这样的攻击,中也应该很快就会察觉到。

不。

在进入设施的时候,警卫说需要进行安全检查和血液检查。

采血工具。注射。

"是那时候的注射吗?"

"我邀请你过来,是想告诉你真相,想通过这件事避免遭到魏尔伦的暗杀。"N抚平刚才被中也抓出来的衣服褶皱,用轻松的口吻说,"可是这个计划还有一些不确定性。我不能完全保证,把真相告诉你后魏尔伦就会放弃暗杀我。所以我选择采取更可靠的办法。"

中也挣扎着想站起来。青黑色的泥水在中也的脚下四溅。

"你明白吗?只要你死了,魏尔伦就会失去动机,甚至会连留在这个国家的动机也一并失去。"

"混账!"

中也的愤怒爆发了。不属于肉体的情感之力迸发出来,他一跃而起,一拳打向N。

但这时,N平静地对中也开了枪。

子弹正中中也的额头。子弹被头盖骨弹飞,向后方飞去。

中也仰面向后倒下,额头冒出鲜血。可是子弹并没有贯穿他的头部,而是擦破了他的额头,弹向了后方。中也在子弹击中自己的瞬间集中了所有的异能,用重力使子弹偏移了。

对着倒地的中也,N面无表情地继续开枪。

中也无法防住所有的子弹。几枚子弹击中了他的胸部和腹部,顿时皮开肉绽。

中也发出了惨叫。

"你是不是觉得我很残忍?但是我并不是为了保命才这么做的,我是为了维持研究,换句话说,是为了这个国家。"

N从白大褂的内侧取出一个容器。他打开容器,里面有一支小小的注射器。他将针头扎进了中也身上由子弹造成的伤口中。

"为了自己所属的组织不择手段。你也是身处巨大组织内部的人,应该会理解我的吧?"

"该死……的混蛋……"

中也呻吟着,抬起手想抓住对方,可是他的手却没有碰到N。

他手落到了地上,随即视线转暗。

本机身边的白濑先生突然露出了痛苦的反应。

他倒在地上,掐着自己的喉咙拼命扭动。

"白濑先生!您怎么了?"

本机在发问的同时便开始为他诊断。他的心率降低,血压降低,发汗,肌肉痉挛,呼吸困难。这是典型的中毒症状。可是空气中的成分和平时一样,没有任何问题。本机也查看了一下之前的环境扫描日志,也没发现曾经置身于毒气中的迹象。

为了减缓他的症状,本机给他注射了含抗胆碱成分的阿托品。观察了一段时间,发现他的症状有所缓解之后,本机又给他注射了更大的剂量。由于本机一开始是为了投入到战场中才设计出来的，所以会随身携带一定量的药剂来对付生物和化学兵器。这样一来，他应该就没有生命危险了。

本机让平静下来的白濑先生躺在地上，然后试图离开这个房间，但是失败了。房门打不开。无论是向前走的门，还是返回来路的门，都打不开。本机也无法连接到操作面板上。

就如本机之前调查的那样，这个房间处于电磁屏蔽的状态，甚至无法与外界取得联络。

从一开始，他们的目的就是将我们关在这里。

任务的风险评估值上升了38%。非常不乐观。

本机想了想，用身体向出口的门撞去。可是，铁门纹丝不动。于是本机将房间里的铁椅子向门扔了过去，但也只是让门的表面稍稍凹进去一些罢了。

这个房间像一条细长的走廊，内部只有桌椅和员工使用的文件柜。要是有个可以有线连接的终端，就能和外部进行通信了。为了屏蔽电磁，房间的地板和天花板都是铁制的，非常厚，想打穿它们逃出去也很难。

没有办法。

本机将手伸向后腰附近摸了摸，打开了那里的附属端口，从里面找出一个零件。本机将右手的食指和中指张开到与手腕一样的宽度，将那个零件安装在指缝之间。

这是一把有手掌那么大的圆盘锯，是本机的附属装备。一般会在追赶逃犯或是需要锯开上锁的房门等情况下使用。

本机旋转手锯，走到来时的那扇门前面，将手锯按在上锁机关上。尖锐刺耳的声音响起，随之溅起的火花都飞到了本机的西装上。

看来需要花上一定时间，但现在必须争分夺秒。

这个研究所很危险。他们下毒的目标恐怕是中也大人，白濑先生只是被连累了。而现在，本机和白濑先生被关在这里。中也大人有危险。

他或许会被他们杀掉。

不，说不定事情会更加糟糕——

这是一个空无一物的房间。

没有桌椅，没有屏幕，没有装饰品，什么都没有。只有刻在墙上表示高度的刻度线。房间有学校的小游泳池那么大，但实际上，这里是一个蓄水池，用来储存紧急情况下使用的实验用水。

中也被吊在这个房间的墙壁上。

他的双手手腕被上方的铁丝一圈圈缠住吊起，使他维持在双脚勉强可以着地的状态，无法倒下来。那根铁丝上布满了密密麻麻的粗刺，像野兽的尖牙一般刺入中也的手腕。

他的上半身衣服被剥了下来，流过血的弹孔暴露在外面。在胸口和腹部各有一个最深的弹孔，而这两个地方，正各插着一根巨大的桩子。

桩子被锁链连到天花板上，接收从那里流入的电流。

中也发出惨叫，四周随即弥漫肉被烧焦的气味。

电流从桩子进入，从手腕的带刺铁丝流出，将这个路线上的肌肉、神经和内脏都劈成碎块，然后迸射出来。那种痛楚，就像是全身被割成骰子大小的肉片一样，让人不禁后悔为什么出生在这个世上。

"杀了你……"

被吊起来的中也瞪着天花板上的定点摄像头低喃。

又是一轮电流。中也发出野兽般的痛苦低吼。

N在实验观测室望着这一切。

电流迸发，白色的闪光甚至传到了观测室之中。可是N连眼睛都不眨一下。

"给他注射10毫升咪达唑仑。"N注视着画面，命令身旁的手下。

"可是他的心律……"年轻的研究员犹豫地看了看手头的测量值。

"这种程度死不了。给药。"

数个操作装置动了起来。只见刺入中也后背的四支白色管子中的其中一个流入了透明的液体，液体慢慢消失在中也的体内。中也睁大眼睛，开始发出撕心裂肺般的痛苦叫喊。

即使如此，N的表情也没有变化。没有同情，没有冷酷。他望着中也的眼睛，就好像是在看着一串数值。

这个实验观测室里有二十几把椅子，还有一堆仪器和研究员。所有人都忙忙碌碌地走来走去，来回对比情况变化与实验计划书，以确保这项重要的实验不会出现问题。

"中也，你很痛苦吗？"

N将脸凑近手边的收音装置，与中也对话。

中也筋疲力尽地吊在那里，一声不吭。

"抱歉，要是有其他方法的话，我就不这么做了。"N的声音中不带有丝毫罪恶感，"可是，要救你，就只能这么做。"

N一边对他说话，一边用余光观察实验数值，继续说。

"正如我们尊重你的想法一样，你的异能'荒霸吐'也尊重你的想法。不过，说它是被你的想法所束缚会更贴切一些吧。只要你的意志足够坚定，'荒霸吐'就不会从你身上脱离。它会刷新异能的常识，成为这个国家唯一的已控特异点。"

说到这里，N用手边的调整器切断了语音，对身旁的手下问了一句："咪达唑仑的效果如何？"

"已经出现征兆。距离发生药物反应还有两分钟左右。"

N点点头，下令"再给药20毫升"，然后重新打开语音。

"中也，现在的情况是，'你'这个人格式正拽着'荒霸吐'的缰绳。也就是说，如果杀了你，就会连贵重的已控特异点也一并失去。可是，如果仅仅用其他人格式覆盖你的话，你这个初始人格就会与新的人格发生冲突，很有可能让'荒霸吐'再次失控。站在我们的立场，实在是不想再经历一次研究所被炸飞的惨剧。"

N用不会被任何人听到的音量，对自己开的玩笑哼笑了一声。可是他的笑容却几乎瞬间便蒸发了。

"所以我想出了这个办法。"

N转动远程操作面板的把手。

大电流从锁链流经桩子进入中也的伤口，似乎身体已四分五裂般的疼痛侵袭了中也。中也因剧痛咆哮起来。他挣扎着想逃离疼痛，却只是导致缠在手腕上的带刺铁丝嵌得更深，令自己流出更多的血。

"让你主动放弃'荒霸吐'。不过，你不用想得太复杂，只需要说一句控制咒语就可以了。那是让封印指令还原的验证密码，只要你说出来，它就可以加入你的公式中。一旦控制咒语确认，你就会消失，全新的人格式会将你覆盖。之后你就可以从痛苦中得到解放，从这不知道持续了多少天的疼痛中解放……也会从长年以来的黑暗中解放。"

长年以来的黑暗……

听到这句话，中也第一次有了反应。之前不管N说什么他都毫无反应，现在他却微微动了动头。

N没有错过这一丝的变化。

"你只要说这句话就行了，在脑中说也行，很简单的一句话。"

N说完，闭上眼睛，用没有抑扬顿挫的腔调背诵了一个简洁的句子。

"——'汝，阴郁而污浊之宽容，勿复扰吾安眠'。"

"汝，阴郁而污浊之宽容……"

中也的嘴唇几乎是自动动了起来。药剂发挥功效了。他的眼睛根本没有聚焦，完全是一双不知道自己在说些什么，连嘴巴的运动、喉咙的震动都没有传入大脑的人类的眼睛。

N微微笑着低声说了句"很好"，就听中也继续道：

"勿复…………我，是谁……"

语言的碎片从疼痛的间隙中滑落。

那句话无力地跌落到地上,然后扩散开来,将整个房间冰冻。

N看着屏幕,极其不悦地皱起了眉头,接着看也不看地命令手下"提高电压"。

"可是……"

"动手!"

高压电流顺着桩子流入,无形的雷蛇到处肆虐,蹂躏内脏、神经与肌肉。

中也发出了惨叫声。

圆盘锯割断了门的锁轴,刺耳的金属声停止了。

被当作配件使用的圆盘锯因热度而变形,不能重复使用,于是本机将它扔在了这里。

这样就能出去了。可是,不能把失去意识的白濑先生丢下不管。

本机的设定就是保护人类的刑警人工智能,无论遇到什么情况,都不能选择"将毫无防备的人类留在危险地点"的选项。就算要找中也大人,也要先把白濑先生移动到安全的地方。

本机将手伸向刚才割断的推拉门,想打开它,但是其实根本没有这个必要。

因为就在那一刻,本机连机带门被一起轰飞了出去。

本机先是头着地,然后是脚,接着是头。在本机打着滚后退的同时,肩膀和头部都感受到了强烈的应力集中现象,是冲击力让本机向后倒去——本机被击中了。

本机将采取防御姿态的优先级设为最高,将用传感器掌握周边环境的优先级降低。

传感器显示,敌人有三名,都是全副武装的士兵。这里毕竟是军部的设施,会武装成这样并不奇怪。他们应该是用炸弹炸开了门,直接冲入了房间吧。

本机分析了被击中的部分,发现外皮装甲上有旋涡状的龟裂。这下可糟了。这是专门破坏物体的全金属被甲弹。

在与普通人的战斗中,通常会使用更柔软的弹头,因为这样子弹就会停留在体内,增加破坏力。既然敌人使用了这种强化速度和穿透力的子弹,就表示他们已经预测到要与本机这个无机物展开战斗了。

不妙,非常不妙。

视野稳定下来之后,本机看到了门,那里有三名士兵正举着枪,枪口已经对准了本机。

弹雨如注,以避无可避的密度向本机袭来。

心脏在跳。

声音很大,像是有人在耳畔敲一面巨大的太鼓。中原中也看向声音传来的方向,但是想也知道,那里并没有心脏。那这究竟是谁的心跳声?是我的?怎么可能。我不是人类,没资格拥有心脏这么高级的东西。

又一次的电流。身体脱离中也的意志自己抽搐起来。他觉得自己的每根血管都被切成千万段,每滴体液都像烧开的水一样沸腾。这种疼痛已经远远超出了一个十六岁少年能够承受的极限。值得庆幸的是,不管他怎么叫怎么喊,都不会有人在意。所以每当感觉到疼痛,中也就会发出惨叫。他的喉咙中有鲜血的味道。

N的声音有一阵子没有响起了。科学家厌恶没用的劳动,所以他应该是想先让中也尽情地体会疼痛的滋味,在他出声投降之前都不去管他。

重力异能没有完全消失，却极其微弱。恐怕毒素还在通过刺入后背的输液管不断注入他的体内。中也四肢麻木，精神恍惚。他分辨不出哪些是现实的动静，哪些是心中的动静。除了毒药之外，N还对他注射了其他药物，比如吐真剂，或是致幻剂。

　　你可以撑到什么时候呢？

　　还用说吗？什么时候都可以。我可以永远撑下去，我有这个能力。

　　可是，为什么要撑下去呢？

　　"我不是说过好多遍了吗，中也？"

　　一个声音突然响起，中也抬起了头。那声音很熟悉，是全世界他最讨厌的人发出的声音。

　　"你的出生本身就是一种错误，和我一样。你不惜忍受那样的痛苦也要紧紧抓着的虚伪的生存，有什么意义呢？"

　　声音像打趣一样地说。

　　"吵死了。"

　　中也嫌弃地应了一句。他自己也知道，这只是自言自语。恐怕是因为被注射了药剂，他产生了幻听。那里一个人也没有。但是他心头的枷锁已经脱落，无法阻止那个声音。

　　"去死吧，太宰。"

　　"你只能用这种陈词滥调来反驳我吗？"

　　声音在耳边响起。中也恨不得割掉自己的耳朵。眼前出现了太宰摇曳的身影，中也连眼睛也想一并挖掉了。

　　"这就是你开始相信我的证据。你啊，在本质上和我是一样的哦。"

　　"闭嘴、闭嘴、闭嘴！我就是我！和你那种垃圾不一样！"

　　"嗯，如果你面对的是他的话，应该会这样说吧。"

　　另一个更低沉的声音响起，中也像是被人攫住了心脏一般僵住了。

　　"但你是无法永远对自己说谎的。我拉你入会的时候没跟你说过吗？"

中也看向那个身影，这时候他才真正确信，他看到的东西是药物导致的幻觉。

"钢琴家……"

中也的声音干巴巴的，汗水顺着下巴滑落。

钢琴家靠在对面的墙上，双臂交叉，悠然自得地看着这边。这个姿势和他平时在店里的姿势一模一样，中也不可能忘记。

"我说过让你入会的原因吧？是因为我怕你会发动对Mafia的叛乱。那时我觉得，你看上去像是希望把一切都破坏干净，用反击的火焰烧光全世界。现在我也这样认为。"

钢琴家担心地说。而这时，几道人影穿过他身边的墙壁，一一显现出来，是信天翁、冷血、发言人、外科医生。

他们都微笑着与中也对话。

"我们是因为你那特殊的出身才死的。但我们并不恨你。"

"我们是Mafia，早就有这个思想准备了。"

"混蛋！我才不信你们的鬼话！我……"

钢琴家们微笑着消失，下一道声音在中也的耳边响起。

"那你就去死啊。"

中也吓了一跳，回头看去，看到了顶着一张如鬼般惨白脸孔的白濑。

"用你的死，去向Mafia的朋友，还有我们'羊'谢罪吧。"

中也发现，不知什么时候起，"羊"的少男少女们将自己团团包围。他们是自己曾经的同伴，他们和他之间曾经发生过背叛与离别。而这几十个孩子，正冷冷地瞪着中也。

"中也，你不是总说要承担责任吗？因为你拥有'强大这张手牌'。那些都是骗我们的？"

"你不是要保护我们吗？在你差点饿死的时候，可是我们保护了你啊。"

住口。

中也扭着身子想堵住耳朵，可是他的两手都被绑着。

"哼，什么'王'啊？就是你把我们害得这么惨。"

"中也，都怪你。"

"闭嘴！那你们就代替我当'王'啊！我把这力量全给你们！"中也忍不住大吼，"强大算什么啊？要是没有这力量，我现在都还和你们一起……"

又一次电击。中也的大脑被漂白成了一片白光。

而在那深处，一幅不可思议的景象出现了。

"羊"没有解散，现在还存在着。中也在里面并不特殊，也没有异能。他就是一名普普通通的成员，不强大，也不是王，没有被众人围在中间，只是作为人墙中的一部分，和大家谈天说地。

"我……"

幻象消失，只留下了遍体鳞伤的中也，以及无尽的沉默。

中也垂着头，视野中映入新一轮幻觉。

"你的同伴和朋友都离开了你。你知道这是为什么吗，我的弟弟？"

中也慢吞吞地将脸转过去，这是他早就预料到的人。

"下一个是你啊……"

"对，很正常吧。我和你是被人用同样的方式创造出来的，我是最适合回答你问题的人。"

幻觉里的男人说着，调整了一下黑帽子的角度。

"问题……"中也道，"那你就回答我吧。是哪里出错了？我在哪里做错了？"

他面前的幻象魏尔伦露出了略带悲伤的表情。

"从一开始。"魏尔伦回答，他的眼睛十分清澈，没有丝毫说谎的痕迹，"从一开始，你的出生本身就是一种错误。和我一样。"

出生在这个世上，本身就是一种错误。

中也的拳头颤抖起来。居然会有这种事？这是能被饶恕的吗？

"不，当然不能饶恕。这种事理应得到制裁。不过，是对他们。"

"他们……"

"你已经忍得够久了，"魏尔伦的声音很温柔，"也承担了'强大'的所有责任。接下来该承担责任的是他们。让他们负责。这样，你们才算是互不相欠。"

"哈哈……我是想让他们负责啊。"中也对自己发出干涩的笑声，"我很想撕碎他们，但是不行，我无法离开这里，我会在疼痛与绝望中死去。"

"我不会让你死的。"

魏尔伦来到中也面前，拔出了桩子。

中也目瞪口呆。

魏尔伦把所有的电极桩都拔了出来，用重力碾成碎渣。然后他把中也双臂上的带刺铁丝拆掉，将刺入脊柱的输液管也拔掉。

"我去杀了那个研究员。"将所有束缚解除后，魏尔伦检查了一下中也的伤口，然后站起来说，"完成我一开始的计划。你可以坐在这里。但是，是他将你的人生搞到一塌糊涂，如果你想让他负责的话……"

魏尔伦向中也伸出手。

"就跟我一起来吧。"

中也没有握住那只手，而是一直望着他，就像在看什么神奇的东西。

"为什么……"

"我从一开始就说了，我是来救你的。"

说着，魏尔伦露出微笑。那微笑既不属于谍报员，也不属于暗杀王。只是作为一名青年的微笑。

"愤怒吧，中也，因蛮不讲理的生命而愤怒，因玩弄生命的研究员而愤怒。那种愤怒会让你夺回自己的人生。中也，你要夺回自己的人生。还是说，你就甘愿做一只被编号的小白鼠？"

怎么可能甘愿？

愤怒让体内的血液流动，将热量输送给肌肉。

中也站了起来，如钳子般狠狠抓住魏尔伦的手。

"走吧，弟弟。"魏尔伦微笑着支起中也的身体，"杀了N，从这不讲理的世界中，拿回你的灵魂。"

弹雨向本机袭来。

本机用前臂展开防冲击盾，伞状的盾牌表面覆有耐高温耐冲击的超合金，可以挡住大部分轻质量攻击。这可是特别定制的设计，连"荒霸吐"的高能量都可以承受住。

全金属被甲弹从盾牌表面滑出去，落在本机身后。三枚子弹没有滑开，而是停在了盾牌表面，其运动产生的能量将表面的合金磨掉了。不过受损程度很轻微。

本机举着盾牌跳跃。踩着士兵手中的步枪二段跳，落在身后的墙壁上之后，如同被弹回来般用身体向士兵的后背撞去。

肋骨骨折的轻微冲击通过传感器传来。搞定一个。

本机骑在士兵身上，将长腿当作镰刀扫向另一名士兵的腿，令他失去平衡，然后将手指注射针刺入他的脖子，注入药液。搞定两个。

可是本机压制这两个人的时间，足以让士兵举起枪向本机射击。

第三名士兵用枪瞄准了本机。由于本机双手撑地，身体倒立，所以无法展开手臂的护盾。于是本机开始高速搜索对策，每个对策都来不及。

不过根本没有搜索的必要。

士兵的身体跳了起来。

只见士兵的身体伴随电击声不住抽搐，松开了拿枪的手。在发出了几秒钟的痛苦声后，他便失去力气跌倒在地。

本机什么都没做。

就在这时，拯救本机的恩人从士兵身后那扇门后的走廊上显现了真身。

居然是这个人，可太出乎本机意料了。

"真没劲，"来人放下镇压暴徒的泰瑟枪说，"用电流杀人，人只会被杀死而已。没意思。"

"你是……港口Mafia的……"

太宰治，把中也大人拉入港口Mafia的人。

"探员先生，幸会啊。中也人呢？"

这名与中也大人同龄的少年若无其事地把泰瑟枪扔掉，询问本机。

"中也大人他……"

"从时间上来看，他应该已经被抓住了吧？或者现在正好是被救出来的时候？"太宰先生迈过昏迷的士兵，走向本机，"那样可就没意思了，我岂不是失去了大好机会，不能欣赏被拷问得号啕大哭的中也了。"

"拷问？中也大人会被拷问吗？"

被抓住的中也大人正在经受拷问吗？有这个可能性。可是为什么这名少年连这件事都知道？更关键的是，他为什么会在这里？

本机记得，太宰先生拥有令异能力失效的能力，是对付魏尔伦的撒手锏。可就算本机想为此联系他，也完全捕捉不到他的行踪。为什么他现在会出现在这种地方？

"你问我为什么会来这里，我会回答你这也是计划的一部分。你问我计划是指什么，我会回答你是一切，从开始到结束，这起魏尔伦事件都在我的掌握之中。你问我这是什么意思……"

为了理解太宰先生的发言，高优先级的处理器开始解析情报。可是太宰先生的思考速度比解析速度更快，光是跟上他就已竭尽全力了。

"我会回答一切，就是字面意义上的一切。魏尔伦的暗杀目标、刑警先生、研究员先生……一切都是基于我交给他的情报来决定的。也就是说，暗杀计划的顺序是我定的顺序。然后你会问为什么我要做这种事……"

没错，本机的疑问就是这个。从刚才的那番话来看，太宰先生很有可能与魏尔伦是一伙的。刑警先生的死和中也先生如今的危机，都有可能是太宰先生的安排。换句话说，他背叛了中也大人。那么根据他接下来的回答，本机将决定是否要在这里展开新一轮的战斗。

可是，太宰先生最后的回答却远远超出了本机的想象。

"我是为了争取时间。在魏尔伦抵达最终暗杀目标之前，尽量争取时间。他最后的目标是港口Mafia的老大——森鸥外。原本森先生的暗杀顺序排在第一位，是我对情报动了手脚，使他排到了最后一位。多亏争取到的时间，再过不久，针对魏尔伦的反向暗杀的准备工作就要完成了。可是，在那之前还要做最后一件事。"

太宰先生一笑，扶着本机站了起来。

他盯着虚无的地方，用仿佛看透一切的仙人般的目光说道：

"照这个情况发展，中也会把N杀掉。到那时他就不再是人类了。可是，我想看到中也以人类的身份痛苦的模样。所以，去阻止中也吧。"

安全警报声响个不停，仿佛在提醒人们终结世界的灾难已经到来。

红色的应急灯亮起，设施内的景色骤然大变，仿佛怪物的胃袋一样。

面向普通员工的无线信息流已经全部解放，所有的线路都在连续播放无线警告。

"研究所内有入侵者。所内情报人员将指定的资料销毁后立即撤离。战斗人员装备甲级武装各就各位。这不是演习，这不是演习。"

本机一边将吵闹的警报声从听觉系统中排除，一边继续作业。

本机将失去意识的白濑先生塞入物资收纳库，关门，上电子锁。

"我已经将这里的锁换成了动态密码锁,这样白濑先生暂时就安全了吧。"

"辛苦了。接下来是中也。"

说完太宰先生便抬腿走人,像是对白濑先生的死活根本不关心。

"请等一下,太宰先生。"本机冲着他的后背叫道,"您刚才提到中也大人的时候,说了'人类的身份'这个词。所以说,您知道中也大人是不是人类?"

本机有一种奇怪的期待,如果是这个人,或许会知道真相。虽然没有证据,但本机总有这样的感觉。认为机械不存在直觉或是灵感,只是人类的傲慢而已。人类都能做到的事,本机自然也能做到。

"不知道。"

太宰先生干脆地说。可是,他的眼睛却眯了起来,这代表他正在沉思。

"N和魏尔伦都说,中也不是人类。但是我认为未必。因为我看过这本手册,《兰波的手记》。这个案子,从某种意义上而言,都是从这本手册开始的。"

说着,太宰先生从怀中掏出一本皮革装订的旧手册。

《兰波的手记》!

本机迅速扫描太宰先生手中的手册。会是真品吗?有这个可能。

《兰波的手记》指的是已故异能谍报员兰波在任务前悄悄记录下来的东西,算是日记。由于其中包含与大战中谍报任务相关的情报,所以属于国家机密的凝聚体,本机之前就听闻过它的存在,但并没有确切的情报表示有人找到过它。

"您究竟是怎么得到这本手册的?"

"你可以努力向我打听,反正我是不会说实话的。毕竟我是个骗子。"

太宰先生露出令人捉摸不透的笑容。本机对他使用了测谎仪,却没有任何反应。他的生命体征与沉睡的人类几乎没有分别。明明身处这样的境地，他的输出值却十分正常，这反倒显得很异常。

这名少年究竟是何方神圣？

"我们现在没什么时间在这里开茶话会畅谈了。得先找到中也才行。"太宰先生抓了抓后脖子，心不在焉地说。

"要怎么找？"

"想找到中也，任何时候都很简单。"太宰先生又露出了看穿一切的笑容，"只要去最吵的地方，就能找到他。"

随着一声爆炸声响，变成粉末的墙壁四处飞散。

在砖瓦与尘土之间，中也像炮弹一样向前冲去。撕裂大气的冲击迟了片刻才将尘土吹飞。

前方是设施的武装部队，所有人都配备了枪，正摆出迎击敌人的姿态。

"作战部石榴突击小队去东侧通道！蕨生工兵小队炸毁并封锁西侧通道！为情报部争取逃跑的时间！行动开——"

他的话没能说完。

中也的一记膝击将中队长的身体踢得对折，让他直接飞了出去。

七八个士兵一起举起了枪。这些都是保卫军部机密设施的精锐士兵，与那些保卫军队粮食和物资的普通志愿兵在训练程度上截然不同。只有在枪法、体力、集中力、战斗才能全部名列前茅的那一小撮军人，才有资格保卫这座设施。

然而他们擅长的只是与人类战斗。能以风速飞翔，以车辆的重量冲过来的人型野兽是他们始料不及的战斗对象。

"不能再让他前进了！前面是紧急避险室！在上级情报成员全部避难结束之前，我们要死守住这里！"

中也在低空中将身体撞向一名试图开枪的士兵，后者就像一片树叶一样飞了出去。中也踢向士兵的腹部，借反作用力跃起，对相反方向的士兵使出连续踢击。

暴风在小小的室内像台球弹射般跳来跳去。短短十几秒后，走廊便重新恢复成充满沉默与无人呼吸的宁静空间。

中也丝毫没把倒在脚下的警卫们放在眼里，直接从他们身上迈过去，将手伸向紧急避险室的门。

门打不开，手下传来一种很沉重的感觉。门上了电子锁。

中也在门上施加了高重力，试图破坏门锁。可是门依然打不开。由于中毒的影响，他无法提高异能输出。

"集中精神。"魏尔伦不知何时出现，倚着门旁边的墙壁，抱着胳膊，"不就是中了毒吗？有什么大不了的？你可是能带来世界末日的怪物。如果你想撕碎里面的那个邪恶的男人，你就要让异能完全属于你。"

"我知……道啊！"

中也将双手放在门上，咬紧牙关，加大异能的输出。

他的对手是以防入侵者攻击而设计的防爆防化学防异能门。大多数异能别说是攻破它了，甚至不能让它发出受挤压的声音。

"集中精神，用意志力让怪物服从你。否则，你就会死。"

空间扭曲。中也的衣服向上飘浮。

异能的光芒慢慢向中也的拳头聚集。

这里是什么地方？

这是白濑苏醒后的第一个念头。

他所在的位置是武器物资的保管柜。大小仅供他伸直四肢，几乎没有光，伸手不见五指。

"中也？亚当？"

他叫了一声，却没有听到回应，也没有其他人存在的迹象。

不，迹象还是有的，在保管柜外面。他能听到外面有通知紧急情况的警报声，还有很多人慌慌张张跑来跑去的脚步声。警报声好像说有入侵者，非研究人员尽快疏散之类的，似乎是设施里面出现问题了。

设施……对了，想起来了。白濑坐起来。他们被邀请到军部的研究设施，来到了地下，然后他突然觉得呼吸困难，就失去了意识。

远处传来枪声，而他现在一个人被关在这个狭窄的地方。

他被丢下了，被抛弃了。

"可恶！喂，中也！你去哪里了？放我出去！"

白濑用力一踹，门轻而易举地开了。没想到会把门踹开的白濑被自己吓了一跳，又关上了门。

然后他悄悄把门打开了一条缝，向外窥探。外面陈列着相同的保管柜，像是一个昏暗的物资收纳库，目前没有看到人影。

他从保管柜中爬出来，正要站起身的时候，突然觉得一阵头晕目眩，一下子跪在了地上。

他想到在昏倒之前，自己突然呼吸困难且心脏作痛的事。可能是中毒了。该死，他们是觉得中毒的我会拖累他们，所以才丢下我，自己逃跑了啊。

白濑握拳，再松开，他感到意识慢慢恢复了。行动是没有问题的。既然如此，就没必要一直待在这种地方。

幸运的是，墙上挂着几件供研究员使用的白大褂。他想到警报声说让非战斗人员尽快疏散，便站起来拿了一件穿在身上。只要假扮成逃命的研究员，应该很容易就能从这个地方脱身吧。

可是中也应该不会这么简单就逃出去。他可是被警卫盯得最紧的那个，想混在人群之中逃出去是不可能的，说不定会遇到危险。

但是管他的呢。自己根本不欠他的，没道理去救他。应该没有。

"所有资料全部销毁！除8号避难通道之外，切断所有电源，争取时间！"

N大声叫道。

这是设施中的几个紧急避险室之一。大概有一节列车那样细长的房间里，通信设备、粮食、发电机、防弹衣等应急物资应有尽有。在房间的最深处，还有一台单人使用的避险电梯。

N对着通信集音器向各部门下达指示，同时将手中一把长长的链条接入电源，运到入口去。

"通知作战部司令室，采取拖延战术，尽可能争取时间！然后联络中央的准将……"

入口被炸开了。

被炸飞的门擦着N的鼻尖刺入墙壁。

"居然要从儿子身边逃走，真是了不起的父亲啊。"

中也站在入口处，带着全身蓬勃的怒火瞪着N。

"呜……"

N手里的链条掉到地上，他退后几步，像是要把后背贴到墙上。

"你在做什么准备呢？去死的准备吗？"

"等……等一下！我是迫不得已！我这么做都是为了工作！我从没因为私人恩怨折磨你！"

"是吗？那你真是太可怜了。"

中也带着威压一步步向前，N撑着两条颤抖的腿一步步向后退。

魏尔伦在门口抱着胳膊，面带微笑地欣赏室内的情景。

链条掉在中也的脚下，那是刚才N用来做什么准备的工具。中也把它捡了起来，看了看链头。

链头是一个桩子，里面有很粗的接线，填满链条内部——正是刚才拷问中也时使用的电极桩。

"这就是刚才插在我肚子里的东西吗？原来如此……你是想设好陷阱埋伏我，然后再用这玩意捅我一次啊。"

"那……那是……"

中也把链条拉到面前，共有两根，每根都连接了房间角落的电源。

"说实话，还挺疼的。这种经历可不常有。我很想让你尝尝那个滋味，哪怕是我的百分之一也行。"中也望着链条说道。

趁中也的视线落在链条上的那一瞬间，N撒腿就跑，逃向房间深处的电梯门。

就在这时，链头刺入了他的衣服下摆。

"不许逃。"

中也用饱含怒意的声音说。

他丢出去的链条穿透N的衣服，钉在了其身后的墙壁上。

中也手里甩着另一根链条，一边将链头甩得几乎要敲到地面，一边慢悠悠地瞄准下一个目标。

衣服被钉在墙上的N逃不掉，也躲不掉接下来的链条。

"慢着……你要做的事是不对的……"

"别听他胡说，中也。"门口的魏尔伦无所事事地看着自己的手指，"这种货色为了活下来什么鬼话都说得出口。和对付我的时候一样，完全没有区别。"

中也的眼睛锐利地眯了起来。他的眼中涌现出红宝石一般鲜红透明，闪耀着美丽光辉的杀意。

"慢……慢着！我真的只是为了工作而已，真的！"

"嗯，为了工作。"中也唾弃地说，继续向他走去，"为了工作，就可以随便玩弄我的灵魂。为了工作，就可以把另一个我关起来杀掉。你为了工作什么都做得出来，真是个人渣。既然如此，那你就为了工作去死好了。"

中也对链条施加重力，链头的桩子飘浮起来。

本机与太宰先生快步在走廊移动。

"没有证据能证明中也是人类，但是，也没有证据能证明他不是人类。"太宰先生一边移动一边说，"魏尔伦只是把中也偷出来的人，可以说是局外人吧。他并没有亲眼确认过中也的真实身份是人造异能。至于N，他说谎的可能性很大。"

那个N在说谎？

"说谎的原因呢？"

"谁知道。不过，一个一流的骗子，连说谎的原因都可以用谎言掩饰。那个男人身上就有一流骗子的气味。你说呢？"

太宰先生微笑道。他的笑容中洋溢着一种冰冷的愉悦。

可是他说得有道理。本机自从进入这个研究所之后，就扫描了所有遇到的人类的生命体征，包括红外线强度、心率、二氧化碳排放量、瞳孔、发汗量。N先生自然也不例外。可是，本机却没有发现他背叛我们的明确征兆。

中也大人也许不是人造人，也许是真正的人类。

可能性各有一半。

本机面向前方，将移动速度提升40%。

如果各有一半的话，那就不能让中也大人杀掉N先生。

否则，一切就都无法挽回了。

飘浮在空中的桩子仿佛即将冲出去的斗犬,带动着链条哗啦作响。

"我会在瞬间让你解脱的。"

中也拽着链条控制它,像拔河一样拽住即将水平飞出去的链条。似乎只要他稍微松一点力气,链条就会以火箭般的势头射出去。

桩子尖锐的前端对准N。N因为衣服被链条钉在墙上,无处可逃。

"哎呀,中也,"魏尔伦抱着胳膊,用快乐到几乎要吹起口哨的语气说,"释放这么多重力,别说是刺穿他了,估计能让他的整个身体爆炸吧。他瞬间就能解脱。对吧,研究员先生?"

"等一下中也!你将来一定会为这件事后悔的!"

"我才不管将来的事。"中也的眼睛因为杀意而眯起,"我向来都是想做什么就做什么。保护想保护的人,揍飞看不顺眼的人。今天也只是维持我一贯的作风而已。"

"不要,住手啊!"

"找到了,紧急避险室!"

在转过一个转角的瞬间,太宰先生大叫道。本机顺着他的视线向前方看去,发现走廊的尽头有一道门。门的周围有几名警卫倒在地上。

"恕我先走一步!"

本机丢下太宰先生一跃而起,一口气跳过警卫小山,落在门口。本机立即触摸门的端口,搜索解锁密码,1.22秒之后,本机找到了正确的密码,门开了。

"中也大人!不能杀他!"

本机不耐烦地等自动门开启,第一时间冲进了紧急避险室,然后目瞪口呆。

房间里空无一人。

不仅没有人,也没有有过人的气息。本机扫描了地板,发现地面积了一层薄薄的灰,没有脚印,似乎已经有好多年没人用过这里了。

不是这个地方。

中也大人在别的避险室。

已经来不及了。

"我才不管将来的事。"中也的眼睛因为杀意而眯起,"我向来都是想做什么就做什么。保护想保护的人,揍飞看不顺眼的人。今天也只是维持我一贯的作风而已。"

链条已经积蓄了巨大的力量,如同一支搭在满弓上的箭。

而所有的箭,都是会被射出去的。

"不要,住手啊!"N举起手大叫,除此之外,他没有别的办法。

中也握住链条的手松开了。

蕴含的张力大到可以贯穿一整栋房子的链条获得了释放。

轰鸣声震颤室内,那是超越音速的链条产生的冲击波。链条以爆发性的速度飞出去,分毫不差地刺中了目标。

笔直地、精准地刺入了魏尔伦的胸口。

"啊……什……"

血从刺入的地方溅了出来。魏尔伦僵在原地。尽管他操纵重力减缓了速度,可尖端还是剜开他的肉,刺入了胸口深处。

中也扭转上半身，看向魏尔伦。他在释放链条的瞬间突然转身，令链条的飞行方向完全改变。

"少在那里说风凉话，魏尔伦。这个研究员的确做了很恶心的事，但是杀掉钢琴家他们的凶手不是你吗？"中也敲了敲自己的胸膛说道，"他们几个的命，都在这里燃烧着。在他们的生命之火平息之前，我怎么可能去做自己想做的事呢？我要做的是该做的事。这才是我。"

"中也……你这混蛋……"

魏尔伦抓住桩子，想把它拔出来。可是中也用比他更快的速度跑到房间深处，一把拉下了链条的电源杆。

最大输出率的电流化作一条闪光的龙穿过链条，狠狠地撞在魏尔伦身上。

"啊啊啊啊啊啊啊！"

电击在魏尔伦体内爆炸。

就算魏尔伦对物理性打击和枪击都有很强的防御力，他也和中也一样，逃不过电击的伤害。

"该做的……事？"在肉身被电击烧焦的同时，魏尔伦抽搐着抓住自己身上的链条，"你为什么不明白？根本没有什么事是该做的！你要随心所欲地活着，随心所欲地去破坏！因为，我们该做的事只有一件，那就是不出生在这个世界上！"

"吵死了。"中也的眼睛里闪烁着坚定的光，"你可能是这样，但不要把你的思想强加给我。我从来没这样想过。"

在那双眼睛的光芒中，闪过几道身影。

那是"羊"的伙伴。

还有港口Mafia的伙伴。

他眼中的坚定光芒，是只有经历过历史，经历过与他人的相遇和离别才能得到的刚强之人的光芒。

"而且从一开始你就搞错了。"中也嫌弃地说，"'出生在这个世界上

是错误'？这是那个混蛋太宰才会有的想法，我怎么可能和他一样！"

魏尔伦拔出链条，扔到一边。

与此同时，中也冲向了他。

"中也！"

"魏尔伦！"

魏尔伦抡起拳头，中也也以同样的速度向魏尔伦抡起拳头。

拳与拳发生剧烈碰撞，黑色的闪光在室内炸开。

"设施的自动销毁系统正在运行。68%的设备停止运转。在其余设备关闭之前，要找出中也大人所在的房间。"

本机优先连接上通信器，尝试入侵整个设施。

失去中也大人的我们只剩下唯一一个手段，那就是从紧急避险室的终端入侵到警备系统中，找出正在战斗的地方。除此之外没别的办法。

就性质而言，避险室的线路应该是与警备系统连通的，以便让避难的要员在内部进行指挥。可是，由于这是军部的机密线路，安保措施一定很森严。另外，因设施已经停止运转，发挥中继节点功能的终端现在乱得就像一盘散沙。就好比要过一座吊桥，可是桥上的木板却一块接着一块地坠落下去。

"先控制住燃烧供应系统。"坐在转椅上的太宰先生将手在脑后交叉，在椅子上转来转去，"为了销毁证据，这里的研究资料都会在人员避难完成后，跟设施一起烧掉。所以，燃烧供应系统应该会留到最后才关机。就把那里当作立足点，控制住整个设施。"

"好的。"

与其他设备（比如维持生命和警备系统、主记忆装置等主干系统）相比，燃烧供应系统很容易就被控制了。然后，本机用控制的处理器向其他设备发出控制命令,继续扩大控制范围。

"应该不会有事吧?"

本机一边与系统搏斗,一边出声道。

"有什么事?"

太宰先生抬头看向本机。

"魏尔伦。如果我们找到了中也大人,后面就要与魏尔伦开战了。我们真的能打赢他吗?"

"谁知道呢。"太宰先生不感兴趣地回答,"我当然会想想打赢的办法啦,但打不赢也无所谓吧,不就是死嘛。关于魏尔伦这个人,我只能确定一件事。"

太宰先生放下双手,用比机械还要冰冷的目光看向本机。

"能用单纯的肉搏战打赢魏尔伦的人类,全世界都找不出一个。"

狭窄的室内掀起了狂风。

极小的太阳在拳与拳的碰撞间产生又消失。空间因重力与重力的碰撞而被压缩击溃,又恢复原状。只有冲击波在室内肆虐,吹倒桌子,使电子机器刺入墙壁之中。

"你就这两下子吗,中也?"

魏尔伦嘶吼道。他的拳头只是掠过,就让墙壁像点心般裂开,剥落。

中也穿过一旦被命中就会丧命的陨石阵,使出下段踢。魏尔伦集中防御的重力。可是中也的踢击却在击中之前改变了轨道,变成以魏尔伦的身体为目标的中段扫腿。

中也的踢击命中目标,魏尔伦发出呻吟。

可是脸色变得苍白的,却是攻击成功的中也。

魏尔伦的五指抓住将体重集中到踢击上的中也的脸。不等他做出抵抗的反击，魏尔伦便举起中也，将他砸在墙壁上。

墙壁出现放射状的龟裂。

中也一边痛得大叫，一边抓向魏尔伦的手想把他拽开。可是他抓了个空，魏尔伦的手臂已经换了地方。

下一刻，魏尔伦的前踢击中了中也的身体。

中也背后的墙壁粉碎。中也不仅承受了仿佛被大卡车剧烈撞击般的冲击，还夹在墙壁和踢击中间，他喷出一口鲜血。因为他无法跳到后面来遏止冲击，所以这一下受到的伤害比之前受到的任何攻击都要大。

中也的身体撞碎墙壁，飞到隔壁房间，继续撞碎墙壁飞到隔壁，再撞碎墙壁飞到隔壁。因一记踢击便飞过了两个房间的中也被砖瓦和沙砾埋了起来，从魏尔伦的视野中消失。

魏尔伦放下腿，看了看自己的伤口。血从桩子钉过的部分流出来，弄脏了衣服。伤口很深。

"中也，你为什么不明白？"魏尔伦瞪着沾到手上的血液，皱起眉，"我们的争斗毫无意义。"

然后，他的目光落在了掉到地上的铁板上。那是已经被拆开的桌子的灰色桌面。魏尔伦用脚尖将它勾起，让它浮在空中后，将其踢飞。

铁板破空滑翔，插入想沿着墙壁逃走的N面前。

"呜！"

"你觉得我会放你走吗？"

魏尔伦抓着N的脖子把他拎起来，轻轻按在墙壁上。

"你是一定活不过今天的。"魏尔伦的视线中亮起了从未有过的光，那是愤怒的光，"我能在你体内看到邪恶，比任何恶都要漆黑的黑暗。"

N露出僵硬的笑容，用嘶哑的声音说："你这种杀手……也有资格这么说吗？"

"有些时候，生比杀更邪恶。"

魏尔伦的手指慢慢用力。重力发生，周围的风景开始变形。

"等……等一下！听我解释！"

"不听。"

魏尔伦说着，收紧手指。能够压扁一切重量的超重力即将压断N的脖子。就在这时，N大叫了一声：

"我要是死了，你自己的秘密也会消失的！"

魏尔伦的手指停住了。

时间流逝，一秒钟、两秒钟……没有人说话，没有人移动，甚至没有人眨眼。

"你说什么？"在五秒钟的静止后，魏尔伦用低沉的声音说。

"我没骗你。一切都会消失的，包括你最想知道的那个'温柔森林的秘密'。"

吸气的声音响起。是魏尔伦的声音。

"混蛋……"

拳头发出声响。是魏尔伦的拳头，没有抓住N的那只自由的拳头。

拳头随即砸了出去，冲击让整个房间都摇晃起来。

那只拳头砸碎了N脸侧的墙壁。冲击让墙壁呈蛛网状碎开，脱落的瓦砾哗啦啦地掉下来。

"你要是敢骗我，我就让你好看。"魏尔伦的声音低沉得像来自地狱之底，"如果被我察觉到你有一句在说谎，我就把你的骨头一根根地，活生生地拽下来。"

本机入侵了十八个端口中的十二个。完全掌控第二第三运算核心之后，本机利用它们的运算能力向第四第五核心发动攻击。一切顺利。照这个形势下去，几分钟之内就能获得寻找中也大人所必需的警备系统了。

可是，后面的行动才是问题。

"没有人能在肉搏战中打赢魏尔伦……"本机回想太宰先生的话，"这就表示，没有战胜魏尔伦的手段，是吗？"

本机看向太宰先生，他用看穿一切的目光说了句"关键就在这里"。

"我就是为了知道这件事，才一直在拖延时间。"

说着，他从怀里掏出一本手册，是刚才本机见过的那本皮革手册——《兰波的手记》。

"他不仅有重力异能，还拥有谍报员的技术，可以说强到犯规，等于没有弱点。但是他有害怕的东西。"

"害怕的东西？"

"就是他自己。"太宰先生露出了神秘的笑容，"就像'荒霸吐'之于中也一样，对他来说，'自己体内的特异点'也是很棘手的难题。一旦失控，它就会把自己连带周围的事物一并消灭，令擂钵街的噩梦卷土重来。"

擂钵街的噩梦。

本机搜索知识存储器。太宰先生说的恐怕是九年前的爆炸案。中也大人体内的"荒霸吐"失去控制，将整个大地挖走一块，只留下了一个直径两千米的巨大陨石坑。这就是特异点真正的威力，不属于人世之物的显现。

而引起那桩惨案的怪物，同样也沉睡在魏尔伦的体内。

"'温柔森林的秘密'，"魏尔伦的声音干哑又愤怒，"为什么你会知道？"

"人造异能者保罗·魏尔伦，"N温柔地说，像是要岔开这个话题，"在你的体内沉睡着一名暗黑之主。那是另一只'荒霸吐'。与出生在研究机构里的'荒霸吐'不同，你体内的恶魔，是仅由一名异能者构建而成的。而你亲手杀掉了它的造物主。所以，你永远也无法知道与沉睡在自己体内的怪物有关的情报了。你害怕它显现。"

"那又怎么样？"魏尔伦用烦躁的声音问道，"你是想说你知道我体内的那东西？"

"你猜呢？不过，如果说这个世界上有人知道它的话，那除了我之外，不会有别人。"

N一边说，一边慢慢移动右手。那只手被魏尔伦的手臂挡住，处于他的视线死角。N的手像蜗牛一样谨慎移动，指尖缓慢靠近他的口袋。

"我们之所以能创造出'荒霸吐'，是因为军方的特务机关经由F国的谍报网得到了与你有关的资料。看到那份资料的时候，我真是不寒而栗啊。把你创造出来的人类是个恶魔，正常人根本不可能产生那样的想法。"

N的手指紧紧捏住口袋里的操作面板。那是在黑色的圆筒形水槽前，他交给中也的那个远程操作面板。

"我能做出来的最大的邪恶，充其量也就这种程度罢了。"

他按下按钮。

天花板顿时碎了。

魏尔伦头顶的天花板在冲击下破碎，与瓦砾一起砸了下来。而一同下来的，除了瓦砾还有别的东西。

那是青黑色的液体。魏尔伦迅速伸出双臂发动重力，挡住了瓦砾，可是有什么东西从瓦砾和液体之间落了下来。

魏尔伦被踢飞出去。

水平飞出的魏尔伦狠狠撞在里面的墙壁上。他的脸上除了疼痛，还有惊讶。因为这世上不可能有人能够贯穿重力的防御将他弹飞出去。

"你觉得我的撒手锏只有这根破烂通电链条吗？"

N笑了。就在这时，释放出踢击的人落在了他的身旁。

那是一具白骨。

它的身上挂着输液管和监测生命体征的各种细线，身上只穿了一件实验时使用的合成树脂外衣。这是刚才在中也的臂弯中咽气，肉体溶化后只留下一具骨架的人类，即中也的原型。

当理解这具白骨真实身份的瞬间，魏尔伦的脸庞染上了愤怒的颜色。

"混蛋……"

"这可不是欧洲的山寨货，而是我们的专有技术。让他尝尝破坏的命令式。"

白骨跳了起来，带着裂风之声向前冲去。没有肌肉，仅靠操纵重力提升速度的白骨狠狠撞向魏尔伦。

魏尔伦抓住它的双肩想阻止它，却没有完全遏制住它的势头，这让魏尔伦的脚后跟在地板上划出一道裂痕。

二者的重力势均力敌，在房间中央形成一个小小的重力旋涡。

尽管被架住了，但白骨依然张开口腔想去咬魏尔伦。没有肌肉的下颌微微颤抖，嘎嗒作响。

"你很痛苦吗？"

魏尔伦眯起了眼睛。他的声音能听出微弱的情感波动。

"对不起……不过，这个世界上已经没有供你生存的地方了。"

魏尔伦提高了异能输出。白骨带着挤压的声响跪在地上，被压向地板。

"我会带你回到地上，会让你在能看到星星的地方安眠。但是，你现在要乖乖地等一等。"

魏尔伦让重力换了个方向，白骨随即向空中飘去。周围的瓦砾也在重力场的影响下飘浮起来。

魏尔伦松开手。

被压缩的重力场为了寻求出口而涌过来。由于魏尔伦故意将重力场的出口限定成了一个方向，所以白骨便向着那边猛然加速，像一枚水平射出的炮弹一样被轰了出去。

它撞到墙壁之后也没有停下来，而是贯穿墙壁继续旋转。只见白骨身缠钢筋与瓦砾，迅猛撞开天花板和墙壁，继而刺入深处的墙壁，这才终于停了下来。

魏尔伦一直站在原地。

他盯着白骨飞出去的方向，眼中透出无数情感凝聚而成的暗影。

他紧紧地咬住后槽牙，毫不留情地一拳砸向手边的桌面。早就因破坏的余波而变形的桌子整个被砸扁，变成了中间凹进去的形状。

这时他才环视室内，但N已经不见踪影。

N已经搭乘紧急避险电梯逃走了。

魏尔伦走向房间深处，撬开电梯门，电梯厢已经不见了。它正载着N向地上移动。

魏尔伦神色未变，抓住垂下来的缆绳用力一拽。瞬间便听到头顶传来的尖叫声、几根钢材的断裂声还有确保安全的紧急制动装置坏掉的声音。

眼见电梯厢落了下来，魏尔伦只用一只手就接住了。

他撬开门，把N从里面拖出来。

"我要杀了你。"魏尔伦的眼中没了愤怒的火焰，只有像打翻的沸腾污泥一样黑黢黢的憎恶，"但我不会用杀手的做派。我会用从来没用过的方式，给你充分的时间让你懊悔自己的所作所为，然后在你处于疼痛、后悔与渴望死亡的绝望中时杀掉你。"

侧腹非常痛。

神经一跳一跳地动着，一想起身，侧腹那里就传来一阵令人不悦的黏腻感。

中也用手指摸了摸疼痛的根源。是一根铁棒刺穿了侧腹的肌肉。

应该是他被打飞出去撞破墙壁的时候，被建材刺穿了侧腹吧。铁棒的一端从侧腹伸了出来，由于他还被埋在瓦砾里，所以不清楚从后背伸出去的铁棒有多长。

中也被魏尔伦一击打飞之后，贯穿了几个房间，砸在墙壁上，被埋在了瓦砾下面。想操纵重力来防御所有冲击是不可能的。他现在全身都在流血，侧腹的伤口尤其严重。

中也很少受伤，所以不习惯通过疼痛来推测伤口的深浅，或是通过负伤状态来判断危险程度。就算偶尔在任务中受伤，他也会因为港口Mafia优秀的医疗人员的医术，不出几天便得以痊愈。

优秀的医师，比如外科医生那样的。

同伴的名字让中也的心冷静下来。外科医生已经不在了。不止他，他的同伴已经全部……

中也试图站起来，不顾伤口，无视疼痛。新鲜的血液从他的侧腹喷涌而出。

"我不能……停在这个地方……"

他用双腿站稳，想借起身的势头把铁棒拔出来。

紧接着，一股冲击传来，又把中也弹了回去。他对这冲击感到措手不及。

铁棒再次深深地扎了进去，鲜血随之溅出。

"啊……"

中也抬起头，看到一具白骨。

白骨的身上缠着输液管和细线，穿着实验使用的合成树脂外衣，这是一副因重力而勉强维持住形状的苍白骨架。现在，它就骑在中也身上，企图压扁他的身体。

"你……"中也呻吟着发动重力抵抗。过剩的重力让彼此的身体挤压出了哀鸣。

"住手!"中也大叫,"这么做有什么意义?你就是我啊!"

可是白骨不明白他的意思。它只是服从破坏的命令式,想击溃最近的异能者而已。它的杀意是显而易见的,无形且没有道理。

骨头与骨头相互挤压,不知道是谁的骨头发出了声音。白骨释放的重力渐渐超越了人体能够承受的上限。

中也的额头冒出冷汗。

虽然白骨不介意自己粉身碎骨,但中也不行。可如果他们继续进行重力相扑的话,因为他们的肉体拥有相同的耐久力,所以他们会同时被击溃。

必须要想想办法,可是敌人就是自己。

侧腹很痛,非常痛。

喂喂。

喂喂喂。那是啥?骷髅?不会吧。

白濑揉了揉自己的眼睛。不是幻觉。周围正在扭曲变形,因为重力场的异常,沙石都浮在了空中。

也就是说,那个地方正在发动重力异能,中也就在那里。

由于太过害怕,白濑手里抱着的衣物袋差点掉到地上,他慌慌张张地重新抱好。

衣物袋里面装的并不是衣物,而是值钱的赃物。他在寻找逃生路线的路上,顺便钻进研究设施把值钱的东西搜刮了一通。毕竟现在这里一个警卫和研究员都没有。而且研究设施里用于激光发信装置的宝石和高速运算终端等物堆积如山,如果把它们卖掉,就可以大赚一笔。

白濑想过了，反正这些东西都会因为销毁证据而被烧光，那还不如让它们变成重建"羊"的基石和经费更有价值。他简直就是天才。

他趁火打劫了一路，然后迷了路，稀里糊涂地进了这个房间。

白濑探头探脑地环视四周，除了中也和白骨外，没有其他人存在的迹象。他们看上去正在战斗，他可以隐约看到中也痛苦的神色。

"中也！"

白濑条件反射地跑过去，又连忙停住。

"我在做什么，到那里去不是送死吗？被卷入两个怪物的斗争里也太蠢了吧。我可不是这种白痴。我得明智地、稳妥地应对。这才是我活到今天的准则。"

战斗是中也负责的部分，受伤也是。让敌人铭记他们的可怕也是中也的活。他们负责的是除此之外的任务。当然了。那家伙那么强，承担强者的责任是理所应当的。

可是今天的中也，却虚弱得一反常态。

正在战斗的中也遍体鳞伤。白濑从没见过那样的中也。他看上去，就好像是和自己同龄的少年一样。

不，不是好像，中也就是同龄的少年。白濑突然意识到这一点。

可就算是这样……就算是这样，也不关他的事。

"管他呢！我要逃出去！就算只有自己也要逃出去！什么战争的兵器，什么异能力的真相，这些你们就自己去研究吧！我只想快乐地活下去！"

白濑小心地抱着衣物袋，转身迈开步伐。

他的步子迈得很大，就好像每走一步都要留下一个脚印。

白骨的重量增加了。

除了彼此的骨头摩擦的声音，还有更为低沉的声音，恐怕是地基建材慢慢变形的声音。如果是普通人类的肉体，想必早就和地板融为一体了。

"住手……"中也从慢慢被压扁的肺中挤出耳语般的声音，"你就是我啊……"

他的眼中闪着迷茫的光。

白骨的下颌发出声响。没有一丝光线的漆黑眼窝俯视着中也，那里面没有情感，什么都没有，是完全的虚无。

从那眼窝之中，从那虚无之中，中也看出了话语。可能是错觉，但他无法阻止词语从脑中浮现出来。那是一句没有意义的话，他总觉得是这具白骨发出的——

"明明你才应该变成这样。"

"你，就是我。"中也瞪着与人类这个词相距甚远的白骨说道，而他根本意识不到自己正在说什么，"那么，我又是谁呢？"

重力继续增强。象征着死亡的白骨的脸逼到眼前。

就在这时，有人发出了叫喊声。

"啊啊啊啊啊啊！"

一个人的身体撞了过来，将白骨横着撞飞出去。

白骨与人影抱成一团在地上滚动。

中也瞪圆了眼睛，他认识那个人。

"白濑?!"

滚倒在地的白濑喊破了嗓子，叫着让人听不懂的话站了起来。

白骨将所有的重力全部向下施加给中也，对横向飞来的冲击全无防备。冲击力导致它的右臂尺骨脱落了，可是这对它的活动几乎没有影响。它张开下颌，意欲咬死白濑。

白濑举起衣物袋，袋子被白骨咬了个正着。里面的高级宝石和电子器械发出了断裂的声音。可是宝石的硬度比骨头和钢铁的大，白骨的下颌骨纵向裂开了。

"你傻啊白濑！快逃！"

"呜啊啊啊啊啊啊！"

白濑闭着眼睛挥舞双手，手碰巧勾到连在白骨脊梁骨上的输液管。

输液管掉了下来，青黑色药液从里面滴滴答答地流出。白骨一下子歪倒在一边，动作停顿了几秒钟。

中也察觉到这点，大叫道："白濑！把那家伙的管子拔了！全拔了！"

白濑不明所以地挥舞双手，过了片刻才明白中也的指示。于是他沾着药液滚过去，一把将白骨那像尾巴一样拖在后面的管子和细线全部抓在手里，然后往自己的方向用力一拽。

连着隔壁房间的管子从白骨的脊梁骨中拔了出来。

白骨张嘴大叫。

只有骨头的身体没有发声器官，它无法通过喉咙的震动发出叫声。那是重力的残渣，是渐渐消失的异能之力震动了骨头，让它像乐器一样共振发出的声音。那是灵魂即将消失的凄惨共振声。

可那听上去，也像是少年临终之时发出的哭声。

不久之后，失去命令式信号与活动力供给的白骨像鞠躬一样弯下腰，头颅落地。失去重力带来的整合力，整个身体都四分五裂地崩塌了。因之前的攻击造成的裂缝扩散到全身，白骨变成了无数白色碎片。

白骨就这样消失了，仿佛从一开始就不存在一般。

中也呆呆地望着它，过了一会儿才慢慢站起来。

"白濑。"

中也按着侧腹看向白濑。

"干吗？"

中也盯着全身沾满泥土和青黑色药液的白濑，好像想说什么。他打量了白濑几秒钟之后，开口道：

"你现在真是脏死了。"

"要你管!"

中也伸出手去,白濑抓着他的手站起来。

"走吧,先和亚当会合。"

"嗯。"

白濑和中也并肩迈出步伐。

白濑悄悄瞥了中也一眼,他遍体鳞伤,身上全是尘土与血迹。跌打伤多到数都数不清,侧腹还在流血。

"喂,中也。"

中也回过头去。

白濑的表情像是在说,必须要告诉他一些事,必须要感谢他一些事。

中也沉默地等待着。

白濑说道:

"你现在真是脏死了。"

中也垂下眼帘笑了:"要你管。"

当本机冲进那个房间的时候,第一个冒出来的想法是"这里是被恐龙肆虐过吗?"

室内的破坏程度很符合本机的想象。桌椅都看不出原本的形状,破碎的地板高高低低,墙上有两个人类那么大的洞。没有一件家具在原本的位置上,连本机都无法在第一时间分辨出这个房间本来是做什么用的。

可是,本机的注意力并没有过多地放在房间的惨状上,因为有优先级更高的目标等着本机去处理。

那就是暗杀王魏尔伦。他站在房间的深处,正望着这边。他的手抓着科学家N的脖子,手势非常随意,就好像抓着一只正在睡觉的宠物狗的颈圈一样。

"救……命!"N用颤抖的声线对本机说。

本机迅速举起枪,说:"请放开他。"

"你说他?"魏尔伦像是没想到本机会提出这个建议,"你不是人类,所以你应该可以用逻辑思考吧。这种人渣有什么保护的价值吗?你要为了这种家伙战死吗?"

"本机的存在理由是保护人类不受他人侵犯。"本机用枪对准他说道,"本机不具备判断保护的目标人类是否人渣的功能,也不想具备。"

"真让人羡慕。"魏尔伦露出嘲讽的笑容,将视线落在手上,"别担心,我不会杀他的……不会这么轻易就杀掉他。"

这时,本机的身后忽然响起一个声音。

"就算你把他带回去严刑拷打,也问不出什么东西的,魏尔伦先生。"

魏尔伦看向声音的来源,露出了有些意外的表情。

"太宰……"

"嗨,没想到在这里遇见你,真巧啊。"

太宰先生像是在自己家附近散步一样,踩着轻快的步伐走到本机身边。

"你会到这里来,就表示……原来如此,你背叛我了?"

"什么背叛啊,传出去多不好听。我从一开始就是这边的。"

"这边的?像你这样的人,也会站队吗?"

"呵呵……和你聊天果然很开心呢。"

太宰先生露出让人琢磨不透的笑容。

太宰先生和魏尔伦,这两个超凡的人带着常人无法理解的微笑,沉默地注视着彼此。

在他们二人对话的期间,本机运行了即将展开的战斗评价模组。我们有手枪。可是不管怎么计算,得到优势胜利评价的概率都不超过0.1%。

在这种情况下开枪是下下策,在情况生变之前,只能等待了。

可是,情况的变化来得比本机想的还要快。

"啊……魏尔伦先生。"太宰先生察觉到了什么,"你最好把头低下。"

太宰先生一边说,一边把头低到了胸口的高度,魏尔伦露出诧异的神色。

下一刻,瓦砾像炮弹一样飞来。

一块瓦砾从太宰先生的头顶穿过、碎裂,另一块则砸到了魏尔伦的身上。魏尔伦反射性地举起手臂防御,瓦砾碎成了渣,飞得到处都是。

"你干什么啊,太宰混蛋?"一个饱含怒气的声音从天而降,"未经我许可别随便进入我的视线范围!"

"嗨,中也,被拷问的滋味如何?"太宰先生皮笑肉不笑地说,"其实我也可以在你被玩坏之前救你的,但那样就太没劲了,所以我没有采用这个方案。"

"混蛋!"

魏尔伦呆呆地望了片刻,然后像明白了似的点点头:"原来如此,这就是你们啊。"

中也大人和太宰先生并肩而立。虽然让人意外,但是又有一种莫名其妙的完美感。

他们是两名性格截然不同的少年。

"我听说,你们仅凭自己的力量就把兰波杀掉了。"

"你要替他报仇吗,魏尔伦先生?"

"不,"魏尔伦摇摇头,将视线送到某个远处,"在你们下手之前,他就已经死了。在我的心中。从九年前,我对着他的后背开枪的那一刻起。"

太宰先生看着他的表情,向前迈出一步。

"魏尔伦先生,你知道我为什么会像这样走到台前来吗?"太宰先生的表情流露出聪明的算计味道,"因为我已经争取够时间了。你会以与港口Mafia为敌的罪名死去。"

尽管听到了冰冷的死亡宣告，魏尔伦仍然只是耸了耸肩，"这可不好说啊。我至今不知道收到过多少这种威胁了，但最后每一次都没有实现。"

魏尔伦抓着害怕的N的脖子后退，本机的枪口追着他的身影。

太宰先生静静地说："你的异能虽然很强，但能做到的事我几乎都掌握了。接下来只需要用比你更强的力量压制你就好。"

魏尔伦忽然笑了起来，很愉快的样子。

"你掌握了我的力量？"

魏尔伦举起手臂，朝向天花板，然后一下子敛起笑容。

本机的测量仪器一齐尖叫起来。

"糟糕。"

本机想这样说，可是声音被吸走了，房间里的光消失，瞬间的迟滞后，冲击波穿堂而过，随之而来的还有黑光。

不知道过了几秒钟。

因为强大的电磁波的影响，本机的表面传感器刚才黑了片刻。恢复过来之后，本机立即查看起外界来。

中也大人和太宰先生都平安无事，也没有离开刚才所站的位置。

他们并肩仰望天花板，面无表情地张着嘴。

本机也跟着他们的视线望去。

天花板消失了。

"喂，混蛋太宰，你说你已经基本掌握那家伙的力量了对吧？"

"对。"

本机意识到，自己正沐浴在冷风之中。风从外面吹来，从天空吹来。

"你真的……连这个也掌握了吗？"

上方有一个巨大的筒状隧道。

有十几层楼那么深的地下设施的所有天花板都被贯穿了，这条隧道笔直地伸向地上。被刨空的地板变成了同心圆状的连环，一直延伸到远方。而在连环的对面，本机能看到被切成小小一块的黄昏的天空。

　　N和魏尔伦都消失了。

　　没有人说一句话。

　　我们只能带着某种不属于这个世间的东西即将出现的预感，祈祷一般地仰望着这条隧道。

[CODE:04]
汝，阴郁而污浊之宽容

下列内容摘自兰波的手记。

■■■■年 ■■月

记　特殊战力总局（DGSS）　作战部　特殊作战群　谍报员 ■■■■

晴　傍晚　下弦月

小家鼠在奔跑，
变成灰色黄昏中的一抹黑。
鼠中贵妇在奔跑，
变成黑暗中的一抹灰。
我叼着烟斗，仰望月亮。
无所事事，不亦乐乎。
待烟斗灭了便走吧。
在我的奔跑之后，在鞋底敲打地面的清脆声响起后，
想必只会留下死亡、尸体、鲜血、苦闷和非业。

■■■■年 ■■月

记　特殊战力总局　作战部　特殊作战群　谍报员 ■■■■

雨　夜　下弦月

从老鼠的地窖中爬出来之后，我写下了这段文字。

我在一个漏雨的土坯房里，不知何处传来漏雨的声音。床头的手提灯太暗了，暗得连桌子上的葡萄酒都看不清楚。这段文字肯定也很难看吧，但眼下顾不了这些了。

因为我想把发生的事第一时间记下来。

就在两个小时之前，我还在反政府势力"革命五月"的秘密地窖里。一切都结束了。在上面的人看来，结果再好不过。

可是，我并不觉得这次的计划成功了。

在我进去的时候，所有成员都已经在地窖里聚齐了。而最后，他死了。

我之所以用"他"，是因为组织成员只有他一个人。

他是反政府运动的主谋异能者，人称"牧神"。我和他打了一架。他很强，不仅如此，他还有秘密武器——他仅凭一人之力创造出了人工异能生命体，名叫"黑12号"，一个可以自如操纵重力，化解一切物理攻击的怪物。牧神用命令式将那个生命体操纵在股掌之间。

不过，我们的情报部这次立了大功。要是每次都这样就省事多了。

他们提前掌握了一个情报：输入的命令式需要"黑12号"吸收一种特殊的金属粉才可以运行。所以，我只需要把那个产生金属粉的机器破坏就可以了。

从命令式中解放出来的"黑12号"像是解除了洗脑状态一样清醒过来，袭击了创造他的主人——牧神。

当时的情景真让人毛骨悚然。"黑12号"只是握了一下手掌，一半的设施就消失了，包括牧神的上半身。

事后，我把失去意识的"黑12号"搬了出来。现在他就睡在这家便宜的旅馆里。

他今后会有怎样的命运呢？会被政府处理掉吗？

我太冷了。

总觉得壁炉的火离我好远。

■■■■年 ■■月

记　特殊战力总局　作战部　特殊作战群　谍报员　■■■■

晴　正午　强东风

我穿着厚厚的外套，戴着耳罩和毛皮手套，穿着保暖内衣，写下了这段文字。

刚才我和联络员在咖啡厅聊了一下，得知了"黑12号"的处境。

因为太意外了，我不由得问了三遍。

政府想与"黑12号"合作，因为他有利用价值。

他曾经是"牧神"的看家狗，知道很多反政府组织的网络情报。政府要锻炼他，让他当谍报员。而负责教育与监视他的任务，就落到了我的头上。

我来教育别人？

我能做到吗？

这份工作不能与外人发生联系，因为对谍报员来说，朋友和恋人都会成为弱点。所以我的双亲和曾经的恋人都以为我死在监狱里了。

这样的我，能够去教育别人、指引别人吗？

我不知道。但是，如果我能办到呢？

我舍弃了过去，舍弃了名字，只能被别人用代号称呼。我将要为了他人，为了国家，为了新生的朋友去做事。—这样想，我就有种雀跃的感觉，连我自己都很意外。

我的出生与死亡恐怕是不会让后世知晓的。我死后,能得到的只有一块裂痕斑驳的无名墓碑。但是这样就够了。只要我能在死前为他人留下什么东西就足够了。

我接到的第一个任务,就是给"黑12号"取一个代号名。

名字我已经想好了,就叫保罗·魏尔伦。

这是我曾经从父母那里得到的,真正的名字。

保罗。当你看到我的这本手记的时候,就是你得知自己秘密的时候。上天保佑,那一刻对你来说,是值得祝福的时刻。

■■■■年 ■■月

记　特殊战力总局　作战部　特殊作战群　谍报员　■■■■
阴　夜　看不见月亮

真是不敢相信。"温柔森林的秘密"居然成功破解了。那里沉睡着最凶残的猛兽。

那里有魏尔伦的

（后面的内容由于纸页破损的缘故,无法猜读）

在青蓝薄暮的一隅,月亮悄悄探出头来。

森鸥外正在行驶的列车中昏昏欲睡。

窗外是深蓝色的夜晚以及窃窃私语的黑色林地。在遥远的对面,能看到横滨小小的路灯一下一下地眨眼,就像几万光年之外的星星。

列车里一个乘客都没有,只有望不到头的一排排沙发椅。

森鸥外将手肘支在窗边的扶手上,托着头浅眠。他的眼睛下面微微浮现出两道黑色阴影,看上去很疲惫。

因为他此时正在逃亡,逃离暗杀者的追杀。

如果坐车逃的话,很有可能会被查到。对方原来是谍报员,还是经过欧洲政府培训的高手,必须要出奇制胜才有活命的机会。

于是他买下车站和一整辆火车,关闭所有监控录像,开辟了一条不存在的车次。

抵达藏身地的时间应该是明天早上。

列车离车站越来越近,伴随着车内广播,列车开始慢慢地减速。这趟铁路列车必须伪装成没有任何可疑之处的正常班次。它要按规定时间抵达车站,按规定时间发车。只是不会有人下车,也不会有人上车罢了。

车到站了,森鸥外还闭着眼睛。

当他醒过来的时候,他应该已经身处安全的地方了。

又或者是,他永远都不会醒过来。

究竟哪一种才是真正的结局,只有上帝知道。

"求……求求你饶了我吧!把我从这里放下去!"

尖叫声撕破了夜空。

"放你下去?为什么?"

一个柔和的声音回答。

高处的风带走了两个人的声音。

这两人现在就在塔式起重机的顶点。

这台起重机是给正在施工的高楼运送资材的。他们所处的顶点,大概在横滨的街道与飞机飞行的领域中间。

"我本来就没绑着你,也没把你打到走不了路的地步,你要是想下去的话,随时都可以下去啊。"

用温柔的声音说出这番话的人是魏尔伦。他正悠然自得地坐在铁制悬臂的前端,视线投向美丽的夜景。

"开什么玩笑!人类怎么可能从这种地方走下去?"

N趴在地上,脸色惨白地紧紧抱着钢筋,他怕自己只要稍微抬头,整个人就被高处的风吹走。到那时,失去平衡的身体只会投向那个地方的怀抱。

魏尔伦把N从设施带出来之后,利用重力异能走到了这里。他沿着高塔钢筋的侧面向上走,就像在步行者天国(注:东京银座的商业街)漫步一样轻松自在。

"这地方不错吧?"魏尔伦用柔和的声音说,"最适合说悄悄话了。"

N连头都抬不起来,他的全部注意力都放在自己汗津津的手有没有抓牢钢筋上。

"你想……知道什么?"他用奄奄一息的声音勉强问出了这句话。

"把你知道的有关'温柔森林的秘密'的事全部说出来。"

风又大又冷,带着轰鸣声从二人中间穿过。可是魏尔伦温柔的声音完全没有被风声盖住,清晰地在起重机的顶点响起。

"我不能说。"N蜷缩着看向魏尔伦,"那个情报是我的救命稻草。如果我说了,我在你眼里就没有价值了,就会被你杀掉。"

"你说不说我都要杀你。"魏尔伦从怀中掏出一颗洋梨,边啃边说。N的脸僵住了。

魏尔伦站起来,俯视着N,用冷冰冰的声音说:"你应该知道,'温柔森林的秘密'是一个标题,是'牧神'书写的人造异能生成操作指南最后一章的标题。政府回收了那本操作指南,而我看到了它。可是那本操作指南最后一章的六页内容被删掉了。我猜应该是政府有意藏起来的。可是你却通过谍报的门路，用等同于盗窃的方式把操作指南弄到了手。那你应该看过包括最后一章在内的完整复印本。回答我，最后一章'温柔森林的秘密'的六页里写了什么内容？"

"就算我现在告诉你上面的内容，"N的声音很僵硬，"你会相信吗？"

"那要看你说的内容是什么了。"

"我看过的那本操作指南，从一开始就没有最后一章，我什么都不知道——就算我这么回答，你也不会相信，不是吗？"

"如果真是这样的话，那你之前为什么会说'温柔森林的秘密'这句话？因为你知道那一章的重要性，不是吗？"

N垂下视线答道："那一章被人故意弄没了，里面肯定有什么东西。我只是情急之下一时想到的而已。"

"别开玩笑了。"

"当时我可是处在命悬一线的紧要关头，脑子里想的是必须得说点什么，说什么都行。其实说出那句话的时候，连我自己都被吓到了。"

魏尔伦一言不发地俯视N，就像在看一只虫子的尸体。然后他说了一句"这样啊"，走向N，抬脚放在N的肩上，轻轻踩下去。

"等、等一下！"N抓着踏板，死死撑住自己开始歪斜的身体，"我真的不知道！我只知道是谁把那一章给删掉的！是一个叫兰波的谍报员，是他删的！"

魏尔伦的脚一下子停住了："你说什么？"

"兰波得到报告书之后，在提交给政府之前把那一章给撕掉了，所以那一章的内容只有他自己知道。F国政府内部的奸细可以作证。我什么都不知道！"

"兰波……"魏尔伦把脚收回来，眼神仿佛在回顾过去，"不可能。他不可能有事瞒着我。"

N调整着紊乱的呼吸，抬起头看魏尔伦，说："一个人的内心是无法被他人看穿的。"

"除了他之外。他当年一直很信任我。"魏尔伦的目光在空中彷徨,"过去的我只有一个叫'黑12号'的代号,是他把他自己的名字给了我,然后把自己用在谍报上的代号改成了我原创的名字'兰波'。我们互换了名字,这是他的提议的。"

魏尔伦摘下自己的帽子。在帽檐的内侧,有一个小小的"兰波"。

"他很强。与我势均力敌的异能者,在组织里也只有兰波一个人。我们是搭档。不仅如此,他还把我当成了挚友。其实这对我来说,是一件很光荣的事。"

魏尔伦看向就在他身旁的无垠夜空,然后说道:

"可是我并不喜欢他。"

一阵风从魏尔伦的身侧冷冷地掠过。星星沉默地眨了眨眼。

"不……喜欢他?"

魏尔伦用冰冷的目光俯视N,然后重新戴好帽子。

"我说得有点多了。"他像是对对方失去兴趣一般移开视线,"虽然我还想再问问你,但是我也是很忙的,还有一项紧急工作没有做。在太宰准备好之前,我得去完成最后的暗杀。所以,等我回来再接着问你。在此之前,你就好好欣赏夜景吧。"

说完,他转身背对N迈出步伐。

"等……等一下!至少让我下去啊!"

"让你下去?"魏尔伦一脸不明所以地回头看他,"你自己下去呗。很简单,只要迈一步就行了。"

N脸上的血液刷地一下退去,脸色苍白如纸。

魏尔伦头也不回地迈出一步,消失在笼罩大地的黑夜之中。

列车司机将一只手放在操作杆上,注视着眼前的黑暗。

他已经有二十七年的工龄了，是一名技术纯熟的老司机。即使刮风下雨，即使是在足以改变地形的轰炸不断降临的大战之中，他也没有放开过操作杆。

可就算在他看来，今天的工作也处处透着诡异。

先是他工作的铁路公司在一夜之间被人买了下来，包括列车和运行表在内。然后他接到了临时运行列车的命令，还是一辆只有一名乘客的列车。哪怕他向上司抗议，也只得到了"别问那么多，开你的车吧"的回答。

对了，还有一句：

"如果你逃了，会有更可怕的事情发生。"

司机重新将视线投向眼前的风景。树丛都没入了黑暗之中，能看到的只有银色的铁路轨道和黄色的车头灯。只有它们为列车指明前进方向的路标。

上司说的话恐怕是真的。其他城市还好说，但这里可是魔都横滨，什么事都有可能发生。他也没兴趣去找那唯一的一名乘客搭话，说不定这么做只会让自己的脑袋从脖子上掉落到自己的胸前。

就在这时，仿佛海底般一望无际的黑夜里似乎有什么东西动了动。

他那双经过训练的眼睛准确捕捉到了离这里很远的动静。是动物吗？不是。是被风吹动的树丛？不是。

是人。

有一个人站在铁轨上。

不好。他的身体反应比大脑更快一步，拉下了制动杆。

压缩空气得到释放，车辆的减速装置发出了刺耳的金属声。但是来不及了。列车狠狠地撞在了人影上。

可是，那个人影却把列车停了下来。

列车受到了惊人的作用力，前面的车厢前倾着跳了起来。后面的车厢也被拽着跳离轨道，滚向树林。

列车化作一条暴虐的铁蛇破坏周围的大地,在扫倒了一片树林之后,终于停了下来。

将这起事故从头看到尾的人影——魏尔伦满意地笑了。尽管他从正面挡住了列车,却没受一点伤。他向森鸥外所在的车厢走去。

他越过半埋入地下的车厢,经过因电力系统故障而开始起火的车厢,来到要找的车厢。

森鸥外趴在地上。整个车厢侧翻在地,墙壁变成地板,天花板变成墙壁。他背对着魏尔伦,一动不动。鲜血慢慢在他的身体下面汇聚成一个血泊。

他事先调查过目标的异能。身为前谍报员,没有什么秘密是他挖不出来的。森鸥外并不具备能够承受得住这种冲击的异能。

"太轻松了。"

魏尔伦嘀咕一声,走近目标,他不是那种不确认目标是否真正死亡便离开的蠢货。他要确认目标的生死,一旦发现目标还活着,便彻彻底底地了结他。

魏尔伦把森鸥外的身体翻过来,然后愣住了。

这不是森鸥外。

是一个他没见过的男人用服装和假发扮成了森鸥外的模样。可是魏尔伦的暗杀准备是不会有漏洞的。他早就在前一个车站安装了隐藏式摄像头,那上面拍到的人的的确确是森鸥外。

他抓住那个男人,想确认其真实身份,就在这时,一只手贴在了他的胸前。

"太轻松了。"

异能造成的强大斥力将魏尔伦冲飞出去。

他撞破窗玻璃飞到外面,落在腐殖土上,沾着泥土继续翻滚,直到后背撞到一棵树才停下去势。

"……有两下子。"

魏尔伦扶着树站起来。

他一边拍打身上的土一边思考。根据刚才看到一眼的那张脸，还有从手掌发出的斥力……那人恐怕是港口Mafia的成员，拥有斥力异能的广津柳浪。

原来是替身。

他们知道有隐藏式摄像头，所以故意让森鸥外出镜，然后迅速换上了替身。也就是说，魏尔伦的暗杀计划被看穿了。

自从他来到这个国家之后，有本事能令魏尔伦吃亏到这种地步的，在他的认知里只有一个人。

"嗨，魏尔伦先生。"

那个小个子就坐在侧翻的列车边缘。

"太宰。"魏尔伦捡起掉在地上的帽子，"我听说过一句话，叫'智商的高低不由年龄决定'，但你还真是可怕啊。"

"这都要怪你啊。"太宰的声音干巴巴的，像是教诲一样地说，"你这次太感情用事了，当然会被人看穿你的行动。为什么你要对中也这么执着？"

"哥哥对弟弟执着有什么好奇怪的？"魏尔伦边拍打衣服上的泥土边说。

"奇怪啊，非常奇怪。"太宰肯定地说，"首先，你为什么这么坚信，中也就是你弟弟呢？"

"……什么？"魏尔伦眯起了眼睛。

"你也看到了吧，当作中也原型的那个实验体，他变成白骨死掉了。"太宰晃荡着超出车身的腿说道，"他和中也本人长得几乎一模一样，异能也非常相似，还有很多别的共同点。如果他才是人工异能生命体，而现在活在外面的世界，只有'活蹦乱跳'这一个优点的中也才是原型呢？你又不是专家，只是看过过去有限的资料罢了，你真的能分出来他俩吗？"

"不可能。"魏尔伦摇摇头,"我又没糊涂,怎么会在潜入任务中认错目标。九年前我从研究所偷出来的绝对是和我一样的人工生命体。"

"只要调查一下立即就能知道。"太宰轻松地说,"幸好,这次研究设施里的人给我们演示了改写中也内部公式的方法。只要用Mafia的手段把几个研究人员绑回来,他们应该会很高兴地教我们读取公式的方法吧。这样一来,就知道中也到底是什么身份了。反正时间也有的是。"

"你的语气,好像已经确信中也就是人类了。"

"我确信啊。"太宰叹息着笑道,"区区人工字符串,怎么可能塑造出让我那么反感的人性来。"

魏尔伦叹了一口气,然后向太宰走去。他的步伐很沉重,就像不得不去处理一份棘手的工作。

"其实我挺想听你详细地给我证明,一切都是我的误会……但你还有别的工作要做。"说着,他走上自己滚落下来的缓坡,"那就是交代森鸥外本人在哪里。这可是很伤筋动骨的工作,我指的是字面意义上的。"

"也就是说,你不打算撤退,对吗?"

"当然。"

太宰漫无目的地望着空中的一点,说了句"这样啊"。然后露出了遗憾的表情。

"那你就输了。"

狙击弹直接射中魏尔伦的头部。

魏尔伦上半身猛地向后仰,从铺满腐殖土的坡道上滚了下去。

在滚了三圈左右之后,他抬起头,用严肃的目光看向太宰,说:

"狙击?这——"

话音未落,又一枚狙击弹在魏尔伦额头炸开。他差一点向侧方倒下去,好在用手撑住了地面。

"你的异能只能对接触的对象起作用。"太宰晃着腿低头看他,"也就是说,子弹还是能打中你的,只是会瞬间停止罢了。所以,用比普通枪支速度快好几倍的大口径狙击枪向你射击的话,在子弹因重力停止的那一刹那,就能造成这样的伤害。然后……"

太宰若无其事地抬起手。

黑夜一齐喷出火来。

山丘之上、树丛之间、腐殖土之中、大树之顶……五十多把狙击枪从这些地方同一时间对准魏尔伦开火。所有子弹齐齐射向魏尔伦,魏尔伦大喝了一声。

他用重力保护着自己的身体,试图躲到树荫下面。可是他躲起来之后也有人从他后背发起狙击,即使他压低身体想躲在山坡后也会被人从树丛上方狙击。他根本无处可逃。

"居然在这么短的时间里……就安排了这么多狙击手……"

子弹射穿魏尔伦的衣服,钻进他的皮肤。虽然伤势没有严重到出血的程度,但架不住数量实在太多了。一秒就有十发、二十发,甚至更多。相当于包裹他全身的空气都变成了敌人在向他发动袭击。

魏尔伦只能用双臂护着头,将身体尽量缩小。

"魏尔伦先生,是你不对噢。"太宰淡淡地笑道,"我制订的对付重力异能的对策可是很完美的。毕竟我日思夜想的只有一件事,那就是怎么做才能给中也找麻烦嘛。"

"不要小看我!"

魏尔伦一边承受着枪林弹雨,一边抓住手边的树木把它拔了出来。

"你以为凭这种扔石子的游戏就能杀掉我吗?"

魏尔伦挥着那棵树,想把它扔出去。他是打算把树当作标枪,刺杀远处隐藏在黑暗之中的狙击手。

然而,他的手停在了半空中。

因为那棵树,被切成了粉末。

"喔,离近了一看,确实和我的手下很像啊。"

一个如琴音般优美的女声响起。

火红的头发和眼瞳。吊染的暗红色衣服让人联想到成熟的红枫。最引人注目的是她身旁飘浮在空中、穿和服、戴面具的夜叉。

夜叉的个子很高,有一头长发,手中举着一把有小孩子身高那么长的无鞘长刀,动作轻松得就好像那把长刀是纸做的一样。夜叉穿着金黄色的和服,膝盖以下的部分融化在空中,显示这并不是一具真实的身体。

"可是,你居然想把我家的小子擅自带走,真是个自私的兄长啊。我可以只砍掉你的四肢,饶你一命,快滚吧。"

她是尾崎红叶,港口Mafia的年轻女剑士,既是将中也收入麾下的能者,也是操纵异能生命体金色夜叉的美丽野兽。

红叶将鲜艳的牡丹色油纸伞在肩上转了一圈,然后一拧伞柄,抽出一把藏在其中的耀眼银刃。

"Mafia的异能者吗?"魏尔伦露出猛兽般的笑容,"但不就是一名异能者和两把刀吗?面对重力能有什么作为?"

魏尔伦压低身体,做好了向红叶冲过去的准备。

"谁说是一个人了?"

魏尔伦的身体向下沉去。

吃了一惊的魏尔伦看向脚下。只见大地像蛇一样蜿蜒,将魏尔伦的双脚吞没,并继续向上爬去。

魏尔伦吃惊地取消自己的重力,跳起,水平落在最近的树干上。可是,那原本结实的树干也从他鞋子接触到的地方开始变成液体,涌过来试图吞没魏尔伦。

"这是……"

魏尔伦继续跳跃。然而他准备落脚的地面早就变成拥有自我意识的软泥,正张着大嘴等着他。

"哈哈哈，逃吧逃吧，年轻人。你们这些后生，就是给老头子取乐用的。快点变成尸体吧。"

一名让人联想到大树的魁梧男子从树丛的黑暗之中走出。

他穿着一件褪色的破烂军装，有一头仿佛缝衣针般的硬发。腰上系着柔道带，脚上穿着高齿屐。抱在胸前的双臂就像百年老树一样粗壮。

这是港口Mafia的精英，从大战中活下来的老将，在组织中的绰号是"上校"。

他举起让人联想到老树的手臂，在眼前握紧手掌。与此同时，大地蠕动起来，液化的土壤、树木甚至侧翻的列车都向空中的魏尔伦涌了过去。

"能使物质液化并加以操纵的异能！"

魏尔伦一蹬最先抵达的液体大地，向反方向退去，可是等待他的也是液体大地。他改变轨迹逃开，却发现脚下和头上都是液体大地。虽然他可以操纵重力将碰到他的大地弹飞，但上方会有更多液体大地盖下来，不让他有机会反击。

而且在他抵挡的同时，还有Mafia四面八方的狙击袭来。

"啧！"

魏尔伦用重力让空气中少量的灰尘提高密度，然后踢着它们在空中跳跃。他想拉开距离。像上校这种操纵物质的异能，大多数都无法操纵视野之外的东西。为此，他想先躲到树林深处，然后将高重力化的巨石扔过去解决掉对手。

就在这时，一个古怪的东西闯入了魏尔伦的视野。

那是一块表，一块浮在空中的表。

从外表看来，那只是一块非常普通的怀表。有带数字的表盘、长针和短针、转柄，还能从表面边缘窥探到内部结构。

怪就怪在这块表有人类上半身那么大，而且它总是像在凝视魏尔伦一样改变朝向。

拥有无数异能知识的魏尔伦瞬间便察觉到了那块表的危险性。

他从西装袖上揪下一枚扣子，将其高重力化，在增加到几十千克重的时候，他将扣子朝表扔了过去。

这颗"纽扣彗星"的破坏力大到能够贯穿一栋建筑，可是根本没有对表造成任何干扰，而是直接穿了过去，砸碎树丛，消失在黑暗中。

"那块表是无法被破坏的哟。"地上响起一个阴沉的声音。

魏尔伦循声望去，不知何时，一名青年坐在了地上。他可怜兮兮地抱着双膝，抬头看着魏尔伦。

"没用的，它在看着所有人。无论是我还是你，都只有死路一条，总有一天会被它发现，总有一天会被它追上。它就是时间，是我们所有人的敌人。"

他的声音和脸色都很阴沉。衣服长到有些邋遢的地步，衣摆都磨损了。头发乱蓬蓬的，像几个月没洗一样，甚至看不出原本的发色。而且他还很瘦，隔着衣服也能看出他骨头的形状。他抬头注视魏尔伦，勾了勾手指，像是在叫他过来。

长针和短针咔嚓一声动了起来，同时指向十二。

随后空中的表被吸入了魏尔伦的体内——这不是比喻，而是字面意思，表被吸入了魏尔伦的胸口。

魏尔伦绷紧了身子，提防消失的表。可是什么事都没有发生。在肉眼看来，什么都……

魏尔伦的脚被液体大地缠上了。

他吓了一跳，用重力将液体甩掉。他环视四周，此时他应该已经离那些人很远了，可液体大地还能追到这么近的地方，不对劲。

紧接着他便感到一阵冲击。狙击弹在他的头上炸开，害他在空中转了半圈。他掉在地上，脚后跟在腐殖土上滑出一道沟，这才停了下来。

奇怪。狙击枪的速度更快了。由于中弹时的速度很快，所以即使他用重力将子弹挡下，他整个人还是被冲击力弹了出去。

是换了更强的子弹吗？不，这是……

地面变成液体。魏尔伦在被大地吞噬之前跳跃着逃跑。可是追随而来的液体触手也提高了速度。魏尔伦迅速看了看四周。

一片叶子从受到狙击枪冲击波的树梢掉落。但叶子不是轻盈地飘落，而是像刺入大地一般快速坠落。这不是攻击的速度上升了——

"是我的时间……变慢了！"

"大家都会比我更早死亡。"阴沉的青年带着莫名其妙的仇恨目光瞪着魏尔伦，"兄弟也好，父母也好，大家都会被时间杀掉。但是我能逃开，用这特殊的力量。"

他是干涉时间的异能者。

魏尔伦的额头第一次流下了冷汗。

干涉时间的异能不止强大，还有违这个世界的常识。在魏尔伦的认知范围中，全世界也只有几起这类异能者的报告。要论脱离世间原理的干涉时间异能者的第一名，那就是前异能技师——H.G.威尔斯了。他在制造出名为"壳"的异能兵器之后便销声匿迹，成了世界上最恶劣的恐怖分子。

干涉时间型异能者可以摆弄这个世界的基本原则，将其任意改写。因为站在宇宙的视角上，时间与空间是等价的。干涉时间的异能拥有与魏尔伦的重力异能等同的，改变世界的威胁。

受到时间延迟的影响，魏尔伦的动作变得迟钝，就在这时，Mafia的攻击也杀到了他面前。

子弹、利刃、液体大地……

他想躲避，可是由于自己的时间变慢了，他只能像泡在水里一样缓慢地行动。

魏尔伦的表情僵住了。

太宰优雅地眺望轰鸣声与枪弹声交织的林地。他仿佛是在夜风中乘凉一般,带着安心的表情俯视变成地狱的战场。

"这就是这个世界的真理。"太宰吟唱般说道,"古今中外,适用于万物的绝对真理——在这个世界上,集体的力量要高于个人的力量,异能者的力量要高于集体的力量,而……"

太宰用脸颊感受着宛如舒适凉风般的战斗气浪,微笑着说:

"异能者集体的力量,又要高于异能者的力量。"

魏尔伦将自己身上的重力横向最大化。

他用强到可以超越时间延迟异能的推进力迅速离开战场。由于超出极限的突然加速,他的骨头都发出了挤压的声音。

即使身陷危机,魏尔伦的判断力也没有变弱。现在还不是绝望的时候。他要尽可能后退,与异能的波状攻击拉开距离,然后重整旗鼓,用重力将射过来的子弹反射回去,将异能者一个接一个地击杀。那样他就赢了。

异能者还有三个。这个数字还不至于是令人绝望的战力差——

突然,他的皮肤冒出了血。

魏尔伦看向自己的袖口。衣服内侧的皮肤剥落,里面的肉露了出来。可是出血量非常少,甚至没什么疼痛感。

他反射性地落地,而这个动作,让他脚后跟的皮肤也剥落了。他通过滑动的触感有了这种感觉,但是同样的,并不痛。

新的异能攻击。但他很快便明白了这是什么。

他呼出来的气是白色的,同时皮肤冻住,睫毛上落了白霜。

"给那冻结的爱献上拥抱,给那盛开着凋零的冻花献上拥抱。"

新出现的异能者用微弱哀鸣般的声音咏唱道。

白色的长发、白色的披肩、白色的吐息,还有胸前的深红色玫瑰。那名女子每呼吸一次,周围的树木都会冻住,出现裂痕,因水分的冻结膨胀而绽开。

魏尔伦瞬间明白了，是冷却气温的异能者。

刚才他的皮肤之所以剥落，是因为暴露在低温之下的皮肤与衣服和鞋子内侧粘在了一起被撕开了。她在瞬间就能让人的身体冷却成这种地步，要冻住血肉和骨头，想必也花不了太多时间。

这个异能实在太危险了。

因为冰冻的异能不存在物理性的冲击，他无法用重力进行防御。她是魏尔伦的天敌。

狙击弹继续刺入魏尔伦的肩膀，魏尔伦因疼痛而发出呻吟。

子弹很冷。击中他的子弹直接在皮肤上冰冻，变成一根冰柱继续增长。低温入侵了伤口，撕裂里面的肉。

敌人的异能攻击配合得太好了。时间延迟、冷冻、狙击。这个战术明显封锁了魏尔伦的长处，专攻他的弱点。

怪事还在后面。他刚才已经用相当快的速度后退了，可狙击过了这么久都没有停止。他的逃跑路线被看得一清二楚。一般来说，用这种速度在黑夜中的林地穿梭，应该会立即从狙击镜中消失，让敌人跟丢目标无法狙击才对。为什么？

"嘻嘻嘻嘻，好可爱的表情啊。喂，悄悄跟你商量，你要是流着口水哭鼻子道歉的话，我可以悄悄放你走哟。"

近在咫尺的地方响起一个声音。

魏尔伦看向那边，没有人——不。在什么都没有的空间里，有一个硬币大小的洞。空间像烧焦般出现一个黑色的凹点，连通着另一个空间。一只黑色的眼睛就从洞中目不转睛地盯着自己。

"没错，就是我啦。被你发现了。以后上厕所的时候就算锁了门也不要掉以轻心哟。嘻嘻嘻嘻！"

洞很小，看不到对面那个人的全貌。但只有一只眼睛也足够了。那是一只充满恶意的眼睛。就是这只眼睛观察并追踪魏尔伦，一直报告着他的位置。

魏尔伦下意识给小洞来了一记回旋踢。

"哎呀。"

在命中之前，洞口便闭合消失了。

"我在这里哦。"

背后传来声音。他回头一看，另一个地方开了一个相同的洞，正在看着他。

是可以一直监视目标的连接空间型异能。恐怕异能者本人正待在安全的地方，通过连接空间一直监视着战场。异能者本人不会发动攻击，如果想触碰，洞口就会立即关上，无法被重力破坏。

他们究竟投入了多少异能者？

"嘻嘻嘻，送你个礼物，里面带着港口Mafia的爱！"

从硬币大的洞中吹来无数桃红色的花瓣，将魏尔伦包围起来。

花瓣发出白光，是另一种异能——

魏尔伦立即采取行动进行躲避，但就在这一刻，所有花瓣同时爆炸了。

从太宰所坐的列车能够清晰地看到爆炸的光芒。

白光在夜晚的林地炸裂，残光烧灼了夜空。

太宰带着冷笑望着这一切。

"进展如何，太宰阁下？"

一名壮年男子从列车中走了出来。他穿着老大的衣服，是当替身的广津。

"如你所见，很顺利。顺利到让人感到无聊。"

太宰指向的地方传来爆炸声，树木倒下，狙击的闪光亮起，重低音连续不断地响起。

广津摘下假发，戴上平时戴的单片镜，眯起眼睛道："您真是太厉害了。"

"当然了。为了准备这些，我可争取了不少时间。"太宰像贵族一样优雅地翘起了腿，"对付兰堂先生的时候就我和中也两个人战斗，不知道有多辛苦，所以这次我做足了准备。为了杀掉欧洲的暗杀王先生，我叫来了422名Mafia武斗派人士，28名异能者，这是如今Mafia能投入的全部战力。"

在他望着的地方，弥漫着冷气，闪光四起。魏尔伦在树丛之间后退，可是黄白色的光线照亮夜空，堵住了他的去路。又是新的异能者。

这是非常单纯的战略——布好陷阱，守株待兔，就是之前中也和亚当为了杀掉暗杀王魏尔伦而制订的陷阱埋伏战略。太宰采取的作战计划和它在本质上没有区别：找出魏尔伦的下一个暗杀目标，在该目标周围布下陷阱，从背后偷袭赶来杀人的魏尔伦。

与中也的战略不同的是陷阱的规模，太宰设置的是以整个Mafia为单位的压倒性陷阱，而这个陷阱带来的结果就是单方面歼灭。

"这场战斗可以持续一个晚上。"太宰像是对远处的魏尔伦耳语一般说道，"魏尔伦先生，你是一名完美的暗杀者。你的手法很巧妙，应该从未发生过被人发现并被人包围的失误吧？所以你应该没有被异能组织如此包围过。你这种危险的完美，兰堂先生曾经也很担心啊。"

太宰不知何时掏出了皮革手册。

那是兰波的手记，也就是记录了异能者魏尔伦的诞生与经历的兰波的日记。

"我会为你哀悼的，魏尔伦先生。"太宰把手放在手册上，祈祷般说道，"不是哀悼你的死亡，而是哀悼你的出生。谁也不愿为你的出生哀悼，哀悼的人只有你自己。明明这才是你战斗的动机啊……我觉得你很厉害。你憎恨自己的出生，憎恨自己的力量，憎恨这个世界。你通过憎恨，试图接受自己毫无意义的生命。真的很厉害。我没有这种勇气，所以我很想和你再多说几句话。但是，是时候告别了。"

太宰站起来，转身背对眼前的战场，迈出步伐。

"太宰阁下?"

"结束之后向我汇报。"

太宰的声音轻轻坠落。他迈出步伐。

下一刻,黑色的波动在战场中膨胀起来。

魏尔伦在浑浊的意识中眺望外界。

斩击、枪击、液体大地、寒气、闪光、热线、毒雾、音墙……各种攻击将魏尔伦包围起来,不断破坏。

他一落地,大地就会变成液体缠上来,阻止他发动重力;他一呼吸,寒气就会冻住并堵塞他的喉咙。闪光铺满视野,声波破坏听觉,停下脚步的话狙击弹就会射来。即使将手里的东西用重力加速扔过去予以反击,也会被夜叉的长刀全部斩落。

而且这一切的攻击,都是由那个拥有恶魔般智慧的少年——太宰安排的,它们变成了一台精密的机械装置,将魏尔伦逼上了绝路。

这就是人类,这就是人类的真本事。

我想成为其中一员,却最终没能做到。

魏尔伦在心中嗤笑。挺能显摆的嘛。

"好啊。那么,我也露两手给你们瞧瞧。让你们知道不是人类意味着什么,让你们知道我心中的地狱是什么颜色的黑暗。让你们见识一下连兰波都没有理解的憎恨"。

魏尔伦张开嘴巴,诗句伴随着憎恨一同从口中溢出。

"你将仇恨、麻木、衰弱

和你往昔遭受的种种蹂躏,

全都归还了我们,

噢，在无辜的夜晚，

有如每月一次的鲜血涌流。"

（注：这是法国诗人兰波写的一首诗，此处使用的译本为王以培所译《仁慈的姐妹》，原文使用的为中原中也所译的同名日语作品）

风停了。

林地的嘈杂声仿佛要逃离什么似的安静下来。

肉眼看不到的波动充满大气。

魏尔伦在逐渐凝缩的意识中思考。

没有人理解。对于自己不是人类的事，对于自己不受上帝祝福的事，对于自己没有父母，出生于虚无的事，没有人理解。

甚至就连兰波，也不理解。直到最后，他都不理解这种孤独。

我曾经很讨厌他。可我讨厌他不是因为他不理解我，而是因为他一直装作理解的样子。

魏尔伦的四周开始飘起黑雪般的东西。

那不是雪，甚至不是物质。那是爆破后又消失的黑暗，是微型宇宙。

让你们看看。什么是非人类的憎恨，什么是不被上帝祝福而诞生的虚无。

什么是沉眠在它的本性、它的核心、它灵魂深处的地狱。

魏尔伦发出咆哮。

那咆哮化作漆黑的波涛将森林压缩、削砍。魏尔伦的帽子被冲击吹飞出去，消失在森林某处。

太宰通过通信器大吼着让大家避难，可他的声音也被冲击波吹散。

噩梦浮出水面。

通信器中传出"快逃"的声音。

就在这时，在空间上打了个硬币大小的洞的连接空间异能者——"陷阱专家"（Trapper）发现，自己透过小洞注视着的魏尔伦突然被黑暗吞没了。

"这是什——"

这成了他最后一句话。

瞬间膨胀的重力波经由空间的洞波及"陷阱专家"所在的Mafia安全屋。因突发的空间扭曲，他的身体被吸向小洞。

"陷阱专家"连站稳的工夫都没有，他的脸就撞到洞上，但还没停，与洞接触的那部分皮肤被吸入了洞的另一侧。重力波继续增大力量，他的肉、骨头、衣服像是落入排水沟的水一样被吸过去，最后什么也没有剩下。

由于异能发动者死亡，空间洞口蒸发一般关闭，房间重归寂静。

魏尔伦浮在空中。

他不是跳起来的，也不像鸟类那样在空中滑翔，而是无视重力飘浮在空中。他的皮肤上浮现出与古代北欧文字相似的神奇黑色纹路，仿佛生物一般地蠢动着。空间断断续续地发出炸裂又闭合的声音。

黑色的粒子像雪花一样在周围飘落。

浮在空中的魏尔伦大笑起来。

那已经谈不上是人类的声音了，更像是滚滚天雷的声音，切割金属的声音，大树倒塌的声音。

那既是兽，又是魔。

名为魏尔伦的魔举起了右手，他的手中出现了一枚黑色的球体。球体浮起来，吸收大气，越来越大。

看到远处树林中出现的黑色异形，太宰露出了严肃的表情。

"那是什么？"旁边的广津用透着胆怯的声音问。

"'门'被打开了。"太宰的声音很干哑，就像无法正常呼吸一样。

紧接着，黑色的物体从魏尔伦所在的空间中喷射出来。

"趴下！"太宰大叫。

那个东西以炮弹之势飞来，击中了最后一节车厢，离太宰他们所在的位置只有四节车厢远。车身像地震一样摇晃起来，太宰和广津紧紧抓着车身，承受着这股震动。

待震动平息后，被击中的列车已经完全变成了另一个形状。

车身有一半都被毁掉了，剩下的一半就好像一团被蹂躏得皱皱巴巴的纸。中间的断面崎岖不平，仿佛是被巨大的手指扯断的一样。

而列车后面的丘陵，无论土地、岩盘还是树丛，都被笔直地挖成了一道沟。

如果说这是一个人造成的异能破坏规模的话，那实在太离谱了。

"刚才那……究竟是……"广津低喃。

"跟那时一样。"太宰表情僵硬地说，"从研究所逃出去的时候，他从地下很深的地方一口气挖出一条直通地上的隧道。还有两天前发生的那起事件，中也把街上一个区域捏扁了。听说当时他说要把'门'打开。那就是'门'里的东西啊。把'门'打开之后的结果就是刚才那样。广津先生，你看……他们根本不是一个级别的。"

在太宰眼瞳中，林中的黑色球体再次疯狂成长。

宣告毁灭的风吹来。

"讨厌……那是什么，那是什么啊？"

操纵空中表的异能者，阴沉的青年察觉到头顶出现的巨大的灭亡气息，害怕得牙齿都在打架。

操纵黑色球体的怪物。

就在刚才，那枚黑球被随手扔到了地上，就这一下，死了三名狙击手。光线异能者也死了。而且那不是单纯的死亡，是黑球刚一接近，他们的身体就像黏土一样被撕成了碎片。他们发出惨叫，溢出来的血肉和骨头便全部被黑球吸了进去，连一点肉末都没留下。

魏尔伦浮在高空中，睁着一双不属于人类的眼睛，像上帝一样睥睨地面。

那双眼睛里没有情感的光芒。没有战术，也没有计算。只是自动地、下意识地消灭周围疑似敌人的生物。这就是他唯一的目的。

黑球继续形成。他的左右各有一个直径有人类身高那么长的球，周围散发出微弱的红色光环。

阴沉的青年瞬间明白了。只要碰到它就会死。就算碰不到，被它近身也会死。

"我不要……为什么、为什么会发生这种事？"

正当他向后转准备逃跑的时候，他看到了眼前的女子。

那是冰冻的异能者，白发白披肩的女子。她正呆呆地望着上空的灾难。

她的眼睛里没有危机感，也没有畏惧或是敌意。她只会听从命令行动，只有被命令的情感。

毁灭的黑球向女子落下。

女子没有逃，只是仰望着黑球，仿佛在欣赏什么美丽的风景。

"凯伦！"

青年的身体比大脑更快一步地动了起来。

他细瘦的手臂推开了名叫凯伦的冰冻异能者。

随后，青年的后背被重力撕碎了，转眼之间下半身被吞食得一干二净。

尽管被黑球吸入，整个人颠倒过来，青年的目光依然追随着凯伦。被推开的她从悬崖上滚落，逃离了黑球的杀伤范围。

太好了。

青年微笑起来，一秒后，他的微笑也被吸入黑球，消失了。

什么都没有留下。

太宰的无线电收到了接二连三的报告。

第三小队全军覆没，第五小队全员阵亡，第八小队失去联络。

太宰闭着眼睛听着这一切。他站起身，好像在听音乐一样。脸上没有表情，也没有感情。

"太宰阁下，请快点逃吧。"广津拽着太宰催促他。

"没用的，再怎么逃也逃不出他的手掌。"太宰依然闭着眼睛，用悠然的声音答道。

"重力异能者魏尔伦虽然很强，但并非无敌。因为重力这个最强大的力量，只能通过'接触'才能在目标身上生效。所以我们才能通过与他拉开距离，用寒气、光线、声音和时间等非质量系异能轮番攻击去压制他。可是，现在的他和刚才不一样了。那个黑球的攻击——用重力将空间压缩到极限状态然后投掷出去的'黑洞'，即使他离目标很远，也可以将目标撕成粉末。而重力波是传播到整个空间的场力，所以就算有护盾或是遮蔽物，也绝对无法防御。它是这个世界上最强的矛。"

太宰举起双手，仿佛在吟诵古老的歌谣，想尽可能地让全身都沾染上毁灭的气息。

"在这个前提下，魏尔伦解除了人格命令式，让出了身体的主导权，现在的他根本不具备人类的思想。所以威胁、交涉等心理战对他不起作用。他根本就是如假包换的神兽，绝对是至今为止Mafia对付过的敌人中最强的那个。"

"不是吧……"

广津倒吸一口冷气，注视着眼前的场景。

丘陵被铲平，森林被吞没，地形一点点改变。Mafia成员们的惨叫声此起彼伏。

"然而……"太宰清晰的声音响起，就像是在毁灭之诗上写下的一个标点符号。他接着说道，"到目前为止，全部都跟我计划的一样。只要接下来的攻击能够成功，我们就赢了。"

横滨的上空，流云像一个巨大的盖子覆盖住夜空，在月光的照耀下闪着白光。

下方传来爆炸声、破裂声、大地崩塌声、死者的惨叫声、即将变成死者的惨叫声。

在地面上过于残酷的世界与永远静谧的夜空世界中间，有一架螺旋桨飞机飞过。

"中也大人！我们马上就到战场上空了！"

为了不让自己的声音被发动机的轰鸣遮住，亚当扯着嗓子吼道。

那是一架两人乘坐的单引擎小型飞机。机身顶棚有一对固定翼，速度虽然没有多快，但机动性很强。飞机没有武装。

亚当坐在驾驶座上，中也坐在后座。他们都一脸严肃地望着地面的景象。

"您看，那个惨状……完全不像一个异能者能够造成的破坏规模！"亚当俯视地面的惨状，一边录像一边叫道，"最重要的是，蒸发之前的持续时间太长了，在通常的物理过程中制造出来的黑洞完全无法与其相提并论！我们真的要降落到那个东西的上方吗？"

中也没有回答，只是用凛冽的目光望着地面。

"本机的风险评估模组建议我们撤退。"亚当用严厉的声音说，"不是说只要避开那个黑色球体就行了。不能被它的外表欺骗。那个黑洞是因为把光吸入并困在内部，所以看上去才是黑色的。但它会让碰到它的人死亡，并不是因为它把人吸进去压扁了，人们真正的死因是肉体四分五裂。黑球的表面，也就是离事象地平线（Event Horizon）更远的地方，有一圈摇曳的红色光环，您看到了吧？那是在重力透镜的作用下，周围光线聚光而产生的光环。之所以看上去是红色的，是因为在多普勒效应下光向红色一方偏移的结果。说白了，那就是判定是否击中目标的标记。如果离那道光环近到可以触碰的距离，身体就会被潮汐力，也就是离黑洞远近的重力差撕成碎片，然后死亡。"

"你话也太多了。"中也望着地面说，"看一眼就知道那东西很危险了，毕竟我自己体验过一次。"

中也的眼中闪过回忆过去的光芒。

两天前他在路上被魏尔伦抓住，强行打开了"门"，当时一栋大楼瞬间就被碾成了沙粒大小的粉末。

而现在，这样的情形不止发生在一瞬，而是在连续发生。地面想必已经变成了地狱。

光是他能看到的范围里，就已经有一半林地化为了荒野。如果这场战斗发生在横滨市里，牺牲者恐怕会高达成千上万。

所以太宰才选择这个远离人烟的林地作为战场。

"提起来就火大。最后不管什么，居然都和太宰事先安排好的一样。"中也嫌弃地说，"可是我们不能退。不光是因为我要找魏尔伦报仇，还因为只有同样操纵重力的我才能在他的攻击下受最轻程度的伤。"

"请您当心。"亚当点点头，"即使您有这样的异能，但倘若直接受到重力球的攻击，也是无法完全抵消伤害的。最好尽可能不让敌人察觉，就这样靠近他的头顶——"

亚当的话戛然而止，然后他大叫："危险！"

在这句话出口的时候，重力球已经逼近了眼前。亚当推倒操纵杆试图躲避，可是剧烈的吸引力产生的强风却从他手中夺走了飞机的操控权。眼看着就要正面撞上了，不可能躲开。

亚当不假思索地拉动座椅的逃脱装置。

经过改造的逃脱装置将中也和亚当弹到空中。下一秒，重力球便碾碎了飞机，将其吞没。

亚当和中也的身体在空中腾起。亚当抓住中也的手腕。

伴随着撕裂般的声音，两个逃生降落伞打开了。

"不行，这样飘在空中只会成为靶子！亚当，扔了降落伞！"

"可是……"

"快点！"

亚当拔出腰间的自动手枪，连续开了四枪。子弹准确地击断伞绳。在瞬间的停滞后，亚当和中也开始自由落体。

"有两下子啊。"中也露出一抹坏笑，"就这么冲到那家伙身边去！亚当，计算坠落轨迹！"

"是。"

亚当绕到中也身后，从腰间的终端抽出细线，那原本是与其他终端进行有线连接的工具。他将那根线缠到中也的腰和肩上固定好，再重新收回自己的腰间。

亚当和中也化作两枚重合的子弹，从夜空中坠落。

"进入滑翔降落阶段。"

亚当一按自己的两腋，将出现的凸起一拽，一张银白色的膜顿时出现，在亚当的手臂到腰部之间展开一张三角形的翼膜。

那张翼膜捕捉到了高空的夜风，让他们从自由落体变成了倾斜的滑翔降落。

"这是从高楼层追捕地面逃跑的犯人所用的滑翔膜。"亚当盯着前方说，"本机来控制轨道，请中也大人专心抵消敌人的重力！"

"当然。"

狂风从中也耳边掠过。尽管强大的风压压迫眼球，中也还是没有眯眼，而是笔直地瞪着目标。

中也和亚当变成一颗从空中划过的流星，冲向敌人。

"太宰那个混蛋！等回去之后，我一定要把他倒吊起来！"

两个小时前。

太宰正处于被倒吊的状态。

他的脚被捆住，头上脚下地吊在路灯上。

"因此，要杀掉暗杀王魏尔伦，只能让中也从飞机上跳下来接近他。"

尽管被人倒吊着，太宰还是面不改色，脸上依然是和平时一样不知是犯困还是嫌麻烦的表情。

"是吗？"

中也坐在椅子上，用充满敌意的目光盯着倒吊的太宰。

亚当一脸困惑地看看太宰，又看看中也。

"嗯……现在究竟是什么情况？"

他们现在正在一个山间机场的跑道边上。

机场离市中心很远，非常安静，仿佛连刚挂在夜空中的星星眨眼的声音都能听到。在远处的飞机库里，有两名维修员正在检查螺旋式飞机，从这里听不到他们说话的声音。

中也手里拿着一根绳子，这根绳子在太宰的腰上缠了好几圈，就像一圈一圈缠在陀螺轴上的线似的。

"现在啊，是在节约时间哟，机器探员先生。"太宰无所谓地微笑道。

"节约……时间？"

"对。因为再过不久，一辈子只有一次的伏击战就要开始了。"

亚当又来回看了看太宰和中也，道："人类说的话太难懂了。在本机的数据库里，没有类似的案例可以解释这件事。"

"别担心啦,毕竟人类也听不懂。"离中也稍微远一些的地方,白濑双臂交叉在胸前站在那里。从他的目光中可以得知,他已经放弃理解了。

中也沉默地拽绳子,一下又一下,他站起来一边后退一边拽,被绳子牵动的太宰也跟着一圈又一圈地旋转。

而太宰就在这旋转的过程中,向他们解释了情况。

"我计划用森先生的替身把魏尔伦引出来,然后投入Mafia的所有武斗派成员。如果能顺利将他逼入绝路的话,他应该就会把撒手锏,也就是那个'门'打开。到那个时候,中也就坐飞机接近他。"

这些话全是太宰一边慢悠悠地旋转一边说的。因为他一直在变换方向,所以声音听起来忽远忽近。

就在中也将绳子拽到极限,太宰的身体开始倾斜的时候,中也松开了手。

"一旦接近,魏——"太宰转圈,"尔伦应该就——"太宰转圈,"会发动攻击——"太宰转圈,"吧,但那也是计——"太宰转圈,"划的一部分。只要中——"太宰转圈,"也一边用——"太宰转圈,"重力抵消他的攻击——"太宰转圈,"一边向他靠近,抵达——"太宰转圈,"能够碰到他的位置——"太宰终于停住,"我们就赢了。哕——"他吐了。

亚当无可奈何地看着呕吐的太宰,说:"您说的话我一句都不明白。"

中也走回来,重新在太宰身上缠绳子,说:"在这家伙向你们解释的同时,我在向这家伙报仇。"

"哦……"

"我找他报仇是我正当的权利。他为了争取时间,在明知道我会被拷问的情况下,还把N的情报告诉了魏尔伦。还有,警官也是因为他的情报牺牲的。我怎么可能轻易放过他。"中也瞪着太宰说,"我对太宰的报复手段有超过一百九十种,但我现在做的,是里面倒数第二温和的手段。要是选择更残酷的,那他就无法在接下来的战斗中完成指挥官的使命了。所以说,尽管我非常不情愿,但我已经够让步的了。"

"哦。"亚当微微动了动脖子,看上去很茫然,不知道是要上下动还是要斜着动。

"听完解释之后,我还有一件事不明白。"

"别担心啦小亚当,我也完全不明白。"白濑鼓励似的将手搭在亚当肩上。

"小亚当?"

"好了,我继续说。"太宰还是那副表情,"把'门'完全打开的魏尔伦会将意识让给特异点的怪物,进入类似睡眠的状态。在这种状态下,他会对有敌意的一切生物自动进行反击。这个'自动'就是关键。因为他没有判断能力,对没有敌意的接触不会有反应,所以我们会一边让特别行动队以诱饵的身份持续攻击,一边让不带武装的中也接近他——"

说到这里,太宰停了一下,露出了阴沉的微笑,仿佛已经预测到了毁灭。

"慢慢地,用绅士的态度让他服下毒药。心怀慈爱,就像给孩子喂糖那样。"

中也在空中高速滑翔,仿佛一道闪电劈裂夜空。

风在中也耳边呼呼作响,如同成千的狼群。可是中也丝毫不惧。他的身体化作一支离弦之箭,笔直地冲着魏尔伦而去。

魏尔伦看向中也。他的眼睛呈现浑浊的白色,带着无尽的纯粹又透明的情感投射到中也身上。

那是憎恨,是平等地洒向世间万物的绝对的憎恨。

光是被那波动瞄准,一般人就会昏厥了,可中也依然面不改色。

魏尔伦变出一枚黑球，掷向中也。

"敌弹接近！运算空气抵抗及重力造成的轨迹变化，迅速降落予以躲避！"

亚当大叫着改变姿势。他收起翼膜，像冲向水面的海鸥一样在夜空中猛然下降。

重力炮弹从他们头顶较远的地方飞过。仅是这样，就让二人的身体向上弹了弹。

中也重新将视线放回到魏尔伦身上。从敌我双方的位置来看，如果按照这个势头继续向前冲，再过十几秒他们就会相撞。

太宰制订的计划很周详。

魏尔伦的弱点和中也一样，都是毒。可是想也知道，魏尔伦自己应该很清楚自己这个弱点。他不可能不小心吃下带毒的东西，还能用重力将通过注射或子弹给予的毒药给弹回来。

所以，太宰故意让魏尔伦把"门"打开了，就是为了让魏尔伦失去意识与计算能力。

太宰说不能攻击，因为攻击他只会被更大的力量反击；不能有敌意，因为敌意只会变成百倍的憎恨返回。

要不带敌意地接近他，像朋友一样拍拍他的肩膀，顺手将毒药扔到他的嘴里。

毒药是亚当调配的，那只是一颗透明的胶囊，里面放了极少量的毒液，比咽口水的量还要少，但是一旦进入人的体内，那人五秒钟就会失去意识，再也无法苏醒。

"第二波来了！"亚当的叫声让中也的注意力再次投向敌人，"好快！而且史瓦西半径（**注：史瓦西半径，是任何具有质量的物质都存在的一个临界半径特征值**）比刚才要更为巨大！"

他说得没错。浮在空中的魏尔伦的右手正在生成一枚巨大的黑球，大到几乎可以把一辆轿车吞下去。

那枚炮弹冲他们飞了过来。

亚当突然下降之后,还没有完全调整好姿势。转瞬之间,那枚黑球就来到了眼前。

"无法完全躲避!"

中也瞪大了双眼。

"噢噢啊啊啊啊!"中也大叫着将异能完全解放。他抓着亚当,让自己与亚当的身体产生抵消黑洞引力的反重力。

他全身的血管都冒出气泡,骨头与肌肉相互倾轧。这是一个脱离常识的领域,一个活人所无法到达的真理之外的世界,不存在于地球的任何地方,只有在宇宙巨大天体的附近才能够见到。

风景变形,连声音都被吸了进去。

由于在高重力领域中,时间的流速会变慢,所以周围的风景看上去流动的速度有些快。然而就连那风景也被重力扭曲,无法看得清楚。

不知道忍受了多久。中也就像是屏住呼吸从一个巨大的水泡中游出去一般,穿过巨大的重力场。他的衣服撕裂破烂,体内的血管不知道断了多少根。很痛,但他还活着。问题不大。

"好厉害!"亚当发出感叹的声音,"居然可以活着穿过那么强大的重力场,中也大人,恐怕您是全世界的第一个!"

"那可真够荣幸的。"中也的声音还是很僵硬,"但现在骄傲还太早了点。你看那家伙。"

中也让亚当留意他的视线前方。

亚当目瞪口呆。

只见大量黑球正在魏尔伦的双手附近出现。大概有二十多个,大小也和刚才那个差不多。

那是从宇宙深渊而来的,不属于世间的力量群。那是能够将物理法则吞噬的漆黑滚圆的恶魔。

绝对无法全部挡下。

不管他们采取怎样的回避手段，哪怕中也的重力输出能有现在的十倍，都无法从那么多重力球中活着穿过。甚至可以说，有一片碎骨头能穿过都算是幸运的了。

二人做好了赴死的心理准备。

可是重力球并没有飞过来，而是飞去了另一个方向。

地面上飞来狙击弹、掷弹和异能的热压弹。而黑球就像回应对方的敌意一般，洒向大地，扫荡Mafia。

地形发生了变化，Mafia成员纷纷变成尸体，被吸入黑球。

这一轮攻击，只是为了将敌人的注意力从中也身上转移。

战斗人员是为了让魏尔伦的重力攻击从中也转移到地上，才毅然决然地故意采取了鲁莽的攻击。

"那群白痴……"

中也呻吟道。

这并不是因为旗会有多特殊，而是因为他们是Mafia。要想阻止老大被杀，只能用中也携带的毒药杀掉魏尔伦。所以他们才会舍弃性命，就为了创造出那一秒钟的机会。

整个Mafia都是这样，既残忍，又崇高，是值得托付后背的同伴。

"就这么冲过去！"

中也大叫，亚当把翼膜收起。中也用重力进一步加速，化作子弹向魏尔伦逼去。

魏尔伦预料到了质量的冲突，自动躲了过去。可是在擦肩而过的瞬间，亚当从自己的手肘射出了带秤砣的钢丝，缠住了魏尔伦的脖子。就是他第一天见到中也时，在台球吧用来束缚中也的钢丝。

魏尔伦发出了短促的叫声。

三人纠缠在一起，从空中坠落。

变成怪物的魏尔伦发动了自动防御，以自己的身体为中心点，产生了目前为止最为巨大的黑球。

惊人的引力把亚当的钢丝吸了过去。亚当等人的坠落骤然减速。

"会被吸进去的,把线割断!"中也大叫。

"不,如果现在割断钢丝,想再次接近他就不可能了!"亚当也叫道,"没问题,一切都和我运算的一样!"

说着,亚当割断了连接自己与中也的细线,然后把中也推了出去。

"什么……"

被留下来的中也惊讶地看向亚当。亚当依然微笑着,被吸向魏尔伦的黑球。

中也先一步落地。

他对身体施加反重力来了个急刹车,一边忍受迅猛减速导致的视野染上一片血红,一边落在地上,然后第一时间抬头看向空中。

亚当和魏尔伦在重力弹之中化为一体,相互纠缠着往下落。

轰鸣声震飞了树木。

待烟尘消散后,地上多了一个仿佛被陨石砸出来的坑,中央能看到人影。

魏尔伦蹲在中心,毫发无伤。他像睡着了似的微微闭着眼睛,膝盖跪在地上。古代文字般的纹路在他的皮肤上流动,闪闪发光。

而亚当则变成了残骸。他的胸部往下以及左臂消失了,内部的机械构造完全暴露在外面。人工肌肉与神经传导电缆耷拉着,白色的机能液漏了出来。

亚当只动了动头部,看向中也。他的眼神很坚定地诉说着什么。

他微微点了点头,就像在说"上吧"。

中也下定了决心。

他在布满沟渠的大地上安静地行走。没有敌意,没有恶意,仿佛闲步于田野之间。

为了不让魏尔伦把自己当成有敌意的个体,他的步伐很缓慢,却很坚定。

中也的眼中映出自己名义上的兄长的身影。

中也根本没必要压抑自己的敌意，因为中也看着他，心中神奇地没有涌起任何敌意。

现在的魏尔伦不是人类，甚至不是字符串，他只是力量的结晶，只是用憎恨回复憎恨的自动应答机。

自己的体内也沉睡着这种东西。自己也好，魏尔伦也好，剥开外皮都是一样的。魏尔伦为什么会出现在自己身边，为什么会邀请自己一同旅行，现在他终于明白了。

然而，现在必须结束了。

中也站在兄长身旁。他的心中风平浪静，安宁得他自己都意外。魏尔伦还没有反应。

中也从怀中取出胶囊，一枚只有指尖大的透明圆盘状胶囊。只要把它扔到嘴里，它就会瞬间溶解。然后黑暗来临，一切告终。

这是唯一的解决办法。

兄长的嘴唇微微张开了一条缝。

中也没有把它当成憎恶的敌人的嘴，也没有当成一个生命体。他就像将信塞进邮筒里那样，像把碎片拼入拼图那样，像在与某个亲朋好友的回忆上盖上永别的印章那样，公事公办地将胶囊送入魏尔伦的唇间。

胶囊从指尖离去。

锐利的痛楚传来。

那不是心的痛楚，而是物理意义上的痛楚。中也的指尖出血了。

"啊啊……你总是能让我感到吃惊，中也。"

魏尔伦发出了嗤笑。

他的唇边沾着中也的血。

紧接着，中也被击飞了。

不是被重力球吸引，而是改变所碰之物重力的普通异能。

中也被击向后方，不停旋转，毫无防备地撞到了树干上。

"呜……"

"第一次见面那天……我在打开你的'门'时，在你的体内留下了命令式。"

魏尔伦一边说，一边把胶囊从嘴里吐了出来。胶囊掉在地面的草丛里不见了。

"命令式的内容是，当你再次触碰我的时候会关闭我的'门'。所以现在'门'自动关上了。在'兽性'形态下，我的意识会陷入沉睡，我只能用这个方式来阻止自己。"

"'兽性'？"

"就是剥离人格式的控制，暂时放出特异点的魔兽状态，也就是我刚才的状态。这个名字是兰波取的，取自人格式封印解除的诗句。"魏尔伦慢慢站起来，看向中也。

"也是他，想到了让我在变成特异点，无法恢复原状时得以恢复的方法。他一直在想为我做些什么。"

"而这个兰波也被你背叛了。"中也膝盖颤抖着跪在地上，"对吧？"

魏尔伦没有马上回答，他睁大眼睛看着中也。那眼睛很干涩，眨也不眨。不久后，他开口了："是为了救你。"

中也好不容易撑着哆嗦的腿站了起来。

"我知道了。"他将安静的目光投向对方，"我们已经无计可施了，你赢了。现在整个Mafia都没有能打赢你的人。欧洲也好，天涯海角也好，无论哪里我都会跟你一起去。"

魏尔伦眯起眼睛："你想骗我？"

"我又不是太宰那种性格扭曲的人，也不觉得用三寸不烂之舌就能把你怎么样。"中也自嘲地笑笑，"而且我想过了。总有一天，我也会像你那样憎恨全世界。大概吧。为了不让自己变成那样，在你身边观察你也挺不错的。"

魏尔伦凝视他的脸，就好像上面写着往后人生的所有答案，然后说："那……你的意思是说，你现在并不憎恨这个世界？"

"我有憎恨的人，但不是所有人都恨。我……"说到这里，中也望向了遥远的某处，星星在他的视线前方闪烁，"我知道我并不孤单。过去的你也是这样的吧？"

"……"

魏尔伦没有回答，但他的沉默反而像是一种默认。

"既然已经决定了，那就快走吧。再过不久Mafia又会发动攻击了。明明无论再怎么强的攻击都对你不起作用，他们还是这么坚持。要说什么攻击对你起作用，那一定不是强大的攻击……"

说完，他用下巴示意魏尔伦的身后。

"而是意外的攻击。无论是在想象中还是在预测中都绝对不会出现的攻击，跟笑话似的——就像这样。"

话音刚落，一个人拍了拍魏尔伦的肩。

魏尔伦倏然回过头。

一根食指顶住了回过头的魏尔伦的脸颊。

"啊。"

"你要听人工智能笑话吗？"

那根食指的指尖，安装了极细的注射针。

将手搭在魏尔伦肩膀上的人，是只剩上半身的亚当。药液顺着手指注射针流入皮肤，立即沿着魏尔伦的血液循环产生了降低血压般的神经反射。

在剧烈摇晃了一下之后，魏尔伦向相反方向倒了下去，失去了意识。

亚当用只剩右臂的上半身耸耸肩，露出了恶作剧般的微笑。

"暗杀王被小孩子恶作剧的手指戳脸颊戳死了。这就是人工智能笑话。"

下列内容摘自兰波的手记

记　特殊战力总局　作战部　特殊作战群　谍报员　■■■■
晴　黎明前　新月

明天就要潜入敌国的军事基地了，我决定留下一篇较长的记录。

这次的任务没有掩护，没有后方支援，也没有内部协作人员。

要夺取的目标是新型异能兵器。据说他外表是名少年，实际上却是暗藏着足以毁天灭地的力量的灾难。

任务很危险，我有可能无法活着回来。

但是，如果说有谁能够完成这项任务，将世界的灾难从敌国除去的话，那就只有我和搭档魏尔伦两个人。

我一直在想，我能为魏尔伦这个可靠的搭档做些什么？就在昨天，我终于得到了答案。

庆祝他的生日。

当然，他没有准确的生日。可是，我把昨天当作了他的生日。因为正是在四年前的昨天，他杀掉了牧神，获得了自由。

我托巴黎的甜点师做了一块小小的布丁，夹着一瓶葡萄酒去了魏尔伦的安全屋。魏尔伦的反应不像是惊讶，更像是狐疑，于是我解释了一番。

庆祝生日这件事彰显了一个简单的事实，那就是"你的诞生是值

得庆祝的"。不管别人怎么说，你的诞生都是有价值的。

而在生日这天，绝对不能少了一样东西。生日少了它，就如同夜空少了月亮。

那就是生日礼物。

我送他的礼物是一顶黑色的帽子。

一顶带帽檐的圆顶礼帽。既不特别昂贵，也不出自著名的工匠之手。可是沿着帽子内侧缝了一周的吸汗布却使用了相当特殊的材料。

一成是白金，一成是钛，剩下八成是以金为主要材料，用彩虹色的异能金属纺织而成的，里面含有"牧神"的异能。我将他研究设施里即将完成的物品改造成了帽子。

只要将头放入内部，帽子的布就会发挥线圈的作用，拒绝外界施加的、由命令式造成的意识干扰。也就是说，如果戴帽者想，是可以反过来控制命令式的。

有了这顶黑帽子，魏尔伦就可以离"拥有自由意志的人类"更近一步。

他的反应很奇怪。既不高兴，也不吃惊，只是目光平静地说了一句"那我就收下了"，之后就再也没说过话。我们一起喝了葡萄酒，然后互道晚安。

我的做法真的正确吗？过了一天之后我依然不清楚。魏尔伦的目光像是永久冻土，远在北极的另一侧。

可是，答案应该很快就会出现。

就在明天，就在敌营。

为了搭档，无论是去怎样的地狱我都义无反顾。

只要天堂有上帝，心中有情谊，伸出手能够触碰到未来，我就什么都不怕。

（这是手记最后一篇文章，后面再无任何文字。）

战斗虽然结束了，但因为重力波的余威，林地还在沙沙作响。

魏尔伦倒在爆炸中心地，被扫倒的树木呈放射状铺在地上。声音、夜风和落叶被残存的重力吸向那里，形成了一个小小的旋涡。

但这并不代表魏尔伦本人恢复了神智。

亚当单手撑地，探头看向沉睡的魏尔伦。

"心音正常，呼吸微弱，"亚当说，"他已经进入睡眠状态了，没问题，残存的重力也不到危害人体的级别。"

接着他探出身子，注视魏尔伦的睡脸。这个被称为世界的灾难、暗杀王的男人的睡脸十分宁静，丝毫看不出危险。"哎，不如我们在他的脸上涂鸦吧。"亚当说。

"别了。"中也坐在地上说。

"其实我这只手指是钢笔来着。"说着，亚当摘掉了中指的外包装。

"说了别。"中也虽然这样说，嘴角却微微上翘。

亚当把手指恢复原状，说道："这个男人，看他这样平静地睡着的脸，完全就是个普普通通的人类啊。"

"不管睡着还是醒着，他都只是个普通的人类。"中也不当回事地说。

"虽然他异能很强，但除了这个还有什么？他会生气，会烦恼……不过他本人好像对于只有这些感到很不满。"

听到这句话，亚当凝视着中也，然后微笑着说了一句"没错"。

"看来，我们已经得到该得到的结论了。"

"啊？什么意思？"

中也正想瞪亚当，通信器在这时候响了。

"嗨嗨，两个小伙伴。我已经听到报告了。"是太宰的声音，"魏尔伦被你们干掉了？真厉害。其实我这个计划就是抱着'哪怕中也会在空中被拍成面饼，也要派他出去'的念头制订的。"

"你这家伙……"

中也还没来得及反驳，通信器那边的声音就继续说道："我找你们不是因为这件事。你们有没有看到N？"

"啊？N？"中也皱起眉，"他不是被魏尔伦绑走了吗？"

"我派了救援队去救他，毕竟我们需要他的知识。尤其是你，中也，想得知你的秘密，他是不可或缺的。"

中也沉默了片刻，然后抓起通信器说道："原来如此啊，你一开始的目的就是这个？"

"终于发现了？"太宰愉快地笑道，"再怎么想保护森先生的命，我也没忠心到敢自己面对那么可怕的家伙啊。我只是想利用N知道的命令式之类的所有知识，把你改造成我的忠实女仆——"

"啊——随你怎么说。然后呢？你为什么要问我们有没有见过他？"

"把N从施工现场救出来的救援队在驾车回来的路上失去了联系，N也联系不上了。"

"什么？"

太宰回答中也的声音透着不祥的气息，消失在深夜之中。

"可能是出事了。"

Mafia的黑色轿车撞到电线杆上后停下，N从车子的后座滚了出来。

他全身都受到了重创，嘴里全是黏糊糊的血液。他双手撑地跪在车子旁边的路上，不住地痛苦喘息。

车子从正面撞上电线杆，前面整个被撞扁了。车身的某个地方开始冒出烟来。这里离魏尔伦等人战斗的林地很近，十分安静，一辆车都没有。视线所及之处只有黑黢黢的树丛。

"我……还不能死……"

N说着，把黏稠的血吐在地上，总算是站了起来。

然后他迈开步伐，落荒而逃。

"在把这个发射出去之前……"

他从白大褂里面掏出来一把陈旧的信号枪。

这把枪外表呈现黯淡的红色，看上去只是一把普通的手枪，但枪口很粗，可以发射12号口径的信号弹。

接着，N将自己戴的手表摘了下来。那是一块非常普通的银色手表。他用沾满了汗水与血水的手指把上面的玻璃表盘拆掉，从里面拆下一枚齿轮。

在这块普通的手表里，只有那枚齿轮最为奇怪。

内部的金属散发出神奇的光芒，那是由金和白金，还有谁都没见过的彩虹色金属打造的合金。在月光的照耀下，齿轮的表面先是浮现出仿佛正在奔跑的极其微小的字符串，然后消失不见。

N拖着腿向前走去，来到能够看到魏尔伦战场的山丘上。森林中的树木被轰飞，还有被挖出一个陨石坑的大地。

"果然……变成'兽性'形态了啊，魏尔伦。"N粗喘着说，唇角勾起冷笑，"那么，脆弱的我也终于可以对你下手了。"

N将从手表里取出的奇怪金属塞到信号枪的弹头里。

他的目光很平静，不带感情，是静静地执行早已决定好的行动计划的目光。他装填子弹，然后将手枪指向天空。

N身后的车子还在冒烟。车身下方已经有泄漏的燃料滴落。车里面有两个人影，一动不动。

那两个人是Mafia成员,并且都已经死去了。

坐在驾驶座上的Mafia成员趴在方向盘上,像睡着一样死去。他后背从脖子到腰部的衣服和肉体都已经溶解得不成样子,连脊柱都能看到。创伤处现在还冒着白烟和臭气。

坐在副驾驶座上的男人也跟他类似。他溶解的部位是从右肩到手臂,之后撞到电线杆上导致脊柱骨折死去。从背后淋上的药液把他的安全带变成了碎布。

后方座位的地上,有一个空了的药瓶。

他们死亡的原因很清楚了——在驾驶过程中,坐在后座上的男人突然从后方向他们二人泼了药液。二人毫无防备,在既没有抵抗也没有反应的情况下被药液溶解了身体,然后车子失去控制,撞到电线杆上。

这两名Mafia成员就是将后座的男人——之前被绑架到塔式起重机上的N——救下来,并用轿车载着他前往太宰身边的人。

中也背着沉睡的魏尔伦与半毁的亚当走在路上。

两个人的重量加起来有中也体重的两倍多,但因为中也操纵重力,使他们变轻,所以他的表情看上去并不痛苦。

"哎呀,真是让人头痛呢。"趴在中也背上的亚当闭着眼睛说,"任务居然被本机完美地完成了。Y国政府,不,全世界的政府都要对本机感恩戴德吧。"

"哦,是吗?真希望他们也感谢感谢正背着你的我。"中也不悦地说。

"这样一来,我肯定会升职的。成立一个只有机器刑警的刑侦机构的梦想可能会比我想象的更早实现。"

"哦,那你可真了不起。"

"未来将由完美的机器探员保护不完美的人类。最后,人类探员会因为没有价值而遭到排除,不,干脆把人类从娱乐之外的所有工种中都解放出来,由我们来管理没有任何自理能力的人类……嘿嘿嘿。"

"你的笑声真可怕,快别笑了。"

中也板着脸看向亚当,就在这时,一枚信号弹发射到了东边的空中。

"那是什么?"

信号弹发出耀眼的金黄色,拖着烟尾,在夜空中划过一道锐利的光芒。就像是从地上飞往天空的流星一样。

那道光照亮树丛的侧影,在地上划出一道伤痕般的光亮,在中也的脚下映出一道长长的影子。

"是攻击小队的误射吗?"

中也喃喃地说,抬头望向突然出现在夜空中的"太阳",眯起眼睛。

太宰的眼睛眨也不眨地盯着那道光,然后他的眼睛迅速动了起来,去寻找光的来源、角度,以及现在的时间。

有战况。闪光弹的种类、推算出来的发射者、原因、目的。

不到一秒钟,他的眼中便出现了了然的光。

"糟糕……"太宰唇间吐出的与其说是声音,更像是破裂的喘鸣,"让所有人疏散……不,来不及了。"

他的眼神带着绝望,不住地摇曳。

被射上天空的信号弹中出现了无数闪着彩虹色光芒的奇怪金属片,纷纷撒向大地。

中也抬头望着它们。那些彩虹色的颗粒比雪花更小,就像遥远天空中的星星一般。它们仿佛在随着听不到的音乐声发生共鸣,美丽地闪烁着。

中也发现,它们的确是在演奏音乐。比起音乐,更像是音压。是在成为旋律之前的,朴素又纯粹的音乐信号。

紧接着，异变发生了。

他背上的魏尔伦突然发出尖叫。

那是无法用语言形容的惨叫声。中也全身的汗毛都竖了起来。魏尔伦不可能醒过来才对，是自己太大意了。如果现在被他攻击怎么办？这种姿势可是再糟糕不过的了，中也根本没办法躲避攻击。

中也迅速歪斜身体，想把魏尔伦甩下去。就在这时他才发现，魏尔伦并不是只在尖叫，他还在痛苦地挣扎。

魏尔伦眼球充血，脸上突起网眼般的血管，手指一直在抓挠胸膛。他的身体落到地上之后就不停地打滚，全身都在用力地打挺，仿佛能听到肌肉撕裂的声音。

"亚当！他怎么了？"

"这不是本机的毒药效果！"亚当用僵硬的声音叫道。

中也注意到了。

空中落下来的金属颗粒正在被吸向魏尔伦的残存重力。

是它们对魏尔伦造成了最强烈的影响。

有人发动了攻击。魏尔伦是因为这些金属颗粒才痛苦的。

那枚信号弹是谁发射的？

"……了。"

魏尔伦在痛苦的呻吟中说了什么。中也望向他。

"被算计了……"魏尔伦的呻吟声透着痛恨的悔悟，"那个研究员骗我……他早就知道……'温柔森林的秘密'……"

异变骤起。

以魏尔伦为中心的空间开始发生波动。

"重力场的变动正在吞噬环境光线，多普勒效应造成频率变动！"亚当发出了类似警报的尖锐声音，"有东西要来了！"

魏尔伦身边的大地像是被一个看不见的巨人用拳头殴打过一样凹陷下去。地面接二连三地出现碗状的坑，树丛仿佛害怕般震动起来。

"请快点离开这里，中也大人。用最快的速度。这个重力波长的模式与九年前的那个时候一模一样。"

"九年前？"中也表情一变，"喂，魏尔伦，回答我，到底发生了什么？"

魏尔伦正逐渐被自己创造出来的重力波震动淹没。

空间扭曲，几乎看不到魏尔伦的身影了。惊人的异能位相扩大，覆盖了方圆数百米的范围。位相内的能量电势差让内部连续不断地冒出雷电般的蓝色闪光。

在那空间的中心，魏尔伦的声音听上去既微小又虚弱，仿佛是从另一个次元传来的。

"世界要终结了。"魏尔伦像一名临终老者那样伸出了颤巍巍的手，"快逃，中也。"

然后，他的手触碰到中也的胸口。向外的重力将中也弹飞出去。

"什么？"

在旋转着飞出去的同时，中也看到了——

魏尔伦露出了悲伤的微笑。

然而，那个急速膨胀散发出来的强大东西追上了中也，将他连同意识一并吞没。

天空破碎，黑雷降落，大气膨胀。

正在执行撤退命令的Mafia战斗小组的人们听到了天使的歌声。

而站在列车上的太宰听到了恶魔的狂笑。

一切都与九年前发生的大灾难一模一样。沸腾的大地，蒸发的房屋。天在燃烧，地在哭喊。

那是肆虐的"荒霸吐神"，来自世界的彼岸。

然而，现在在众人眼前焚烧森林的不是"荒霸吐"，而是比它更为庞大，更为漆黑，更为邪恶的东西。

巨大的身躯遮蔽月亮，举手投足释放真空波，每走一步都会踩碎大地。

太宰仰望着它。

"这就是特异点？这种力量真的是从异能产生的吗？"太宰的声音听上去很是陶醉，"这种东西，简直就是世界的末日啊。"

他的唇角甚至还挂着无意识的笑容。

最初的十秒钟，半径一千米以内的树木一棵不剩全被扫倒。

接下来的十秒钟，同一范围内的大地被击碎后向上喷发。

接下来的十秒钟，坑坑洼洼的大地沸腾起来，化作熔岩点燃了周围的森林。

N看着这幅景象，在山丘上开怀大笑。

"哈哈哈哈哈！魏尔伦，这就是'温柔森林的秘密'！也就是兰波为了保护你而删掉的，让你恢复真面目的方法！"

N的视线前方，是变成异形的魏尔伦那黑色巨兽的轮廓。

"连身为神的'荒霸吐'都不过只是你的仿造品。你是全世界第一个活下来的特异点，也是从世界根源而来的魔兽。你的造物主给你取的名字是荒蛮之神的负片，最初的恶魔——'魔兽维维尔（Guivre）'。"

那巨大的身躯抬起了头。

它的躯体是火焰，尾巴也是火焰。结实无比的身躯黑得就像是由暗夜凝聚而成。

八只鲜红的眼睛，银白色的尖锐牙齿。由于能量过高，它的轮廓并不稳定，而是颤动着与大气混杂在一起。

那比高楼大厦还要巨大的生物拥有类似爬虫动物的口腔与外表，却与地球上的任何一种生物都不一样。最为相似的就是只存在于传说中的怪物——混沌的魔王,邪恶之"龙"。

那副模样实在是太过可怖,无法用"神"来称呼。大地在其脚下沸腾,没来得及逃走的Mafia成员纷纷发出惨叫声,转眼间便没了性命。

那是一团会呼吸的混沌,一头超出人类规模,以宇宙规模存在的魔兽。

大气中充满毁灭的咆哮声。

在三次紧急重启主运算核心后,本机终于恢复了意识。

可是本机不知道这里是什么地方,甚至不知道自己现在是个什么姿势。

周围到处都是高速打转的暗黑洪流。因为重力的异常,本机的所有测量仪器都陷入混乱状态,并且完全无法对周围的情况进行扫描。

最终本机得出的结论是:本机现在恐怕在魏尔伦的体内。

否则就无法解释为什么一切联系外界的通信手段都作废了,因为强大的重力将电磁波都关在了里面。

连时间测量仪都以异常的速度流动着。大概是因为相对论,这里的时间流速变得比外界更快了。

这是个非常危险的地方。

"中也大人!您在哪里?"

本机把音量调到最大叫喊道。可是本机的声音甚至没有传入本机自己的听觉零件。说真的,现在就和身处宇宙空间没有分别。只有沙尘暴一般的光芒不时从眼前掠过。

就在这时,主干系统内部响起警报声,简短的报告出现在信息流上。

确认发生812号紧急情况,可以解除应急协议B的冻结状态。

对任务的最终目标进行覆盖,对B1至B12功能进行解锁。

于是,本机回忆起了全部的事情——

眼前的局面、未来可能出现的损害,还有本机被派来的真正原因。

这里果然就是魏尔伦的体内。他体内的特异点被解放出来,将离他最近的本机与中也大人一并卷了进去。

中也大人有危险。

"暂时冻结应急协议,搜索最高级命令人中也大人。"

本机使用空气喷射控制着自己的姿势向前方移动。

"我现在就去救您!"

在宇宙风暴中的黑暗里,在伸手不见五指的混沌中,本机开始前进。

在太宰的注视下,Mafia持续进行着绝望反击。

热线、火焰和闪光包围了巨兽。这些攻击是为后期进攻而一直待命的异能者发出的。除此之外,还有迫击炮、反坦克榴弹、榴弹发射器等数不胜数的Mafia热兵器袭来,熊熊火焰将黑色巨兽围在其中。

可是这些攻击全部被巨兽周围出现的泡状黑洞阻隔了。物理弹造成的攻击要么被黑洞吞噬,要么被黑洞消失时释放出的光芒蒸发。

冰冻的异能者产生寒气,可是巨兽生成的能量过于庞大,这些寒气只能将热量降低一刹那而已。能让大地变成液体的异能者想让它脚下的大地崩塌,却只能液化一小片大地,让那双过于巨大的兽足微微向下陷一丁点。

除此之外的异能攻击也全部被巨兽的表面弹开,接二连三地溃散。

"不行。"望着这场攻击的太宰呆呆地低喃,"就和激怒上帝的索多玛人一样。完全就是单方面碾压，连战斗都算不上。"

"太宰阁下，"夹着通信器的广津跑到太宰身边，"再过不久，我们收买的雇佣兵就会送来增援的空中战力。"

"空中战力？"

几乎就在同时，从东方传来了三声夜空的大气被拍打的重低音。

伴随着声音而来的是巨大的铁块。

那是三架重武装的空对地直升机。既不是挪用运输机改造成的镇压局部区域的攻击性直升机，也不是兼具侦察与攻击性的侦察直升机，而是从一开始就设计成用火力粉碎敌人的空中猛兽。

三架攻击性直升机同时释放出火焰。

攻击机完全没有留手，同时发射了十六枚空对地诱导导弹。一枚诱导导弹就足以贯穿坦克装甲并将其粉碎，而现在一架攻击机就发射了十六枚，三架攻击机同时发射，共计四十八枚一齐射了出去。

火红的热火球在巨兽的表面膨胀。

黑色魔兽发出咆哮。

诱导导弹不会在撞到敌人身上那一瞬间爆炸，而是在进入杀伤范围那一瞬间爆炸。它的近炸引信会在弹头被吸入黑洞之前发动攻击。在整个Mafia里，也几乎没有哪个异能者能造成比它威力更大的破坏。

巨兽烦躁地晃头。

"真是惊人的威力啊。"广津遮手挡着光，"再加上它尽管很大，却没有远距离攻击的手段，如果能坚持下去的话，或许⋯⋯"

太宰却僵着脸眯起眼睛，"⋯⋯不。"

咆哮的巨兽瞪向飞在空中的钢铁攻击机。

周围一带布满了浓烈的"死亡"气息。

"什么？"

所有人都抬头望向它。

夜空正在消失。

星月的光芒被吞噬，巨兽的头顶出现了一片巨大的黑暗。它逐渐收缩到巨兽的眼前，最终变成一个车辆大小的黑球纳入巨兽的口腔。那里是完全的虚无，是会吞食世间真理的黑暗。

在咆哮的伴奏下，黑暗被喷射了出去。

首先消失的是大地。呈带状被射出的暗黑吐息在大地挖出一个深不见底的洞。在巨兽抬起头来的同时，劈裂的大地也在继续向前方延伸，形成一条笔直的深沟。

笔直的暗黑正中攻击机。

第一架直升机迎面受到黑色洪流的攻击，甚至没有被破坏，直接蒸发得无影无踪。第二架和第三架在洪流接近的时候就因潮汐力而四分五裂，变成无数零件碎片撒落到大地上。

这一切就发生在转瞬之间。

巨兽只是释放出了黑色的吐息，眨眼间就把三架最新兵器消灭了。

"什么……"广津连呼吸都忘记了，凝视着空中，"刚才那是什么……"

大地被笔直地挖出一条深不见底的裂缝，而且还一眼望不到尽头，一直持续到地平线的那一边。

"哈哈……真让人难以置信，黑洞居然会像激光一样被发射出去。"太宰睁大了眼睛，只有嘴角露出笑容，"这已经不是异能了，不，它不是地球上该发生的现象。这种物理现象，只能在银河系、在太阳的中心之类的地方观测到。我甚至觉得，我们根本不是在与一只生物交手。不行的，不可能赢。"

巨兽开始移动。

尽管它的动作很迟钝，只是抬个脚就要花费几秒钟的时间，但脚尖的速度却快得足以生成冲击波。由于它的躯体过于庞大，不管动得怎么慢，都会产生媲美特快列车的速度。

站在山丘上的N就在它的前行方向上。

N俯视死亡吐息造成的重力破坏,大笑起来。

"哈哈哈哈!没错,这样才像话,魏尔伦!你说得对,你不是人类!是比人类更高级的生物,是吞食世界的猛兽!你就继续向前走吧,用你那特异点的淫威将整个城市乃至整个世界夷为平地吧!然后你会用尽力气,与特异点一同蒸发,一同消失!哈哈哈哈哈!"

巨兽在行走,看上去就像一座移动的黑山。它的视线没有投向任何眼前的事物,它的眼里没有幸存的Mafia,也没有脚下的N。

它看着的,是在遥远前方闪烁的横滨灯火。

"看见了没有,魏尔伦?这就是你的结局!"N的笑声愈发尖利,最后变成尖叫,"像你这样天下无双的生物,就要被我这种无聊的人类弄死了!哈哈哈哈哈,去死吧,魏尔伦!我要为弟弟报仇!哈哈哈哈哈哈哈哈哈哈……"

巨兽抬起腿,N带着又哭又笑的表情大声喊叫。

巨大的脚底将山丘和站在上面的N一并踩烂。

在稍远一些的树林中,广津和太宰一直注视着那只巨兽的前行。

"它走起来了。"广津呆呆地说,"那边是市区——横滨的方向。"

"它是憎恨的化身。"太宰像是朗读书籍一样说道,"会对攻击,也就是敌人的憎恨起反应。刚才的攻击让市区的一部分人注意到了,所以它对那些人产生了反应,打算到横滨去。"

"那么,如果让它继续走下去的话……"

"没错,会有几百万人死亡。"太宰拿出通信器,"是时候行动了。"

说着,他调整了通信器的频率,说道:"森先生吗?你最好快逃。

它冲你那边去了。"

港口Mafia总部大厦的顶层，首领办公桌。

森鸥外就坐在桌前，望着窗外。

房间很黑，通过窗户能将横滨的夜景尽收眼底。在这片夜景更远的地方，越过市区的天空中，有暗红色的光芒在微弱地闪烁着——是远方进行的战斗与林地的火灾染红了云朵。

"我这边也看到刚才的攻击了。"森鸥外用稳重的声音说，"看来局势变得很严重啊。"

"现在已经不能用'严重'来形容了，"太宰说，"它是另一只'荒霸吐'。'荒霸吐'在九年前只是苏醒了一瞬间，就将城市轰飞，形成了巨大擂钵街的陨石坑。如果它在城市里连续释放那种力量的话，横滨会沉入海底的。现在已经不是我们能插手的时候了。"

森鸥外对他的这番话没有任何动容，只是平静地呼吸着。片刻后，他说："太宰，你知道我为什么能在老大这个位子坐到现在吗？"

"森先生，"太宰用苦涩的声音责备道，"现在不是说这个的时候。"

"现在身处战场的你们都拥有很方便的异能，可我没有。但相反，我也有比你们要优秀一些的东西。那就是推算出战斗中所必需的战力，并将其送上战场的直觉。"

太宰沉默了半响，道："你是想让我们把它干掉？"

"你让我逃，但面对那样的怪物，我能逃到哪里去呢？"森鸥外的声音很平稳，只是在陈述事实，"从现在开始，我想看你们——你和中也会如何战胜这次危机。想必那一定会成为新时代的开端。"

"你说得倒是轻松，"太宰不耐烦地说，"但是中也多半已经死了。怪物出现的时候，他离得最近。而且我联系他，他也没反应。就算他用重力防御活了下来，现在也在怪物的肚子里……你想知道我是怎么想的吗？"

森鸥外没有回答，而是轻轻耸了耸肩。太宰等了片刻，继续说道：

"我在想，这会不会是一个绝佳的机会？如果遭受了那样的异能，肯定会瞬间就消失得无影无踪吧。既不痛苦也不煎熬，还不会被人看到死后的丑态。这可是千载难逢的好机会。"

森鸥外没有第一时间回复他。想说的话在他的嘴里打了个转，他带着思索般的目光沉默下来，用手指在嘴唇上敲了敲：

"你的意见可能是正确的，"过了一会儿，森鸥外说，"但你会去对付怪物，并且拼命战斗。我可是知道的噢。"

"怎么可能？不过，我还是姑且听一下你的理由吧。"

"道理非常简单，"森鸥外微笑道，"如果你现在被那只怪物杀掉，就没人救得了中也，他也会死。换句话说，你盼望已久的死亡会以'和中也一起死去'这样的形式实现。"

太宰足足沉默了十秒钟。

十秒钟之后，太宰对着通信器发出了"嚯哇"的一声。

"'嚯哇'是什么意思？"

"没什么。总之，你想操控我是不可能的。我挂了。"

说完，通信便断掉了。

森鸥外面带微笑地握着通信器。

太宰保持着挂断通信的姿势僵在原地，然后抱住通信器整个人缩成一团，冲着地面大叫一声：

"我就是不想这样啊啊啊啊啊！"

中也在黑暗之中前行。

他甚至不确定自己是在时间中前行，还是在空间中前行，甚至不清楚这里真的是某个地方，还是类似死后世界的那种概念性的黑暗。

但是，他看到眼前有一个人。

连上下都不确定的黑暗呼啸而来，把那个人遮住了。可是肯定有人在。那个人浮在空中，在淡青色暗黑雾霭的对面。那是一个他非常熟悉的人。

中也想起来了，那是他自己。

是飘浮在青黑色液体之中的年幼的中也。他正在沉睡。从他的脖子到脊柱之间，插满了眼熟的输液管和细线。

一个声音突然从身边传来。

"快一点，保罗，有警卫来了。"

中也吃惊地看向声音的来源，然后看到了熟悉的人。

——一个有着黑色长卷发和平静目光，穿着用于卧底侦查的白大褂的男人，兰堂——阿尔蒂尔·兰波正在看着自己。

"保罗，你怎么了？实验样品甲二五八号，肯定就是这个孩子。你在犹豫什么？"

"我知道。"

应声的人是自己。视线又回到圆筒玻璃上。

玻璃的表面映出一张模糊的脸，一个戴黑帽子的人。是年轻的保罗·魏尔伦。

他的手触碰到了圆筒形的玻璃管。这是一双手指修长的手。

魏尔伦话音刚落，手便捏成拳头，打碎了圆筒。青黑色的液体向外喷出。

那只手抓住年幼的中也，把他拽到了外面。

时间跳到另一个节点。

眼前是夜晚的小巷。租界的楼房杂乱无章，就像是被人粗暴地堆放起来的木材一样。月光斜射在楼群上。兰波带头小跑着从小巷中穿过。

远处传来军方的警报声。他们的入侵被发现了。

这时中也才发现，这些是记忆，九年前的记忆，也就是魏尔伦与搭档兰波一起把中也带出来的那个时候。

可是为什么？为什么他要被动地观看这些记忆？

中也记得，在林地的战斗中，魏尔伦将自己撞飞之后，他有一种被强大的东西吞没的感觉。那是一种不同于重力的黑色东西，可能就是因为它吧。

一旦集中精神头就会很痛。在比自己更为巨大的某种东西将自己完全覆盖的时候想维持自己的精神，是一件很难的事。

但必须去做。现在观看这段记忆，肯定有某种意义。

前行的兰波一边快走一边说：

"我们离抵达逃脱用的潜水艇还有五千米。在此之前必须甩掉追兵，否则我们就得游泳回F国了。"

兰波一边说，一边小心地留意四周，可以看出他具备一个老练的谍报员该有的集中力。

他的背影开始远去，因为魏尔伦放慢了脚步。

魏尔伦由快走变成慢走，最终停了下来。

"怎么了，保罗？"兰波回头问，"快一点，军方的追兵马上就要追上来了。"

他没有收到回答。

把年幼的中也扛在肩上的人似乎是魏尔伦，这样分工是因为他可以操纵重力使中也变轻。

"我不会把这孩子交给F国。"

魏尔伦的声音清晰而坚定地响起。

"什么？"兰波的表情充满疑惑。

"我不会把他交给任何人，也不会让他回研究设施去。我要让这孩子在某个悠闲的乡村悄悄长大，永远不知道自己的真实身份。"

兰波一脸困惑，眨了好几次眼睛。他转身，想走回魏尔伦身边。

"不许再过来了。"

魏尔伦用尖厉的声音制止了他。

"你在说什么？"兰波很是困惑，"这孩子应该由国家来管理、教育，就和你一样。"

"这就是问题所在。"魏尔伦的声音带着紧张与敌意，"兰波，你想象一下，如果有人对你说，你不是人类，这会对你造成多么大的影响？你不是在上帝的祝福下出生的，而只是某个人随手写出来的字符串，当这个真相摆到你面前的时候，你的心会被推落到多么深的地方。那是看不见月亮、一片黑暗的谷底。没有希望，没有救赎。你明白吗？就连这种绝望的情感，都是某个人设计出来的啊！"

"这件事我们已经谈过好多次了，保罗。"兰波向前迈出一步，"你是人类。不管在任何人眼中，你都是人类。无论你是经历了怎样的过程出生的，它们与你如今的存在，与你可以用大脑思考相比，都只不过是微不足道的小问题而已。"

"嗯，是啊。"魏尔伦用透着苦涩的声音点头道，"'你是人类'——这句话我已经听过无数遍了。这是我在这个世上最讨厌的一句话。"

"保罗……"

"我说了让你别过来。"魏尔伦用严厉的声音制止了试图走近的兰波，"不管你在脑子里琢磨出什么样的说辞，都改变不了我不是人类的事实！而一个局外人却对我说'你的反应和人类一模一样，所以放心吧'？你还不如说我和青蛙一模一样，我反而会觉得放心！"

兰波皱起眉，摇了摇头。

"对不起。"说完，兰波转身背对他，"总之先回国，这件事等回国之后再说。"

他重新迈出步伐。

魏尔伦盯着他的背影。

"不,回去之后就晚了。"魏尔伦用任何人都听不到的音量低喃,"一旦回国,立即会有组织的同伴扑过来把我关起来。只有身处敌营的现在,我才有资格任性。"

说完,他举起了手枪。

那是一把平平无奇的自动手枪,但中也立即明白了。对于能用重力改变发射速度和弹头重量的魏尔伦而言,手枪就等同于大炮,无论怎样的异能者都能被子弹贯穿,即使对方是超级异能谍报员兰波。

枪口对准了兰波的后背。

"保罗,你能开枪吗?"兰波背对着他说,"把你救出来,让你像一个人类那样活着的人可是我啊。"

"对不起,兰波。"尽管他的声音低得仿佛要融化在口中,但里面却包含着货真价实的悲痛,"可是我想拯救自己,拯救另一个自己。"

然后,他扣下了扳机。

诀别的子弹用远远超出音速的速度射向兰波的后背。

在被子弹击中之前,兰波迅速转身,发动自己的异能。深红色的立方体化作盾牌出现,可是子弹重力使空间变形,穿透了立方体,击中兰波为防御而举起的手掌根部,随即穿透,直到嵌入挡在他身体前方的亚空间立方体,这才终于停了下来。

采取防御的兰波脸上并没有生气的迹象。

"这就是你的决定啊,保罗。"

他只是用平静的、干涸的、荒野般的眼睛,回视这个曾经既是自己挚友又是自己搭档的男人。

"之前给你添麻烦了。"魏尔伦用平静的声音说,"但是这样一来,你应该能明白了吧,让一个不该出生的男人活着是一种错误。"

重力像绽开的花朵一样向周围扩散,让空间逐渐变形。

"这不是什么错误。保罗,我一定要带你回去,就算要把你的四肢斩断。"

就像要回应重力似的，兰波的亚空间立方体也慢慢铺开，覆盖整个小巷。

即将开战的空气烧焦了天空与大地。这不是普通的战斗。而是两名以一当千的超人用灵魂展开的死斗。

兵器级的力量与力量即将发生碰撞——

"中也大人！快点醒醒！"

中也的意识突然从过去抽离出来。

刚恢复意识，黑暗便扑面而来。中也漂浮在来历不明的黑暗激流中。连上下都分不清，只能看到不似空间的空间支配着的黑暗洪流。

黑暗在耳边带着刺耳的声音穿过。时而有彩虹色的金属粉以让人难以置信的速度从眼前穿过。

他顺着肩膀上的明显触感向那里看去，这才发现是亚当的手抓着自己的肩。他用一只手的握力勉强坚持下来，没被激烈的黑暗洪流冲走。

明明亚当就在身边，可他的身影却在打转的黑暗对面，模糊不清，就好像离自己有几千米那么远。

亚当按了一下耳朵后方，拿出一个半圆形的机器，然后将它戴在中也耳朵上。

机器中传来亚当的声音，应该是类似接收器的东西。

"我还以为您不会醒过来了。"

"……这里是？"

中也环视四周问道。眼前是一片黑暗激流。他只知道这是一个无比宽广的空间，大到甚至可以让人的空间感觉发生错乱。

接收器似乎也具备收音功能，亚当通过接收器回答了中也的问题。

"我推测这里是魏尔伦的内部。"亚当的声音和杂音混在一起，"魏尔伦的特异点被完全解放了，他变成了特异点生命体魔兽维维尔。在那一瞬间，我们被解放卷入，吸收到了他的内部。"

"哦。"中也表情僵硬地说,"这里是魏尔伦的体内啊,我刚才就这么觉得了。"

耳边有什么东西发出惊人的轰鸣声流过。可是他甚至分不出来那是物质、是风,还是时间和空间本身的浊流。感觉这里的一分钟既像是外界的一个月,又像是只有一瞬间。这个空间里没有距离,没有方向,甚至没有概念。只有不断涌来的压倒性的能量波动,而他只能忍受着,不让自己因这能量波动而昏迷。

"在这里,普通的几何空间的常识是不通用的。就像在黑洞内部那样,时间的激流不住地打转,不同的地点,时间的流速也不一样。如果我们分开的话,有可能会再也无法见面。请您用这个。"

亚当把手放在后脑勺与脖子之间的连接部位,从里面抽出一根白色的带子,缠到中也的腰上,并沿着他的后背、肩膀、脖子结结实实地缠了一圈。

这根金属带即使在汹涌的黑暗之中也散发出干净且稳定的光辉。

"这是?"

"被称为耐时电缆(Time Proof Cable)的应急神经。"亚当微笑着说,"看上去像一根绳子,其实是类似圆筒的构造,内部塞满了无数连接性真空胶囊。内部的一种玻色子,也就是胶子,会一边引发量子隧道效应,一边以光速到处奔跑。一般来说,物质越是接近光速,时间流速就会越慢,所以有胶子流动的这根电缆内部几乎没有时间流动。这在外界的时空状态下也是一样的,所以它可以作为空间绝缘体进行工作。"

在亚当解释的同时,可怕的暗黑空间还在中也耳边肆虐而过。可是用那根绳子固定住身体之后,多少缓和了一些类似空间认知障碍的不适。

"简而言之,您可以把它当作再怎么离谱的情况也割不断的结实绳索。"

"不,道理我听不太懂,"中也皱起眉,"只是这根能够应付离谱情况的绳索，为什么会从你后背轻轻松松地扯出来？"

"这是因为，一开始设计本机的时候，就预料到了会发生这种情况。"

中也的表情僵住了："你说什么？"

"我是刚刚才想起来的。"亚当的眼神很认真，"或者说，在我判断这种情况出现之前，这些知识都处于被保护的模式。这根电缆也是知识库中的一部分。欧洲当局因为预测到了最糟糕的情况——魏尔伦体内的特异点失控，才把有能力应对的本机派过来。不过，时间所剩不多了。在横滨变成全世界最大的陨石坑之前，本机要执行机密任务'最终协定'。您能帮我吗？"

中也盯着亚当看了片刻，然后咧嘴一笑。

"我没理由拒绝，"他说，"可是，具体要怎么做才能阻止它？"

"用内置在本机体内的这个异能兵器。"亚当打开胸膛的收纳仓，让中也看里面的东西。

那里有一台古怪的老式放映机。上面连接着吸收冲击的树脂材料和电路线，以及写着奇异词句的羊皮纸。

"这是大战末期，在Y国发明出来的东西，也是本机的动力源。原本是用热量造成大范围破坏的兵器。"亚当也咧嘴一笑，"使用它，就可以将魔兽维维尔整个烧毁。"

"啊？"中也瞪大了眼睛，"烧毁？整个？"

"对。我来简单说明一下步骤。"

亚当说着，将剩下的右臂从肩膀连接处拆了下来。

"首先，请您将这只手臂和刚才的耐时电缆的端口系在一起。因为本机只有一只手臂了，无法自己系上。"

"这样吗？"

中也接过手臂，将电缆插入手腕的端口。

"请固定得结实一些。接下来，握住这根电缆用异能施加重力，把手臂丢出去，让它能飞多远飞多远。"

"你想让它飞到哪去?"

"到这个领域的外面去。"

中也一脸严肃地沉默了。他看了看亚当和暗黑领域,问道:

"你认真的吗?"

"是的。"

"我们可连它能飞多久都不知道啊。而且还是在这种激流里,我不敢保证它能笔直地飞出去。用正常的思维想想,魏尔伦的重力场要比我的异能更强。"

"但不做肯定不行。"亚当摇摇头,"没事的,中也大人一定能做到。"

"一台计算机给我这么没凭没据的鼓励有用吗?"中也苦笑着说,然后正色道,"这家伙长度够吗?"

"应该足够了。"亚当举起抽出来的那捆电缆。

"行吧,你看着。"

中也闭上眼睛,调整呼吸,然后一只手举起亚当的手臂,另一只手拿着发光的绳子,盯着前方的虚空。

他对手臂施加了水平方向的重力。手臂即将发射出去的力量慢慢提高,中也控制住它的手指关节开始泛白。当重力施加到极限的时候,中也松开了手。

手臂如同彗星般射出,被暗黑洪流吞没,转眼就不见了。

中也抓住猛地冲出去的电缆,将异能之力注入其中。在中也"操纵触碰之物的重力方向与强度"的能力作用下,绳子和连在上面的手臂不断加速。

堆在一起的剩余电缆迅速减少。

"继续!"

中也的脸上冒出汗来。他必须仅凭自己的力量贯穿连光芒都能吞噬的暗黑重力空间。这就好比只用异能的力量努力飞到外太空去一样。

"呜噢噢噢!"

中也大汗淋漓，豆大的汗珠被暗黑狂风吹散，很快便消失到了不知名的地方。

在中也的意识开始模糊，电缆也快要用尽的时候——

电缆前端的抵抗忽然消失了。

就在巨兽的后背与腰部的分界线附近。

和巨兽相比，亚当那细小如针尖般的手臂就从那里飞了出去。

连在手臂上的发光电缆仿佛流星的尾巴一般跟在后面。

手臂在夜空中划出一道抛物线，在与巨兽的前进方向相反的另一侧坠落，然后刺入生长着森林的大地之中。

在落地的同时，四个类似鱼叉的凸起从亚当的手臂中呈放射状飞出，深深地扎在大地里，将手臂固定住。

结实的电缆绷得紧紧的，拽动了系在另一端的中也。

"噢！"

突然被电缆向前拽，中也发出了惊呼。

中也被抻到极限的电缆拽着，就像被卷扬机拖拽的车子一般，迅猛地向前方飞去。

由于巨兽的步行方向与手臂相反，所以亚当的手臂发挥了固定在地面上的锚的作用，想把中也拉到外面去。

"原来如此，这样就能到外面去了。"中也了然地微笑道，"然后呢？我们先到外面去，然后要怎么——"

中也回过头去，看到了一副奇异的画面。

亚当露出了寂寞的微笑。

<u>亚当把自己与中也之间的电缆割断了。</u>

"……啊？"

中也下意识地伸出手去，可是亚当被凶猛的暗黑时间吹得瞬间便不见了踪影。

而全身都被电缆缠住的中也依然在以惊人的速度被向外拽去。

"喂，亚当！你在做什么？你不是说一旦分开就再也见不到了——"

"这样就好。"

耳朵上的接收器传来亚当寂寞的声音。

"这个兵器的开发名叫'壳（Shell）'，设定的烧毁半径为22码（注：约为20.1168米）。内部温度换算成摄氏度是6000度。媲美太阳表面温度的超级高温会以本机为中心产生，将特异点生命体一同等离子化成分子级别。事后只会剩下一团白烟。"

"以你为中心？"中也的表情掠过一丝寒意，他明白了亚当的意思，"喂，你该不会——"

"之所以派遣机器探员而不是人类探员的真正原因，就是这个。"亚当的声音很温柔，很虚弱，"这样就可以将知道秘密的本机的核心连带魏尔伦一起烧毁，消除国家机密。"

"住手！"中也在汹涌的激流中对着通话器大叫，"你傻吗？应该有其他办法吧？"

"可能有吧。但如果不用这个方法，就无法同时守护中也大人的性命与任务。"

"谁管那天杀的任务啊！"中也一边被强大的力量拽着一边叫，"对了，你的梦想呢？你不是想创立一个只有机器的刑侦机构吗？"

在回答这个问题之前，亚当沉默了两秒钟。

"本机的梦想是，保护人类。"他的声音很干净，温柔得就像是保护孩子的父母，"而本机现在，就在实现这个梦想。"

这一刻，中也的躯体脱离了暗黑空间。

同时他也瞬间通过了强大的重力场支配的表皮空间，整个人摔在了地上。中也保护着自己，灰头土脸地在地上滚动。

"本机成功保护了您,已经心满意足了。"

透着满足的声音从接收器传来,然后变轻,最终消失。

"等等!"

巨大的热球诞生了。

那是几乎要碰到天空的火红光球。

先是一团膜状的火焰将巨兽包裹起来。肥皂泡一般的热球壳将巨兽从脚下的地面到头部一带全部覆盖住,然后向着内侧暴缩。

所有东西都熔化了。被卷入其中的树丛烧着后立即碳化,接着变成白烟。连大地都变成沸腾的污泥流淌起来,接着蒸发。

尽管热球壳内侧变成了焦热地狱,外侧却安静得出奇。紧挨着球壳外侧的树丛发出凉爽的沙沙声,除了灿烂的光芒之外,球壳内的任何东西都没有泄漏出来。

球壳缩小,慢慢将魔兽烧尽。魔兽发出痛苦的咆哮声,可连传声的空间都遭到了热分解,没能传到外界来。

这是Y国的异能技师开发的特异点兵器,只会烧毁设定的半径之内的东西,俗称"灭敌兵器"。它是以某位异能者拥有的时间旅行能力为基础,可以生成有目的的特异点的兵器。因其过于强大的热输出以及可以设定的半径有10千米之广,它被列入由战争创造的"三大灾难"之一,是禁止公开使用的兵器。

中也坐在地上,一言不发地注视着眼前的画面。

把中也带到外面的耐时电缆也因耐不住高温而被烧断了。这原本是让热球壳兵器远程启动而使用的计划。热球壳兵器利用的是时间与热量在量子上的不确定性,会在周围引发时间的晃动,所以耐时电缆是一定要用到的。但它也无法承受热球壳启动的时候产生的超级高温。电缆的外部颜料溶解,内部的密闭性被打破,粒子四散,失去作用蒸发不见。

中也的面前只剩下亚当的手臂,和被烧得只剩一截的电缆。

中也只是沉默地呼吸着。

不久之后,一切都结束了。热球壳失去了所有燃烧的目标,结束使命,化作烟雾消失。只留下了被熔化成完美圆形的大地、在燃烧范围外安然无恙的树林,还有同样在范围之外因此被烧剩下的魔兽维维尔的黑色尾巴。

除此之外再也不剩任何东西,就连曾经名叫亚当的计算机的碎片都没有。

"怎么,你还活着啊,中也?"

中也顺着可憎的声音回过头看去,太宰正从树林之中向他走来。

太宰冲他扔了个东西,在砸到自己之前,中也接住了它。

是魏尔伦的黑帽子。

"门"打开之后,帽子就不知道被魏尔伦震到什么地方去了。

"太宰,"中也用平静又锐利的表情看向太宰,"我现在没心情跟你说话。"

"我找到N的尸体了。"太宰不理他,继续说自己的,"他整个人被踩成了肉泥。这下子,知道你是不是人类的人一个都没有了。你会不会觉得很不甘心?"

"谁知道呢。我……"中也凝视着爆炸中心地的遗迹说。他正要张嘴说下文,就意识到了什么,转身面向太宰,"慢着。以你的为人,不管N在不在,你早就找到能判断我是不是人类的方法了吧?"

"被你发现啦。"太宰大大咧咧地笑了起来,"我在研究所抓了几个N的手下。就算他们不知道真相,也知道读取你体内命令式的方法。他们简单教了教我,好像把你解析几天就能知道了。"

"我才不会让你这种人偷看我的内部。"

"咦?讨厌啦,让我看看嘛,多有意思啊,我不会让其他人看的!"

太宰露出高深莫测的阴沉笑容,"我也问过辨别方法了。如果你是人类的话,就能找到你的记忆被抹去的痕迹,也就是你被研究机关领走之前,与父母一同生活的童年时期的记忆。这样就可以分辨了。让我看看嘛。"

"首先,'只让你一个人看我的脑袋里面'这件事我绝对不同意,真是恶心得我隔夜饭都要吐出来!而且啊——"

他的话音未落,异变顿起。

大地打了个哆嗦。先是剧烈地抖动一下,然后便像是在害怕什么东西似的,轻微而断断续续地颤抖起来。

中也还没来得及摆出防备的姿势,它就发生了。

那是一股仿佛有枚炸弹在脑袋里爆炸一样的头痛。

"呜啊!"

中也扶住头。他没有受伤,头痛不是因为物理性的外伤。是什么东西正在流入他的大脑。那是某种肉眼看不到的东西。

"我好恨。"有人在说话。

那不是声音,甚至不是语言,而是更原始的,漆黑的情感本身。

"我好恨,我好恨,我好恨,我好恨,我好恨,我好恨,我好恨,我好恨,我好恨,我好恨,我好恨,我恨一切。"

随着那情感的浪潮,头痛一阵一阵地膨胀,在头盖骨中来回穿梭。

"中也,你怎么了?"

中也看向太宰,看太宰的表情他就明白了,这个声音只有自己才能听到。

这是那家伙的声音。他还没死。

就在这时,地面发生了倾斜。

中也和太宰抓住地面,稳住身子。二人环视四周,发现地面并没有活动,也没有因遭到破坏而倾斜的迹象。只是树林处于倾斜的状态,有小石子滚落下来,向着某一点滚去。

那个中心就是巨兽的残骸——黑色的尾巴。

黑色尾巴正在冒泡。暗黑粒子从那里出生，伴随着泥水沸腾的声音向四周播撒重力子，仿佛心跳一般收缩、蠕动、变形。

中也意识到，这不是地面倾斜了，而是以那条尾巴为中心产生了引力。它与普通的地球重力融合到一起，让人产生了地面倾斜的错觉，仿佛竖直向下的重力方向发生了偏移。

"不会吧。"

巨兽应该被亚当用足以改变战场历史的高温兵器烧毁了才对啊。

然而眼前的尾巴变成蠕动着的黑块，企图变成某种形状。

"原来是这样啊。"

太宰一脸严肃地瞪着黑块，说道。

地面出现裂缝。什么东西从黑块之中探出头来，长着类似爬虫生物的脸。

"危险！"

中也操纵重力向旁边跳去，抓着太宰滚向森林对面。

黑暗占领了那片空间。

黑色洪流从某种东西内部发射出来。那与其说是攻击，更像是突然出现在地球上的一个宇宙空间。

大地顿时被劈成两半。

黑光转眼间贯穿大地，抵达遥远的高楼大厦。只见城市的几处灯火像抽搐似的闪烁几下，最终熄灭。

"什么……"

中也和太宰目瞪口呆。

那里离市区还比较远，这是不幸中的万幸。倘若它真的击中横滨市中心的话，刚才那一下就能让几千人死亡。

"刚才那是……重力子放射吗？"太宰绷着一张脸问，"不可能，射程比之前还要长。"

怪物即将显现。

它先是露出肩膀,然后露出胸膛。头部虽然很像刚才的魔兽维维尔,但眼睛的数量不一样。它只有两只闪闪发光的红色眼睛,几乎长在和人类的眼睛同样的位置上。

它有着粗壮的双臂,巨大的躯体、从黑块之中渐渐露出真面目,一边出现一边脉动,一边脉动一边变大。

"别看它,中也。"太宰耳语道,"它会对人类的感情产生反应,别注意它,看别的地方。"

中也缓慢地将视线移向地面。

照亮地面的月光开始被巨大的身躯遮蔽。最开始是一部分,慢慢地,可见范围内的所有大地都被阴影笼罩了。

"那只巨兽无法被火焰烧死。"太宰看着地面说,"不管是多么巨大的异能兵器的火焰都一样。归根结底,那个看上去像是个巨大野兽的家伙根本就不是物质,只是特异点储存的无限能量凝聚到了某个空间里而已。它既没有内脏,也没有要害。直到特异点的无限能量耗光之前,它会永远动下去。"

"耗光……那是什么时候啊?"

"可能一周,可能一年。"太宰露出僵硬的笑容看向中也,"也可能是地球毁灭那一天。毕竟那可是无限的能量啊。"

巨兽开始移动。它踏出一步造成的震动令人全身都产生晃动,中也和太宰抬起头来。

比刚才更加巨大的那个东西已经完全脱离了生物的范畴。

口腔大得连房屋都能一口吞下,双眼发光,肩膀隆起,巨大身躯如同恐龙一般。它只是移动,能量的余波就会让它的躯体激发落雷。巨大的脚趾深陷地面,每走一步都会扫倒树丛,让大地下沉。

那超越人类想象的异常模样,才是"魔兽维维尔"的真正形态。

"说不定,它把刚才的热球特异点能量吸收了。"太宰呆呆地低喃,"毕竟就算是欧洲的大能们,也没做过实验,观察把两个特异点兵器放在一起发生碰撞会出现什么结果吧。"

中也看向魔兽的前进方向,说:"该死的,它又往城市走了。"

"因为从城里也能看见它了。它对市民的视线有了反应,才朝那里走。在看它的人消失之前,它不会停止破坏。"

中也一把抓住太宰:"那你还发什么呆啊?如果横滨被毁的话,港口Mafia也会一起消失啊!"

"那你想怎么样?我们也变大,然后和它互殴?"太宰用冷冰冰的视线看着中也,"不可能的。你看了还不明白吗?所谓的特异点啊,是这个世界的漏洞,是'不能存在的事物'变成实体的模样。根本不是区区人类能应付的。"

"我不这么认为。"

中也说着,用坚定的眼神看了太宰几秒钟,然后松开抓着他的手,坚定地说道:"有办法能对付它,肯定有。"

太宰泄气地一屁股坐在地上,说:"哈哈哈,有意思。证据呢?"

"魏尔伦。我在它体内的时候,看到了他的记忆。"

"记忆?"

"就是把我从设施里偷走时的记忆。他为了争夺我,和兰波发生了矛盾,然后他们两个打了起来。在那之后不久,他应该和'荒霸吐'打了一架,然后活了下来。"

太宰眯起了眼睛:"原来如此。"

"嗯。'荒霸吐'——特异点生命体是有办法击退的。他是为了告诉我这一点,才让我看了那段记忆。"

"那就详细跟我说说吧。"太宰露出坏笑。

夜深了,毁灭的脚步声渐渐走向城市。

郊外的高速公路进出口已经被魔兽维维尔的脚踩碎了，支撑道路的桥梁、标示目的地的路标和中央分隔带在瞬间就被压缩成了一片纸。由于过程实在是太快了，甚至几乎没有发出声音。

零星的过往车辆上的人目睹了这一切，纷纷不顾车道直接掉头逃命。魔兽冲着他们吐出重力线，于是车辆连同周围的地形一起消失得无影无踪。

中也和太宰一直盯着以这样的方式向他们接近的魔兽维维尔。

二人现在站在大型的球形天然气储槽上。

这个球形储槽建在郊外，是用来储存城市天然气的。它的顶部工作台比这附近的高楼还要高，几乎可以与逐渐走近的魔兽的脸平齐。

"现在距离横滨市中心被踩得稀烂还有大概半小时。"太宰心不在焉地盯着魔兽。

"我们不会看到那一幕的。"中也拿着帽子说，"到那个时候，要么它被我们轰飞，要么我们已经死了。"

"哇，我可不要。还有比和中也一起死去更糟糕的事吗？其他时候就算了，这次我可得认真点。"

"那最好，我也不想死，我可是要比你先一步当上干部，然后把你当成奴隶一样任意使唤的。"

"哦？真有自信啊。你那宝石买卖听说很顺利嘛。"

"你肯定是追不上的。我们的宝石流通途径，不管是搬运工、销赃店还是鉴定师，统统横滨第一。"

"嗯，我知道。因为那个工作在你接手之前，是我负责的。"

"啊?!"中也惊讶地看向太宰，"设计那套流通的首任负责人是你?!"

"这不重要，你看，它快进入作战范围了。"

太宰用下巴指了指前方。

魔兽维维尔的脚步声越来越近。闪光的眼睛盯住了中也和太宰。

中也看了魔兽几秒钟，然后仰天大叫：

"我居然是捡了太宰不要的破烂!"

"好啦。"

巨兽踩烂行道树,扯断电线。招牌和路边的自行车因重力异常而浮起,在空中碎成尘埃。

"计划都记清楚了吗?"

"嗯。"

中也和太宰并肩与魔兽对峙。

高处的风将二人的衣服吹得猎猎作响。

"需要注意的是,这个计划不能保证百分百成功。我们不知道会发生什么事,毕竟我们要把'荒霸吐'砸到魔兽维维尔身上去。就算世界被轰飞都很正常。"

"才不会飞呢。"中也嗤笑道,"九年前,魏尔伦就是靠这个方法活下来的啊。"

这是太宰制订的计划——打开中也的"门",用"荒霸吐"拥有的无限能量去对抗巨兽。

"我已经知道怎么把你的'门'打开了。N所说的控制咒语——'**汝,阴郁而污浊之宽容,勿复扰吾安眠**'可以让封印命令式还原。光是这样还不能把'门'打开,但剩下的事,这顶帽子会帮助我们。"

中也手里拿着的,是魏尔伦一直戴在头上的黑帽子。那是兰波送给他的,里面埋入了异能金属。只要有了它,就可以让戴着它的人——中也——用个人意志控制住"门"。

魏尔伦之所以能自如地打开"门",利用黑洞的力量,也是因为有这顶黑帽子。

"快到时间了。中也从这里跳过去,在怪物的面前开放'门',把力量都投到它身上。"太宰看着巨兽,一只手拿着通信器,"所以我现在就要命令手下去准备了……可以吗?"

"当然可以。"中也转头看太宰,"为什么要问我这个?"

太宰没有立即回答。

他的表情很罕见，像是想说什么，又不知道要用什么顺序说，所以在大脑里不停组织语言一样。很不像是太宰的表情。

"我有一个问题。"即使如此，太宰还是犹豫着把话说了出来，"和计划的成功率无关。这个问题最后是必须克服的……但下定决心可能需要一点时间。"

"什么啊？"中也挑眉看向太宰，"别吞吞吐吐的，快点说。"

"刚才我说的那个开'门'的控制咒语，我不是说它能让你体内的命令式还原吗？"太宰用莫名其妙地压抑着声音，"如果使用它，过去写过的命令式的痕迹也会一并消失。也就是说……就算他们对你使用过删除记忆的命令式，那些痕迹也会被一起消除。"

"啊？"

"'删除记忆的命令式'，我之前不是说过吗？分辨你是不是人类，只能查看你是不是有记忆被删除的历史。也就是说……"太宰用平时绝对不会露出的目光看向中也，那是十分认真的目光，"一旦使用控制咒语，就没有办法确定你到底是被创造出来的字符串，还是普通人类了。永远。"

时间停住了。

中也睁大眼睛，视线投向太宰的方向，可是他的眼睛却没有看任何东西。

风从二人之间穿过，中也依然连眼睛也没有眨一下。

"魏尔伦之所以变成那样，就是因为自己不是人类的诅咒一直在折磨着他。'自己是不是人类'这个问题就是这么严重。"太宰掏出怀表，瞥了一眼，"计划还可以再推迟两分钟，我会让手下待命……你自己想想吧。我在这里的话，会影响你思考。"

说着，太宰转身走向升降梯，把中也一个人留在原地。

太宰的目光放在怀表上。还有两分钟。

以决定人生的时间来说，两分钟实在是太短了，但是他们没有更多时间了。

太宰的大脑已经开始用惊人的速度思考要是中也拒绝的话，要用怎样的步骤转移到替代方案。

走了六步，太宰来到了楼梯前。他踩在楼梯上，然后向下走。

走下三级阶梯的时候，他的身后突然传来一声清脆的金属声，就像是鞋底踢到金属板的声音。

当明白那声音是什么的那一刻，太宰惊讶地回过头去。

顶部已经空无一人。

太宰愣了一瞬，然后一下子扬起唇角。

"真会耍帅。"太宰露出有些无奈，又有些安心的笑容，然后对着通信器做出指示，"中也出击了。所有人，准备战斗。"

中原中也在空中飞翔。他操纵重力，化身夜之猛禽。

狂风从下方劈头盖脸地扑来，中也在风中纳凉般地眯起眼睛。

——是人类。不是人类。

中也用一只手按住头上的帽子，张开嘴巴。

他的心中想起已经消逝的朋友。

——"本机成功保护了您，已经心满意足了。"

"汝，阴郁而污浊之宽容，勿复扰吾安眠。"

人类有灵魂，机器没有灵魂。

如果是这样的话，那灵魂又是什么呢？就算朋友留下的最后一句话只是由没有灵魂的命令式写出来的一句话，那又能怎样呢？

中也的周围飘起黑色的颗粒。

黑色的外套仿佛翅膀一般迎风招展。能量凝聚于此，在夜空中劈开裂缝。

漆黑火焰显现，庞大的热量让周围的风景慢慢变形。

太宰站在放置瓦斯储槽的天台上，望着中也远远飞翔的身影，眯起眼睛。

"汝，阴郁而污浊之宽容，"太宰用任何人都听不到的声音说道，"'污浊'吗？"

黑光在他的视线前方爆炸。

那与魏尔伦将门完全打开时的模样——"兽性"的姿态极其相似。

黑色的雪花在周围飘舞，红色的刻印像伤痕一样爬满中也全身。他无视物理法则浮在空中，用兽目睥睨大地。

伽马射线造成的高热在周围喷发。烧焦了黑夜，扭曲了风景。

中也在空中飞翔。

他用音速撕裂夜空，长驱直入，落在魔兽维维尔的脸上。

巨大的咆哮声震颤大地。

仅此一击，维维尔头部的三分之一就被轰飞了。受损部位的重力球崩溃，喷出黑色的火焰。

变成重力化身的中也以贯通之势在空中折返，继续向前冲，贯穿巨兽的胸口。又是一声痛苦的咆哮。巨兽的肉体绽开，化作黑色颗粒消失在空中。

"好厉害。"站在储槽顶端眺望的太宰呆呆地低语，"'荒霸吐'原来这么厉害吗？"

快要倒下的巨兽腿上用力，踩碎垫在脚下的加油站。燃烧储存库因维维尔的热量而引燃，发生了爆炸。火光舔舐着大地。

这似乎刺激到了维维尔。它全身都喷出了高热。憎恨的黑色火焰从伤口喷出，瞬间填补了受损部位，令其重生。

"荒霸吐中也"用事不关己的表情看着那团憎恨，丝毫不放在心上。

维维尔张开口腔，生成暗黑的重力球。球比以往任何一次都要大，几乎能够盖住巨兽的面部。它呼应着维维尔释放出的憎恨不断膨胀，随着震耳欲聋的咆哮声笔直射出。

"我好恨，我好恨，我好恨，我好恨，我好恨。"

中也飘浮在暗黑波的攻击路径上。

他的双手冒出一对黑洞。那是身缠红色光环的万有引力之王，重力的凝聚体。

然而，中也举起来的黑洞与魏尔伦曾经释放过的东西不同。是黑洞本身在以超高速旋转。因为旋转，黑洞被压成了扁平状，带着身上的光环变成两枚椭圆形的黑球。

中也举起旋转黑洞，对着袭向自己的黑暗带射了出去。

两股终极之力在空中发生了激烈的碰撞。

重力是构成世界的原始之力，是与宇宙诞生同时出现的四种"力量始祖"之一。这种力量的本质是时间和空间的变化，它与时间和空间的变化在质量上同义。换言之，重力就是世界本身。

两股根源之力发生激烈的碰撞。

强大的冲击与波动让空气破裂成球状。受到冲击的大地道路浮起剥落，飘在空中慢慢碎裂。

远处储槽顶部的太宰抓着扶手，承受住了冲击。

他从护着脸的手臂之间小心翼翼地看向战场。

"抵消……了？"

两股力量在空中碰撞、消失，激起紫电，归于虚无。

"哈哈哈，成功。"太宰大笑起来，"预测是正确的，魏尔伦托的梦是真的。"

一般来说，两个黑洞发生碰撞，就会合成到一起变成巨大的黑洞。这是在一般宇宙中出现的现象。然而中也释放出的黑洞通过高速旋转，在旋转方向上生成了光环。这种光环被称为"能层"，内部是一个矛盾的特异空间，一方面黑洞以超越光速的速度被拽着下降，同时与普通时空对比，它又是静止的。因此，这就会导致光环内部最后出现负能量。

这种负能量与维维尔释放的能量相互抵消，在空中同归于尽。

也就是说，这就是能让无限生成的特异点生命体——魔兽维维尔消失的唯一办法。

只有同属于特异点生命体的"荒霸吐"，才能吞食魔兽，将其抹杀。

魔兽发出憎恨的咆哮声。

"荒霸吐中也"也回应它，发出了雷鸣般的咆哮声。

巨大的魔兽与小小的蛮神，二者的殊死搏斗开始了。

中也的拳头打飞了维维尔的下巴。巨兽为了迎击抬起前肢，带着重力波涛击中中也，伴随巨大爆炸般的轰鸣将中也击飞。

中也用重力制动停在空中，一边流血，一边露出惨烈的笑容，然后再次飞翔。双手生成旋转的黑洞，用负能量将魔兽切成碎片。

他们发出的每一击，都拥有神话世界的武器才具备的威力。每当冲击席卷而来，大地裂开，空气破碎，夜云被吹走。

所有的攻击都结结实实地打碎对方的肉体，削减对方的战力。

拥有"能层"光环的负能量切碎魔兽维维尔的肉体，明显令其变得虚弱。然而同时，魔兽维维尔的攻击不是来自人类的肉体，而是来自特异点本身的无限力量源，所以中也想要用肉体将其完全接下也是有极限的。

名叫中也的容器承受不住蛮神的力量，全身流出鲜血。他的骨头发出凄鸣，右肩脱臼，全身慢慢布满无数伤痕。

两者都在受伤，都在破损。然而——

"……中也受的伤更重。"太宰望着这场死斗，咬紧牙关说。

中也在空中拖着血尾发出吼叫。是内部的"荒霸吐"在因屈辱而狂暴地怒吼。

　　魔兽维维尔张开口腔，这次前方生成了近二十个黑球。黑球在维维尔的吐息之下急速成长，膨胀成目前为止最大的黑洞。

　　每一个黑球都比中也生成的旋转黑洞要大得多，而这样的黑球有二十个。

　　"糟糕。"

　　太宰低喃的同时，黑洞射出了带状波。

　　那是二十条足以毁灭万物的绝望之带。

　　带群不是平行射出的，而是从大张的口腔里呈放射状射出。一半凿开大地，一半贯穿天空。中也就在这圆锥形的杀伤范围中央。

　　圆锥的带群逐渐闭合，想将中也困在其中。能够贯穿万物的毁灭之带像合上嘴巴一样杀向中也。中也无处可逃，只要被碰一下，就会死。

　　"荒霸吐中也"生成旋转黑洞，将其像盾牌一样举在前方。

　　闭合的二十枚黑炮同时落到中也身上，与"能层"光环发生碰撞，释放出强烈的抵消光芒。

　　从抵消中偏移的能量余波划出一道抛物线流向后方，破坏了大地。道路、电线杆、被丢弃的车辆全部被熔化蒸发。郊外已然亮如白昼。

　　"荒霸吐中也"一直忍受着，举起盾牌忍受着。可是维维尔的暗黑炮永无止境，放射出来的能量也没有衰弱的迹象。抵消生成的热量灼烧中也的肉体，烫伤了他。

　　中也开始吐血，暗黑炮的范围进一步缩小。

　　就在这时，攻击圈乱了。暗黑炮零零散散地改变轨迹，撒向大地。

　　与此同时，维维尔的脸上绽开了鲜红的火之花。

　　"第二组，攻击！"通信器传来太宰的声音，"不要在意命中率！总之能射击就射击！"

　　从楼房上，从运输车上，从道路上……无数Mafia成员扛着筒状的兵器，对准维维尔发射。

那是地对空个人携行诱导导弹，一击就可以将飞机、坦克和敌方设施全部粉碎，是个人所持兵器中火力最强的兵器。只要瞄准目标扣下扳机，被诱导固定的导弹就会自动粉碎目标。手榴弹和射出式投掷弹的爆发力完全不能和它相提并论。

这些兵器是Mafia与海外的军火商进行地下交易的时候弄到的，如果是个人使用实在是太夸张了。就算是战斗系的异能者，也很少有人能抗得住一击。

然而，当爆炸的气浪消散后，大家才发现，魔兽维维尔竟然毫发无伤。

"不要紧，这样就行！"太宰对着通信器大叫，"继续把它的注意力吸引到地上！"

魔兽维维尔为反击射出暗黑炮，将地面一扫而空。黑暗劈裂大地，Mafia们甚至没来得发出惨叫便化作尘埃。

然而Mafia并没有退缩。活下来的人接二连三地举好新的导弹，向魔兽开炮。

身为能量化身的魔兽维维尔没有人格。它的活动是自动的，它只是会对敌意产生反应并回以攻击的憎恨凝聚体。因此，它并不存在判断危险度的意识，不知道应该优先攻击哪个目标。

所以，只要让它的攻击集中在地面上数不胜数的Mafia成员身上，中也就能获得自由。

中也全身流着血，一个人孤独地浮在空中。

他的肉体已经快到极限了。维维尔发动的攻击是一方面，另一方面，他自身发出的强大重力也是脆弱的人类无法完全承受的。挫伤、脱臼、肌肉断裂还有骨折。他现在的状态就等同于是在用重力撑着肉体，勉强维持住人形。

这副模样比世界上的任何一个人都要孤独。

他动了动眼睛,看向另一名孤独者——魔兽维维尔。

中也向前倒去。

他保持着这个动作向前方加速,飞在空中,对着维维尔的胸膛,像被吸入进去一样冲过去,然后刺入它的胸口。

他贯穿外皮的重力防御,抵达内部的时间浊流。瞬间扑来的暗黑怒涛抓住中也的躯体,想将他撕成碎片。

"荒霸吐"发出咆哮。

他的双手做出搂抱的动作,生成一个黑洞。

黑洞旋转着将浊流吞噬,变得巨大,形成巨大的光环。

巨大的力量与力量接二连三地发生抵消。高温、真空与时间的暴风在中也的周围肆虐。

中也在即将消失的模糊意识中看到了它。由于"门"的开启,他的肉体的主导权已经交给了"荒霸吐",他自己只能旁观这场战斗。可是在超越人智的神魔碰撞中,这种意识也只不过是随时都会消失的微弱光芒。

黑色的空间发出叫号。

听上去就像是谁的哭喊声。

仿佛是这个世界上最孤独的人发出的声音。

那声音混在憎恨的黑色激流中,几乎就要消失不见。然而在能量被"荒霸吐"的光环全部吞食之后,那声音终于传入了中也的耳中。

声音在说,让一切结束吧。

这只魔兽是我的情感的代言人。明明不该出生的,为什么要生在这个世上?带着没有答案的疑问,憎恨自己存在的可悲灵魂,只能通过暗杀这种手段来获得"生"的真实感。

弟弟,用你自己的手让一切结束吧。

结束这个和你一样相信世界,却不相信人类的寂寞灵魂。

我知道。中也在即将被吹散的意识中这样回答。

你忍受不了孤独,所以才会来到日本。但这并不是一件坏事,只是碰巧你扔出来的骰子数不好罢了。碰巧你扔出了孤独的"一",扔出了和我"拥有许多伙伴"不一样的数字。仅此而已。就算我们的立场相反,也完全不奇怪。

而且,你心中有的情感不只是憎恨,其实你根本不想去憎恨谁,所以才让我看了你的记忆,告诉了我消灭魔兽维维尔的办法。对吧,魏尔伦?

在暗黑激流打转的黑暗暴风的那一边,似乎有一个人的光芒像星星眨眼一样划过。

中也的"门"进一步开启。

旋转黑洞变得更加巨大。光环已经大到可以压制整个空间的地步。

中也的后背左右两边各冒出一根黑色的重力调节棍。

那是"荒霸吐"拥有的兽尾,是熊熊燃烧着漆黑火焰的神兽显现体。

然而它们看上去就像是从中也的后背长出来的一对翅膀。

"噢噢噢噢噢噢噢噢噢噢噢噢!"

长出翅膀的中也大叫,将双手向上举起。随着这个信号,旋转黑洞一下子变大。光环像超新星那样闪出耀眼光芒,从内部将巨兽的身躯一分为二。

扁平旋转黑洞比巨兽更为巨大,周身围绕着耀眼光环。

它们照亮了夜晚的横滨,深深刻在了人们的眼中。

"那就是'荒霸吐'……中也的真面目啊。"

太宰站在地上仰望这一切,激动地呢喃。

中也举起的双臂之上出现了照耀大地的水平光环。中也背后的黑翼熊熊燃烧,他闭上眼睛。

那就是荒蛮之神的化身、黑色的神兽。

魔兽被光环击溃、吸收。整个过程就像是无限大的正与无限大的负慢慢相互抵消。

由于在高重力领域中，时间的流速会很慢，所以在外界看来，它的崩塌极其缓慢，甚至带着几分优雅。

巨兽现在已经不再咆哮了。

它只是张着嘴，像接受了自己的宿命一般沉默地站在原地。

躯体产生的光环吞噬了它的胸膛与腰部、手臂与腿脚，最后吞噬了头部。

那里甚至没有声音。

只有静谧的毁灭——一场与月光有些般配的极其宁静的夜之死亡。

不久后，光环也迎来了终结之时。

旋转着的黑洞一边释放热线一边崩溃。越是变小，热量就越高，最终，黑洞自身变成了蕴含热光线的巨大光球——在蒸发过程释放出的电磁波。

它变成第二个太阳照亮夜空，最后安静温柔地消失了。

空中的中也无力地在空中飘浮了几秒钟，然后失去背后的黑翼，慢慢坠落。

他的身体被太宰接住了。

太宰对触碰到的地方发动令异能失效的异能。支撑着特异点能量的自我矛盾型异能后退，特异点的输出降低，最终收敛起来，关闭了"门"。中也身上的红色刻印也随之一同消散。

片刻后，重力场也消失了，寂静重新笼罩了大地。

"辛苦了，中也。"太宰对怀中的中也露出淡淡的笑容，"我忘带马克笔了，这次就不在你脸上涂鸦了吧。"

尾声

就这样，事件落下了帷幕。

尽管这次的事件规模巨大，造成了无数伤亡，但在众人的记忆中几乎没有留下什么影子，就好像是一场偶然发生的类似台风和停电的意外。虽然损失惨重，却没什么人能弄清楚这件事发生的根本原因。

当然，这是欧洲政府在背后操纵的结果。

发生在横滨郊外的巨大破坏被当作非法组织港口Mafia和敌对组织之间爆发的大型斗争，登在了报纸上。枪支和弹药以及惊人的大量炸弹你来我往，毁坏了那一带的大地。就这么简单。

不过，既然造成了如此大规模的破坏，异能犯罪专家们自然采取了行动。这些"专家"就是军警的异能犯罪对策科，港口Mafia等非法组织的天敌。

可是，在事件结束了半个月左右的时候，军警的侦查工作突然停止了，再也没有了动静。由于这次事件的严重性，大家都以为港口Mafia有可能被彻底铲除，所以这个结果让相关人员都非常不解。港口Mafia虽然很强大，却没有足够的影响力能捂住军警这个国内最强的凶恶犯罪侦查机关的嘴。大家纷纷猜测，港口Mafia究竟使用了什么样的魔法？

其实港口Mafia根本没有使用什么魔法，他们也用不着使用魔法，是Y国和F国的警察机构经由外务省插手干涉了法务省的决策。然后事件就被扫帚和簸箕三两下清扫得一干二净。毕竟这次的事件是被称为世界最强的两个国家的秘密兵器之间发生的冲突，而最终他们同归于尽。Y、F两国自然不想被日本政府看到事件的始末，哪怕是一个片段也不行。

由于欧洲列强的出面，港口Mafia被问罪的成员只有极少一部分人，而这些人受到的惩罚也只是罚款和可以缓刑的轻罪而已。

就这样,把港口Mafia吹得七零八落的暴风"暗杀王案"落下了帷幕。

事件结束两个月后。

前"羊"的成员白濑抚一郎在码头焦躁不安地盯着手表。

这里是横滨的客轮港口。码头上人来人往,旅客们手里都拿着大件行李。白濑站在进入客轮的舷梯前面,一会儿看看瑞士手表,一会儿看看港口入口。

他正在等人。

终于,码头对面来了一辆大型摩托。

那辆穿过车道而来的深红色摩托一边躲着路人,一边向这边驶来,最后在码头停下。骑手下车,走向白濑。

"嗨,久等了。"

是中也。

"你也太慢了,中也!"白濑怒吼道,"你的救命恩人马上就要上船走了啊,你到底在什么地方鬼混到现在啊?"

"有点事。"

中也从摩托的置物箱中拿出帽子,用指尖支着帽檐转起来,同时向白濑走去。

"你很喜欢那顶帽子啊?是那家伙的吧?"

"嗯。"中也把帽子转了一会儿之后,唰地一下戴到头上,"虽然不想捡大哥的破烂,但它的功能很方便。什么时候开船?"

"五分钟后啦。"白濑又看了一眼时间,"中也,你身上有一股烧香的味道,又去扫墓了吧?所以才迟到的啊……真是的,你也太重情义了吧。你就是给自己找太多负担了,不累吗?"

"是你负担的东西太少了,白濑。"中也走到白濑身边,停了下来。

"我才不是重情义，只是去回那辆摩托的礼罢了。"

中也用下巴示意自己骑来的摩托，流线型的摩托冷冰冰地沉默着。

"哦，行吧。"

白濑随口应了一句，将手插到口袋里。

短暂的沉默。

中也抬头看向客轮，那艘船又白又大又旧，却很结实。

"没想到你要去伦敦啊。"中也出神地看了看船，然后说道。

"觉得不甘心吗？未来的王还是得去大地方安营扎寨才行啊！"白濑自负地笑道，"这次的事让我知道了死了的木偶警察也好，暗杀王也好，都是了不起的人。世界果然很大！我要用从研究所偷出来的宝石在伦敦大展身手！总有一天，我会建立比港口Mafia还大的组织，然后我就以王的身份回来，到那时，我不介意雇佣你当我的小弟哦，中也。"

中也无奈地叹了一口气，摇摇头说："我等着那一天。"

就在这个时候，出航的汽笛声响了，一并响起的，还有催促乘客登船的广播女声。

"到时间了。"

白濑拿起脚边的行李箱，重新转向舷梯的方向。

就在他要向前走的时候，中也叫住了他，说道："小心一点，白濑，要是你在伦敦有生命危险，我可没法过去救你。"

"哈哈哈，要小心的是你才对吧，中也？要是你在横滨有了生命危险，这次我可没法回来救你了。"

"知道了，知道了。"中也一脸无奈地微笑道。

"咦？你根本没当真吧。不过我可是在九年前的桥下，还有前几天的地下研究所救了你两次哟。你忘了吗？"

"同样的，你不是还曾经用刀捅过我一次吗？"

"那就算抵消，我还是救了你一次的。"

中也笑了起来，白濑也笑了。

白濑走到舷梯前，然后冲着中也伸出了拳头。

中也也伸出拳头，和他轻轻一碰。然后二人扬起拳头，一上一下地重合，又从反方向做了一次相同的动作。接着二人碰了碰手肘，最后各自用拳头敲了敲自己的胸口。

那是曾经在"羊"内仅限同伴之间打招呼使用的手势。

"走了。"

白濑和中也转身背对对方，走了起来。

他们都没有再回头。

当中也回到码头，打算骑上摩托的时候，一辆黑色的轿车缓缓向他开来。后车座的车窗慢慢降下，里面的人叫了他一声。

是太宰。

他今天的打扮很少见，穿了一身黑色的西装三件套，系着领带，是接待宾客时穿的正装。

"再过五分钟就要去干活了。"

太宰和中也站在豪华客轮的舷梯下方。

那是一艘花大价钱打造的豪华客轮，白濑刚才搭乘的客轮不管是大小还是材料都完全不能与之相提并论。客轮外表是洁白无瑕的墙，五层楼的客房装修成了媲美顶级酒店的样子，客人不管去哪儿，都会有业务熟练的陪同人员跟在身边。航海能力也获得了保证书，即使用加倍速度航行，船内的摇晃感也不会有普通客轮的十分之一。

这艘船叫"博兹维里安号"，是仅允许高级政府要员乘坐的政府专用客轮。

舷梯放下，在中也等人的注视下，使节团从舷梯上走了下来。

走在最前面的是穿黑西装的保镖，他们警惕地注意着四面八方，所有人腰间都能看到凸起，显示他们配了枪。

跟在后面的是一群一看就知道是政府官员的留胡子的男人。他们既老练又精明，长着让人看不出心思的灰褐色眼睛，衣服都是最高级的西装。

一个男人举起镶有螺钿图纹的金手杖，用手杖前端随便推开想帮他下船的乘务员，就好像赶走路边的野狗一样，动作非常粗鲁。

"Y国高贵的恶鬼罗刹先生们出场了。"太宰用只能让身边的中也听到的音量说。

这些人是来调查案件始末的Y国政府高官。

"暗杀王案"充满了层层国家机密，不能仅仅定性为刑事案件。为了调查这起重大案件并将结果汇报给国家，Y国政府派出调查团来到日本，而港口Mafia作为案件当事人，便主动提出来迎接调查团并协助调查。

非法组织港口Mafia来接Y国政府的调查团。

这件事看起来奇怪，却又有一定的合理性，并且藏着老大的小算盘。

首先，掌握这次事件来龙去脉的不是日本外务省也不是军警，而是港口Mafia。因为从一开始，欧洲政府就对日本政府完全隐瞒了这个案子。而站在港口Mafia的角度，他们之所以盯着大国Y国政府的动向，也是有原因的。

他们担心，对方会不会为了隐瞒国家机密引发的"暗杀王案"，把港口Mafia的相关人员从头到尾全部消灭，一个不留。

当然，港口Mafia没打算把案件的真相和秘密泄露出去。可是犯罪组织说的话Y国政府会相信几分呢？因此，他们把太宰派来做迎宾使者，如果他们想杀掉涉案人员，那太宰就要跟他们谈判，让他们打消这个念头。如果谈判以失败告终，太宰就必须在对方杀掉Mafia之前解决掉对方。为此，中也也跟着一起来了。

对方的态度将决定会否发生把整个港口Mafia卷入的大型国家斗争。

"好了，愉快的尔虞我诈开始了。"

太宰开心地说着，向调查团走去。

看到有人接近，保镖迅速采取行动，将手伸向配枪的后腰。

"伟大的Y国先生们，辛苦各位千里迢迢地来到横滨。"太宰摇身一变，用流畅又殷勤的英语说道，鞠了一躬，"诸位应该是调查团的贵宾吧，那么事不宜迟，请问哪位是代表呢？"

"代表？"被太宰询问的保镖露出了有些困惑的神情，不解道，"这次来的是调查团的技术顾问小组，代表应该是沃斯通克拉夫特博士吧……"

沃斯通克拉夫特博士？

中也心生疑惑。这名字好像在哪里听过。

"啊，"太宰一下子就想到了，"我听过这个名字。是设计亚当·弗兰肯斯坦探员的异能技师吧？唔……您就是沃斯通克拉夫特博士？"

太宰顺着保镖的视线，对调查团内最有威严，最为年长的男人问道。

对方有一把乱蓬蓬的胡子，发际线很高，胸口佩戴两枚被授予的勋章，表示其曾经在军事科学部门做出过功绩。

老人注意到太宰的声音，发出了开朗的笑声。

"呵呵呵，不，我不是沃斯通克拉夫特博士，只是个随从。博士……你看，正从船上往下走呢。"

跟着老人的视线，太宰和中也抬头看向客轮舷梯。

那上面只有一个特大号的旅行行李箱，没有任何人——不对。

"嗨，你们好，我是沃斯通克拉夫特博士。哦，这就是那个国家啊，比地图上看到的要大呢。"

从旅行箱后面出现了一个娇小的身体，怎么看都是一名少女。

"……她几岁？"

少女一头金发，身穿白大褂。虽说旅行箱的确很大，但她的身体却娇小得被箱子完全挡住。她的脸上挂着一副巨大的圆眼镜，几乎将脸遮住了一半。

她的胸前挂着二十多枚彰显她在科学领域做出贡献的勋章。

"喂喂……"中也的脸颊抽了抽。

"这可有意思了。"太宰开心地笑道。

少女抱着特大号行李箱，不过更像是一边抓着向下坠的行李箱，一边辛苦地走下舷梯。

"嘿哟，我就是，嘿哟，玛丽·沃斯通克拉夫特·葛德文·雪莱，嘿哟，博士，嘿哟。"少女每走一个台阶，就要抓着沉重的行李发出喘气声，"别人说我是什么，拥有天才头脑的少女，嘿哟，但说这种话的都是没能力看出本质的人，嘿哟，我的功绩，全仰仗于能完成任何设计的异能之力，嘿哟，还因为我是个天才。"

"喂，你们不用去帮她搬行李吗？"中也不耐烦地问站在旁边的胡子老人。

"呵呵呵，博士向来不喜欢别人碰自己的随身行李。"老人爽朗地笑道。

"就算是女王陛下也拿不得，如果别人碰了她的行李她就要大哭大闹，瞬间变成倒退十岁的小孩子。"

"她再倒退，就要退回妈妈肚子里了吧？"中也厌烦地说。

"而且，别看博士那样，她其实非常期待这次的旅行。那个行李箱里塞满了旅行必需的物品，全是她非常喜欢的东西，她不会让任何人拿的。"

"爷爷！不要把我说得像个普通女孩子一样。我只是个子矮而已，现在已经快要变成可靠的大人了。嘿哟。"雪莱博士总算下完了舷梯，她擦了擦汗，用手整理了一下衣服，"呼。再重新说一遍，你们好，日本的朋友。嗯……你就是中也吧？亚当给你添麻烦了吧。"

亚当，听到这个名字，中也的表情变得很苦涩。

他说道："未必吧，是我给他添麻烦了才对。"

少女将大大的眼镜推回到脸部中央，目不转睛地盯着中也。

"他为了救我死了。博士，亚当是你的最优秀杰作吧？我把他弄坏了，抱歉啊。"

"唔。"

雪莱博士绕到中也右边打量他，又绕到左边打量，然后从正面凑近了观察，就像观察一个感兴趣的研究对象似的。

"你说得没错，亚当是我最优秀的杰作。"少女抱着胳膊说，"与其让他被派到一个乌七八糟的岛国来探案，我更想把他留在研究所让我一直研究如何给他升级版本。"

中也一言不发地听着，他的目光没在看眼前的事物。中也看的，是过去的场景。

雪莱博士用稚嫩的声音咳嗽了几声，继续道："亚当最为出色的一点，就是搭载了自己思考、自己判断的智能。也就是说，亚当是在自己思考、自己判断之后，决定牺牲的。"

雪莱博士微笑道。

"应该是你具备这个价值吧。我相信亚当。感谢你对此抱有歉意，但你其实不用放在心上。"

中也张了张嘴，欲言又止。他仿佛是一个迷失了回家之路的孩子，只能木然地站在原地。

太宰见状，无奈地轻轻笑了笑。

"首先，我最开始就不同意把亚当用在那么荒唐的案件侦查里。"雪莱博士抱着胳膊生气道，"政府总是这样。派机器探员去，等利用完之后就连机器带机密一起炸毁。机器探员在单独作战中会与异文化社会发生交流，这明明可以带来最了不起的实验数据！为了人命就能不顾科学吗？"

就在中也和太宰目瞪口呆的时候，雪莱博士对手下说了一句"把那个给我"，让对方拿来了一个有手臂长的黑筒。

"所以，性格恶劣的我就提前在他体内安装了可以分离的子处理器和非挥发性内存。背着政府悄悄装的。"她接过黑筒，把里面的东西取出来,"就在这里。"

装在那个手臂长黑筒里面的,是一条真正的手臂。

那是逃离魔兽维维尔内部的时候,中也扔出来刺入地面的亚当的右臂。

"这是……"中也的脸上写满了问号,"案子结束后我去现场找过,最后也没找到这只手臂,为什么它会在这里?"

"应该说这样才正常吧?"

雪莱博士将手指贴在那个巨大的旅行行李箱上。生命体征认证通过后,自动锁打开了。

从里面出来的人接过那条手臂,一边装在身上一边说:
"您想听人工智能笑话吗,中也大人?"

中也呆呆地一动不动,维持着惊讶地张开嘴的模样。

不久之后,他的嘴慢慢吸气,吸得非常非常深。

然后,他的表情像是炸开一样骤然一变:

"……哈哈!"

中也笑了起来。

以雪莱博士为首的技术顾问小组抵达横滨三天后,主力部队——欧洲联合调查团也来到了日本,开始就本案进行谨慎仔细的调查。

尤其是郊外林地的战场,一行人调查得最为严密。毕竟是他们造出来的特异点兵器失控变成了魔兽维维尔,这在他们对特异点兵器的应用设想上是不曾出现过的事例,更不用说还有人与那只怪物展开了物理战斗。而且这里还发生了一起世界上史无前例的事件,那就是两个特异点兵器之间发生的相互碰撞与抵消。他们通过细心调查,再加上审讯和调查录像,得到了珍贵的记录。

港口Mafia从始至终都提供了协助，不仅为他们安排了住宿设施和外出时必需的车辆与司机，还筹备了在调查中需要用到的器材，在审讯调查中也严命所有手下予以配合。

调查团原本也想查查N曾经待过的那个地下研究设施，但那个地方毕竟处处都是异能研究的机密，所以日本政府出面拒绝了。由于政治力量的参与，大使馆的各位大人物进行了一番密谈，最终达成协议，仅由日本方面提供案件的详情报告书。

在一个月的大规模调查结束后，联合调查团得出了结论。

魏尔伦死了。他在变成特异点生命体做出最大程度的破坏之后，耗光了内部的能量，因此消亡，连一道爪痕都没有留下。

特异点兵器"壳"不适用于特异点生命体这件事也让调查团大吃一惊。他们认为，这条记录会将欧洲兵器的研究推上一个新的台阶。他们因超出预计的收获而喜出望外，对全面协助他们的港口Mafia表示了感谢后，便离开了日本。

老大森鸥外在港口目送调查团离开后，总算是松了一口气。

"唉，这次真是累死人了。"森鸥外望着越来越小的政府客轮，捏了捏自己的肩，"我还以为自己在军队时已经习惯官场交际了呢……现在我只想喝杯热茶。"

"哎呀，老大曾经从过军吗？"

一名穿暗红色和服的女子站在森鸥外的身边。是红叶。

"我没说过吗？"森鸥外轻轻笑了笑，看向红叶，"地底隔离室（Shelter）的情况怎么样？"

"没人进去，也没人出来。"红叶眯着眼睛说，"高高在上的调查团大人物们似乎没发现那个地方。"

说完，红叶露出了冷笑。她的笑容仿佛冷血动物一般，比身佩的长刀还要冰冷。

"没有人知道，活生生的魏尔伦就待在那里。"

时间回溯。

魔兽维维尔在林地现身,亚当自爆,中也打开"门"击败维维尔。

四分三十秒之后,被当作战场的高速公路破坏得不成样子,碎裂的基材、混凝土、钢丝、钢筋和圆筒形框架之类的东西飞得到处都是,像尸体一样堆积在路上。

在它们的上方,魏尔伦正在经历消失的过程。

他的手指无法蜷曲,呼吸变浅,视野模糊,连星星都看不清楚。魏尔伦只不过是一行封印字符串,现在因为本体——特异点生命体的消失,维持他生命的能量已经枯竭,他的心跳正在趋于停止。

魏尔伦的思考也和呼吸一样变浅,变慢。即使正在被死亡的空洞一点点吞噬,他的心也毫无波动,什么愿望都没有。

"这就是死吗?不像想象得那样夸张。"魏尔伦用即将中断的意识想,没有痛苦的呻吟,没有后悔的叫喊,也没有恐惧的慌乱。很平静,很空虚。说到底,他这一辈子也没必要到这个时候才感到遗憾。毕竟他是从一开始就不该出现的生命,他也从未做过会让自己感到遗憾的事情。

只是,他给太多人添了麻烦。F国政府、暗杀目标、港口Mafia、弟弟。而且最后还什么都没有得到。只有这一点像是人生轨迹中的污点,让他有一丝丝遗憾。

也好,反正我马上就要死了,原谅我吧。

他的指尖变得冰冷,渐渐地,连冷意也感觉不到了。

心跳变弱,在一次轻微的抽搐后。

心脏不动了。

几十秒钟之后。

魏尔伦突然意识到，自己还在呼吸。

视野一隅能够看到红色的东西。他将视线投向那边。

深红色的立方体贯穿胸口，将整个心脏包裹住。是它让心脏得以继续活动。

这到底是什么？魏尔伦的脑子很混乱。他不是不认识这个立方体。他之所以混乱，是因为这个立方体对他而言太过熟悉了。

为什么它会在这里？

"我还是第一次见到你这么狼狈的样子。"

令人怀念的声音响起。

魏尔伦怀疑自己听错了。而在那个人走进自己的视野范围之后，他又怀疑自己看错了。

"喂，"魏尔伦气若游丝地说，"不是吧，你怎么可能出现在这里？"

"确实。"来人点了点头，"可是，在不可能的时间出现在不可能的地点，不就是所谓的谍报员吗？"

来人是阿尔蒂尔·兰波。

他穿着毛茸茸的防寒外套，脖子上缠着厚厚的围巾，头上戴着兔毛耳罩。他有着长长的黑发，阴郁的眼睛。

他是把魏尔伦从研究所救出来的人，是他的搭档，也是被他背叛的人。

深红色立方体塑造出的亚空间是兰波发动异能的标志，兰波可以随心所欲地操纵内部的任何事物。

"保罗，你在谍报世界里究竟都学了些什么？"兰波无奈地说。

"我不是反复跟你强调过吗？不舍弃情感就无法达成任务。什么是任务，什么是情感？是要把憎恨投向人类，还是要得到弟弟？你连哪个是自己的任务都不明确就没头没脑地往前冲，结果把自己搞成这副样子。要是你不把阻止维维尔的方法告诉弟弟的话，就可以把你憎恨的人类全部杀光了。"

"啊……我懂了，你是兰波的幻觉啊。"魏尔伦自嘲道，"是我在临死之前见到的幻觉，是我的罪恶感让我看到的死神。否则，一年前就已经死掉的兰波，怎么可能出现在这种地方。"

"我不是幻觉，也不是死神。我是鬼。"兰波摇摇头，"我一直在这个国家等着你。"

魏尔伦一言不发地盯着对方，就好像要弄明白站在那里的究竟是什么一样。

"不，你不可能是鬼。"片刻后，魏尔伦摇摇头，"因为这不符合科学。如果你不是幻觉而是鬼，你不会像这样救我，应该会诅咒我去死才对。"

"为什么？"

"我曾经背叛了你，想杀了你。"冷森森的声音在夜晚回响。

兰波没有应声，只是用平静的目光望着倒在地上的魏尔伦。

"你那是什么眼神？生气啊，怨恨啊，打我踢我，掐我的脖子啊，兰波！"魏尔伦倒在地上大叫，"我可是从你背后对你开了枪啊！因此才有了那次爆炸，你才会被卷进去失去记忆，连自己是谁都不记得，流落到异国他乡，死在了这里！如果你是鬼，那你变成鬼的一个原因就是出于对我的怨念，没错吧，兰波！"

"你说反了。"兰波摇摇头，"我之所以一直在等你……是因为我想向你道歉。"

"道歉？道什么歉？"魏尔伦不明所以地皱起眉。

"一直以来，我都很想帮你，并且我相信自己能够帮到你。"兰波蹲下来，将手掌悬空放在魏尔伦的胸口上，"可是我能够给你的，只不过是假装自己什么都懂的，陈词滥调的同情……光是道歉不足以得到你的原谅。我一直在想，自己能为你做些什么。在临死之前，我想到了答案。就是这个。"

在兰波的手掌下方，空间立方体越来越大。

最开始只是在魏尔伦心脏处的立方体渐渐扩大得能将他整个身体

笼罩在内，最后变大到把魏尔伦还有兰波都吞没。这是兰波的异能，亚空间。在这里，兰波可以做任何事，除了复活死者。

而这个例外，似乎已经发生了。

魏尔伦发现，自己的手指动了一下。手指能弯曲了。不是错觉。眼睛也可以动，浑浊的视野逐渐变得清晰。

"这是……"

魏尔伦活动手臂，扭动身体，抬起上半身。他看了看自己的手掌，看了看自己的手背，他握拳，松开。有血液循环温暖手指的感觉。

他看向兰波，想问发生了什么事。

兰波却不在原本的位置。

他倒下了。

倒在魏尔伦的身边。

"怎么会这样？"魏尔伦呆呆地说，"我懂了，你对自己用了异能？"

"这是一辈子只能用一次的方法。"兰波露出虚弱的笑容，"可是，很成功。"

"将人类变成异能的能力"——这就是阿尔蒂尔·兰波的异能。

将死去的人类变成异能生命体，只有在深红色亚空间内部可供自己驱使。被变成异能的人类拥有生前的身体性能与记忆，甚至可以使用异能。这种能力和异端中的异端——被誉为全欧洲最强的异能谍报员非常相配。

而兰波对自己使用了这种异能。

"你不用放在心上，我已经死了。"兰波虚弱地说，"现在和你对话的只是情报。但就算是这样，我的心情也很愉快。因为我可以将这个留给你。"

兰波的身体开始散发出红光。这种发光方式，魏尔伦很熟悉。

是引力红移。

"等一下，"明白发生了什么的魏尔伦将手伸向倒在地上的兰波，

"别，兰波，不要消失。"

"因为，我送你的生日礼物没能让你喜欢。"兰波过意不去地笑了，"就把这个当作替代的生日礼物吧。祝你生日快乐。你能出生在这个世界上，我很开心。"

话音刚落，立方体亚空间便骤然收缩，被吸入魏尔伦的心脏然后消失了。

留在原地的只有断瓦残垣、魏尔伦，还有凉爽的夜风。

魏尔伦茫然地走了两三步，他看了看四周，然后一屁股坐在瓦砾上。

"哈……哈哈哈……"

他低着头发出干巴巴的笑声。

"兰波，你就是为了做这种事，才等了我整整一年的时间吗？就为了这个……"

魏尔伦明白兰波刚才做了什么。

兰波为了救他，将自己变成了自我矛盾型特异点。

兰波把自己变成了异能后，他也变成了异能生命体，然后他又对自己使用了异能，并继续对全新的自己使用异能。在无限重复之后，生成了自我矛盾型特异点。最后，他用这个特异点代替魔兽维维尔，给了魏尔伦。

魏尔伦想站起来，可是手臂没有力气，他一下子跪在瓦砾上。

他的力量变弱了。恐怕是因为兰波打造出的特异点的能量与普通的无限发散自我矛盾型特异点的能量不一样，并不具备无限的输出能力。他已经不能再像以前那样使用无穷无尽的重力异能了。

然而魏尔伦并不觉得有多么可惜。

因为他刚刚失去了更珍贵的事物。

"为什么，兰波？"魏尔伦仰起头，"为什么你在最后要笑？我背叛了你，你是因为我的背叛才死的啊。"

他明白原因，只是不想去理解罢了。

兰波，把自己从牧神手中救出来，给了自己活着的自由的男人。

兰波，锻炼自己，把自己培育成谍报员，和自己一同完成危险任务的男人。

兰波，一边难为情，一边将帽子当作自己的生日礼物送给自己的男人。

"你为什么要笑？"魏尔伦用颤抖的声音说，"如果把自己变成异能的话，你就不再是人类了，只会变成一个拥有记忆与人格的表层情报。你应该清楚这一点的。可是为什么你要等我？为了不知道会不会来的我，为什么要做到这一步……"

这个时候，魏尔伦才终于意识到。

为什么自己当时要把杀掉魔兽维维尔的方法告诉中也。

他憎恨人类，恨不得全人类都死光。

可是他之所以把消灭维维尔的线索透露给中也，是因为在他的心里不是所有人类都死不足惜。

有一个人是例外。

一个值得他去肯定人类的人。

"对不起，兰波，"魏尔伦紧紧咬住牙关，用耳语般的声音说，"对不起，对不起，对不起，对不起，对不起，对不起，对不起。对不起，我辜负了你的友情。对不起，收到你生日礼物的时候，我没能道谢。以后再也见不到你了……直到现在，我才觉得难过。"

魏尔伦仰面朝天，闭上眼睛，用颤抖的声音说完，再也不动了。

他就这样一直坐在地上，仰头面对夜空。

横滨。

港口Mafia。

有多少白昼，就有多少夜晚。而夜空中有多少星星，横滨就有多少港口Mafia的眼睛。

在"暗杀王案"中，港口Mafia遭受的损失绝对不轻，还失去了很多武器、成员以及宝贵的攻击系异能者，并且成了当局的眼中钉。所以他们目前必须缩起来，减少存在感，养精蓄锐。

然而这一切都是有价值的。这个案子发生后不久，那场"龙头斗争"便拉开了帷幕。那是横滨黑社会史上最糟糕的八十八天，也是将所有组织都席卷其中的血腥风暴。港口Mafia一直避免参与明面上的斗争，活动规模也仅限于踏实稳健的范围内，所以在那场龙头斗争的初期，他们用最低程度的损失扛了过去。而在斗争结束后，他们在化作一片荒原的黑社会迅速扩张势力，就像经历山火之后在日光下茁壮成长的树苗一样。

龙头斗争结束后，Mafia进一步成长，并且发生了变化。经历了"双黑"崛起、太宰升职为干部、"嗤笑柠檬事件""MIMIC事件"以及随之发生的太宰脱离Mafia等各种各样的事情，六年后，他们与横滨的异能者组织——武装侦探社开始展开激烈的较量。

时间永远会平等地造访每一个人。

魏尔伦没有死，他从兰波那里得到了新的生命，一直被囚禁在港口Mafia的地底隔离室里。这也是魏尔伦自己的愿望。外面的世界已经没有他的归宿了。失去了大部分重力异能后，能够让他逃离欧洲遮天之手的，就只有这个位于地底的安全屋。

他对外界也没有兴趣。既没有想杀的人，也没有想见的人。除了兰波之外。

而兰波已经不在了。

一开始，他就坐在地上，只用看书和写诗来打发时间。在厌倦这些之后，他开始做起了兰波曾经做过的事——培养后人。

在地下训练场，他把自己的暗杀技术与知识灌输给Mafia的精锐成员。这些人之中就有银和泉镜花。受过他熏陶的Mafia杀手都在短时间内蜕变成一流的暗杀者。

魏尔伦没有向任何人剖白过内心。不管是对徒弟，还是对老大，他都没有详细地解释过自己为什么渴望过这种不自由的地下生活。

不需要培养徒弟的时候，他就坐在藤椅上等待着什么。他从未对任何人说过自己在等什么。如果有人坚持要问他的话，他就只回答两个字：风暴。没有人知道这个"风暴"代表什么意义。

六年后的现在，魏尔伦晋升为Mafia不可或缺的中枢人物——五大干部之一。

如今，他依然会安静地坐在地下的藤椅上，一动不动地等待风暴。

白濑去了伦敦，在那里过了几年苦日子之后，阴差阳错地成立了异能组织"迷途羔羊"，成为那里的老大。因为Y国异能社会过于残酷，他经常会冒出回横滨的念头，但命运似乎还不愿意将他从欧洲大地上放走。

钢琴家、信天翁、外科医生、冷血、发言人这五个人被埋在了山边干净的墓地，现在还有人去给他们献花。

即便如此，他们也只是和港口Mafia这个充满死亡与暴力的非法机构有关的，长长的牺牲者名单上的一行字。在时间的流逝下，他们慢慢会被庞大的名字与历史尘埃埋没，消失在人们的记忆中。

亚当在那之后也积极投身各种疑难案件的调查，立下了许多功绩。

成立只有机器的刑侦机构的梦想过了六年也还是没能实现。因为相关人员都异口同声地说"感觉成立那种机构有点危险"，不过，他的成绩还是得到了肯定，也因为这样，第二台人型自律高速计算机——

女性人工智能夏娃·弗兰肯斯坦被制造了出来。

夏娃性格很火爆，亚当向来都是被她欺压。直到今天，二人还在追查着各种案件。

而中也——

中也的摩托车在低矮的楼房之间穿梭。

这里是位于西部山阴地区的街道，街上都是低矮的木建筑，风景也和港口Mafia的血腥生活差距很大。人们慢悠悠地走在路上，隔着楼房的远处升腾起白色的热气，显示有温泉的存在。

中也骑着摩托在柏油马路上行驶，来到一辆黑色轿车前停下。

车窗降了下来，里面的人冲他打了声招呼。

"辛苦您了，中也先生。"车里有两个人，说话的是坐在驾驶座上的女人，那是一名有着蜂蜜色头发的Mafia女成员。"到目前为止，目标还没有动静。"

"是吗？"

中也看向车子监视的方向。那是一座静静地伫立在街上的木制平房小洋楼。

这栋房子一点也不起眼，很大但很安静，上面挂着一块陈旧招牌，写了"诊所"二字。没有患者进出的迹象。

"中也先生。"车里的另一名Mafia成员出声道。那是一名黑发黑外套，目光锐利的男人，"我们从老大那里听说这次的监视任务需要绝对保密。目标真的是那么危险的人吗？"

"你这不是已经知道了吗？"中也跨坐在摩托上说，"绝对保密。"

目光锐利的男人闭上眼睛行了一礼："是我冒昧了。"

"这里就交给我吧,你们可以回去了。"中也说,"辛苦你们大老远过来了。"

"哪里的话。"穿黑外套的男人面无表情地微微鞠躬,"走吧,樋口。"

"好、好的。"

收到命令的女Mafia紧张地发动车子,二人一起消失在街道尽头。

中也沉默地望着那栋需要监视的房屋。

"暗杀王案"后,中也在组织内的评价有了爆发性的提高,毕竟他单枪匹马打败了差点歼灭Mafia的魔兽维维尔。中也的名号在组织里一炮打响,有了大批跟随他的手下。

可是对每个手下,或者是不分彼此的同事,中也都没有提起过自己的过去和真实身份。

太宰说得对,既然中也体内的命令式记录已经被还原了,就再也没有办法辨别中也究竟是不是人类。人造异能生命体是通过将原型的细胞移植到特异点生命体上——放在中也身上就是"荒霸吐"——制造出来的。所以,他的肉体与人类毫无分别,用医学方面的检查无法判断。即便由日本首屈一指的医生与生物技师来检查中也,也没能判断出中也是不是仅由人格式堆砌而成的人工产物。

然而中也并不觉得可惜。

做出还原自己命令式决定的人,是他本人。就算重新来一遍,他一定也会做出同样的选择。中也是这样想的。有这具肉体,才有自己。精神与肉体是不可分割的。指甲也好,头发也好,身体上受的轻微的伤口也好。

中也摘下开车戴的皮手套,看向自己的手。

这就是他的手。指纹,微微凸起的青色血管,刻满带有暗示意义纹路的手掌,还有手掌与手腕连接处的小小的伤痕。

那是一道细小发黑的划伤。毕竟经历过无数战斗,这种伤他全身都是。

中也盯着那道伤痕。他不记得这是什么时候受的伤了，但是对于能用重力抵挡大部分攻击的中也而言，这种小伤反而很罕见。他身上的伤大多都是因强力的异能和偷袭造成的伤。比如，后背上被白濑捅出来的伤痕。

　　中也觉得，正是这种小伤，才是象征自己真实身份的徽章。

　　这时，他突然察觉到了动静，抬起头来。

　　监视目标的房屋里有了声响，有一个人从里面走了出来。

　　庭园里的树木的后面有一个男人。男人正值壮年，戴着眼镜，弓着背。他穿着白大褂，应该是诊所的医生。

　　他的身后出现了一名穿和服的女子。女子和医生差不多年纪，她走到房屋前院的龙柏树旁边，和医生并排坐在树旁的木制长椅上。

　　这是组织常年追查的目标。为了在不惊动对方的情况下锁定对方的住址，他们花费了漫长的岁月。

　　中也在来这里之前，老大亲口对他讲述了目标相关的情报。

　　目标是从很久以前就住在这里的私人医生及其妻子。丈夫外表看上去只是一名温柔的医生，实际却没那么简单。他曾经是一名军人，还兼任镇议会的议员。也就是说，他是一个不能随便对付的人物。妻子是士族出身，举手投足之间透露出上流阶层的礼仪与教养。

　　他们没有孩子。曾经有过，但去世了。记录上是这么写的，他们的孩子被卷入了战争。那是一名淘气的少年，上小学的时候与同学打架，把比他大四岁的少年打倒在地。打架的原因是父母受到了侮辱。少年面对比自己大的对手，而且还是拿铅笔作为武器的对手，一步也没有退缩。即使铅笔扎到了自己，少年也没有露出丝毫怯意，挥拳打向对手。

　　森鸥外讲到这里的时候，是这样继续说的。铅笔芯，也就是碳的化学性质很稳定，即使刺入生物体内也很难在内部发生变化。所以如果人体被铅笔芯扎到，笔尖折在里面的话，碳通常不会变化，而是会长久地留在体内。

那名少年被铅笔扎到的地方,就是右手手掌与手腕的连接处。

与中也手掌与手腕连接处发黑的刺伤,在同一个地方。

中也看向那对夫妻。丈夫打开包裹,从里面拿出一颗柿子,分给妻子一半,二人亲亲热热地吃了起来。妻子拿出水壶,一边向茶杯里倒茶一边对丈夫说了些什么。丈夫笑了起来。声音并没有传到中也这边。

中也想起老大说的话——人造异能生命体的肉体是从原型异能者的细胞中塑造而成的。所以人类与人造异能生命体在外科领域上无法区别。

但是,二者走过的历史必定不同。所以无论如何都会产生刻印在身体上的由经历造成的差异,比如伤痕。原型人类可能在幼年期,也就是异能变成特异点之前留下伤痕,但人造异能生命体是在之后被创造出来的,所以不会有幼年期的伤。

中也将手插进口袋里,靠在摩托上,面朝夫妻俩所在的方向,像是在看他们,又像是没有看他们。他所在的这条路就在他们的对面,离他们很远,而他则被夹在来往的车辆之间。

不知道他维持这个姿势待了多久。

夫妻俩终于吃完柿子,打算回医院里面去,而中也也在同一时间转身背对二人。他一边跨坐到摩托车上,一边打了个电话。

"老大,确认完毕,我现在回去。"中也对着戴在耳朵上的通话终端说。

"你真的不去见他们吗?"终端里传来森鸥外遗憾的声音,"我可是好不容易找到的哟,还想用来庆祝你荣升干部呢。"

中也面不改色地说:"我的家是港口Mafia。"

说完,他发动了摩托车的引擎。

干燥的凉风吹拂中也的脸颊,消失在遥远的空中。

中也追随着凉风转过头去,看向身后的天空。

他目不转睛地盯着那片天空,盯着空中的什么事物,盯着天空之下曾经发生的什么事物,盯着今后可能发生的什么事物。

中也清楚地从空中看懂了什么,露出了恍然大悟的目光。接着,他对着电话那一头说:"老大……谢谢您。"

电话另一边传来森鸥外微笑的气息。

中也挂断电话,戴上头盔提高摩托的速度,驶向道路前方。

他只看着前面,再也没有回头。

摩托车朝着清澈的天空越行越远,越变越小,最终消失在视野中。

后记

好久不见，我是朝雾卡夫卡。

大家都过得还好吗？

这本小说我在BEANS文库出版的第七本小说《文豪野犬7 STORM BRINGER》，看完之后，大家觉得怎么样呢？

这本小说和之前的几本小说相比更长、更难产，也是目前我待过的地方最多，在这些地方一直不停地念叨创作出来的小说。

如果大家购买了之前几本书的话，就请把它们都放在书架上对比一下。这本超级厚，书脊非常宽。就连之前最长的《55Minutes》的后记也是在308页就开始了。你怎么了，朝雾？

我想补充一点。这本小说的定位是大概一年半之前出版的《太宰、中也、十五岁》那本小说的续篇。那本是前篇，这本是后篇。《十五岁》篇中讲述的"荒霸吐"和魏尔伦等要素之谜，在本作中得到了解答。因此我在想，该不会有人没看过前篇就直接看这一本吧，应该不会吧？如果有的话，那真是对不起。要是有人想冲我发火说"你这样写谁能明白啊，写法有问题好吗？应该把标题取作《太宰、中也、十六岁》才叫有人性吧"的话，那我只能说，嗯，你说得好有道理，我真是无言以对（后记的好处就在于，不管读者怎么生气，作者怎么道歉，作者都一定不会在物理意义上遭受殴打）。

我想说的是什么呢？我想说的是，如果把这本书和前篇放在一起的话，那这个故事就会变得非常非常非常长哟。

可是，关于本书变成长篇小说的原因，我想用一句话解释一下。

不知道大家还记不记得。我在前篇《太宰、中也、十五岁》的后记里曾经写过，我打算将所有信息都填进去，让我有足够的底气跟大家说"到此为止,双黑的过去篇就全部结束了!"。

对。

就是因为这个。

但是信息量比我想象的还多。

中也这个角色真是怎么挖掘都挖掘不完。能写出这么深奥的角色,还能把他送到大家的面前,让我感受到了无上的幸福,但同时也担心"这么厚能不能印刷出来啊……",这本书就在这样的过程中问世的。

不过,即使我已经写了这么多了,其实还有一些故事依然没有写到。比如中也之后是怎样战斗的,是怎样当上干部的。太宰从Mafia消失之后,中也心里又是怎样想的,是怎样成长下去的。

可是我决定,暂时还是先把中也的命运存放在诸位读者大脑中的"想象力宫殿"里。虽然"他所走的路"还是秘密,但可以肯定的是,那绝对不是平坦舒适的康庄大道。

本书在出版过程中受到了许多人的帮助。感谢每次都用无懈可击的精美、完美的插图为小说增光添彩的我的搭档——春河35老师,感谢每次在日程安排与毛校样的校对上都耐心听取我无理要求的编辑白滨先生,感谢印刷与贩卖的各位工作人员、书店的工作人员,以及其他给予我关照的相关人士。

我们下本书再见。

朝雾卡夫卡